정도상 소설집

時間의 傷處

산림원

時間의 傷處

작가의 말

희망을 생각합니다.
80년대가 남겨 둔 시간의 갈피 속에 차곡차
곡 상처에 나는 존재하고 있습니다.
하고 싶은 말이 산더미처럼 많습니다만 그
만두렵니다. 곁에서 늘 도와 준 많은 사람들
에게 감사하며 살겠습니다. 길은 아직도 끝
나지 않았습니다.

93년 가을에
정도상

■ 차례

# 서울에 눈 내리네

하늘은 온통 먹머루빛이었다.

그 까만 먹머루빛 구름 속에는 목화솜처럼 하얀 함박눈이 떨어질 듯 떨어질 듯 담겨 있다. 오래지 않아 하늘을 무너뜨리며 한바탕 쏟아질 모양이었다.

낙성대 전철역에서 사당동 총신대학 앞으로 넘어가는 뒷골고개는 서울특별시에 어울리지 않게 꽤 가파른 고개 중의 하나였다.

서너 해 전만 하더라도 두 사람이 비껴 지나기에도 버거운, 좁고 험한 바위투성이의 오솔길이 뒷골고개를 오르내리는 유일한 길이었다. 하지만 지금은 오솔길 대신 검은 아스팔트가 고갯마루를 깎아먹고 새로이 들어섰다.

며칠 전에 내린 눈이 아직도 녹지 않은 뒷골고개의 꼭대기엔 노파의 퍼머머리가 흔들흔들 움직이며 나타난다. 곧이어 퍼머머리는 주름투성이의 얼굴을 달고 올라온다. 한 쪽 눈을 찡그린 채 뒷골고개를 올라오는 그 얼굴은 환갑을 벌써 넘겼을 것으로 보인다.

갈색의 누비옷에 목을 자라처럼 파묻고 고개를 올라오는 할머니는 얼마나 속옷을 많이 껴입었는지 월남치마가 통통하다.

눈이나 비가 내릴 낌새는 기상대나 하늘보다도 무릎과 허리며 어깨가 먼저 알아차리는 남원댁은 주름이 자글자글한 얼굴 가득 번지르하게 돋아난 송글땀을 손갈퀴로 연신 휘뿌리며 고갯마루에서 다리품을 판다.

오른손에 든 불그스름한 연탄화덕을 검은 아스팔트에 내려놓고 남원댁은 뒤를 돌아 관악산을 바라본다.

맑은 날이면 산꼭대기에서 뱅글뱅글 연자방아처럼 돌던 레이단가 뭣인가도 보이련만 먹머루빛으로 구름이 잔뜩 끼어 아무것도 보이지 않는다. 남원댁은 관악산을 감싸고 보여 주지 않는 먹장구름이 못내 섭섭하고 서럽다. 남원댁의 평생에 걸쳐 단 한 번도 시원스레 걷혀 본 적이 없는 먹장구름이다. 그리고 먹장구름은 항상 남원댁의 가슴에 그늘을 드리우며 넓게넓게 펼쳐 있었다.

멀리 관악산 너머 과천에서 겨울 징역을 살고 있을 아들의 퀭한 얼굴이 떠오른다.

"썩을 놈! 모다 지놈 복이제……."

갈치속젓이 따로 없었다. 소금에 절여지고 절여지다가 폭삭 삭아 버린 갈치속젓이 바로 남원댁의 속내였다. 썩어 문드러져 검은 빗물을 담고 있는 오래된 초가 이엉처럼 오장육부가 금세 문드러질 것만 같아 남원댁은 화덕을 들고 고개 아래 사당동의 가장 후미진 뒷골을 향해 발걸음을 재게 놀린다.

맵싸한 섣달 그믐바람이 머리칼이며 옷섶을 들쑤시려 우우 소리를 지르며 달려들어도 남원댁은 까짓거, 하며 고개를 내려온다.

세월의 온갖 풍상에 이리저리 내몰리다가 끝내는 이 엄동설한에 자식 중의 하나가 또다시 가막소로 끌려가고 말았지만 아버지가 징용으로 끌려간 왜놈 치하에서도 살았고, 전쟁때는 입산한 오빠의 머리가 저잣거리에 내걸리는 것을 보면서도 살았고 자식 넷을 두고 그만 서방이 명을 달리했을 때도 이를 악물고 살았는데 요따위 그믐바람을 못 견딜까 싶은 남원댁이다.

남원댁이 놀고 있는 왼손을 홰홰 내저으며 내려오는 고개 양켠에는 서울이라는 이름에 어울리지 않게 잎사귀가 몽땅 떨어진 앙상한 아카시아숲이 빽빽하게 펼쳐져 있었다.

아카시아숲은 배추며 무를 뽑아 버린 초겨울의 남새밭처럼, 자식을 가막소에 보내 놓고 긴긴 겨울밤을 뜬눈으로 설치는 남원댁의 속가슴처럼 텅 비어 을씨년스럽다. 잎이 몽땅 떨어진 한겨울이면 가끔씩 젊은 여자의 벌거벗은 변사체가 발견되는 음란한 아카시아숲이다.

그저께도 강간을 당하고 죽었는지 실오라기 하나 걸치지 않은 여자의, 오래된 시체가 발견됐었다. 주변에 찢겨져 뒹구는 치마며 블라우스가 젊은 여자였음을 말해 주는 해골의 손목에는 계절이 바뀌었어도 죽지 않고 흘러가는 전자시계가 있더라는 소문이 온 동네를 홍수처럼 휩쓸고 다녔다.

아이를 낳으려고 진통을 하는 산모의 신음소리를 내며 아카시아숲을 빠져 나온 바람이 구름의 어느 모퉁이를 건드렸는지 싸래기눈이 떨어지면서 추위에 벌개진 남원댁의 얼굴을 때린다.

마음이 급해진 남원댁은 단숨에 고개를 내려와 연립주택이며 2층 교회에 포위당해 조개껍데기처럼 박힌 뒷골의 첫번째 골목으로 들어선다. 기차굴처럼 기다랗게 뚫린 골목의 끝에 남원댁의 우물집은 긴 열차에 여덟번째로 매달린 객차꼴로 엎드려 있었다. 남원댁은 문을 열고 집으로 들어간다.

썰렁하다. 그리고 쥐죽은 듯 조용하다. 남원댁은 화덕을 부엌바닥에 내려놓고 팔짱을 낀 채 몸을 부르르 떨며 진저리를 친다.

잠시 잠깐 보일러가 터져도 이렇게 추운데 사시장철 불기 하나 없는 가막소는 얼마나 추울까? 아마 모르긴 몰라도 냉골방이리라. 더군다나 여럿이 함께 있는 것도 아니고 혼자 쓰는 독방에 갇혔으니. 남원댁은 둘째 아들 현식이가 담요를 뒤집어쓰고 추위에 몸을 부들부들 떠는 모습이 눈앞에 훤히 그려진다.

손꾸락 발꾸락에 얼음이 백혔으면 으짠디야. 껌팔이 신문팔이를 허던 코흘리개 꼬맹이 시절에도 줄창 감기벌레허고 동상을 달고 살았는디. 아무리 두억시니 거튼 장정이락도 냉골방에 갇히면 얼음이 안 백히고 견디겄어.

시상에 이럴 수가 있는겨. 큰놈 남식이는 핵교를 댕기다 가막소엘 들락거렸으니 고건 고렇다고 쳐. 근디 숟꾸락 공장에 댕기는 공돌이는 와 잡아 가두는겨? 이노무 삼시랑도 워딜 가서 지랄을 허는지 몰러? 오사육시럴 그놈들 안 잡아묵고.

그나저나 으쩔겨? 터진 보일러는 고쳐야제.

눈시울이 축축하게 젖어 오자 남원댁은 손가락으로 코를 팽 풀곤 집을 나와 목장(牧場)터로 향한다.

목장터로 향하는 남원댁의 발길엔 아까보다도 더 많은 싸락눈이 밟힌다. 싸락눈이 바람과 섞여 세차게 나부끼는 목장터를 걷는 남원댁은 발걸음마다에 한숨과 울화를 싣는다.

지지리 복도 웃는 년이여. 해필이면 섣달에 보일러가 터져 터지길. 허긴 동장군도 웃는 년이 만만허겠지. 없는 사람들이사 철 안 개리고 만만한 홍애좆잉게. 오사육시럴……놈덜.

보일러를 터친 동장군한테 하는 욕인지, 아들을 가두고 얼씨구나 짝자꿍이 맞아 며칠 전에 합당을 해버린 민자당한테 하는 욕인지를 남원댁은 애써 가르질 않는다. 어쩌면 박복한 자신한테 퍼붓는 욕인지도 몰랐다. 남원댁은 '오사육시럴'을 입에 줄줄이 달고 목장터로 들어선다.

예전엔 꽤 많은 젖소를 키우던 목장터였지만 우유회사에서 우유를 사 가지 않자 폭삭 망해 버려 지금 젖소는 단 한 마리도 없다. 대신 여러 채의 비닐하우스가 겨울바람에 미친년 속곳 자랑하듯 흰 비닐자락을 펄럭이며 납죽납죽 엎드려 있었다. 목장터의 비닐하우스는 채소를 키우는 곳이 아니라 사람을 키우는 곳이었다.

애초엔 집 없는 사람들이 이슬과 서리, 비와 눈을 가리고, 무작스런 행정 관청의 눈도 가리기 위해 비닐하우스를 지었건만 약삭빠른 사람들은 주공아파트 딱지가 나온다며 비닐하우스를 서너 채씩 지어 삼사백만 원씩에 팔아먹기도 했었다. 그나마도 웃돈을 얹어 줘야 간신히 허름한 비닐하우스라도 하나 꿰찰 지경이 되었으니 벼룩의 간을 빼먹는 시절이요 세월이라고 혀를 끌끌 차는 남원댁이다.

컹컹컹컹.

시내 보신탕집에 개고기를 대주는 개장수네 비닐하우스 곁을 지나치자 철조망에 갇혔던 온갖 종류의 잡종 똥개들이 우르르 몰려와 목청껏 짖어댄다. 털이 듬성듬성 빠진 검둥이 수컷이 유난히도 허연 송곳니를 곤추세우곤 으르릉으르릉 지랄염병이다. 남원댁은 검둥이의 송곳니를 보자 소름이 쫙 끼친다.

남원댁 자신과 큰아들 남식이와 작은아들 현식이를 향해 밤마다 송곳니를 허옇게 드러내고 다가드는 발자국소리, 소리들. 자식들의 대가리가 굵어진 뒤로 언제 한번 마음 편하게 밥을 먹어 본 적이 있으며 다리 한번 쭉 펴고 잔 적이 있던가?

그런 까닭에 남원댁은 요즘처럼 통일과 해방이 간절한 적이 없다. 통일과 해방이 되면…….

"엄니는 왜 통일을 해야 한다고 생각한데?"

현식이가 끌려가기 달포 전쯤이었다. 저녁 밥상을 물리고 사과 몇 조각을 집어먹는데 뜬금없이 현식이가 물었다. 남원댁은 사과를 한입 베어 물다 말고 큰아들과 작은아들을 번갈아 쳐다보다가 입을 열었다.

"나헌티 통일이니 해방이니가 먼 소용이 되겠냐? 허지만서두 이 에미도 통일과 해방을 간절히 바런다. 통일과 해방이 돼야 더 이상 내 자슥덜이 가막소에 안 강게. 그려야 요로콤 간이 올라붙었다 내려붙었다 안 헐팅게."

그때 입 안의 사과를 튕겨 내며 웃던 둘째 현식이는 가막소로 가고 큰애는 무슨 연구소 사건인가 뭔가로 쫓겨 다니고 있으니.

"오사육시럴 놈덜!"

뿐만 아니라 작은애가 첫 재판에서 나오긴 애시당초 틀려 버렸다. 영삼인지 꽁삼인지 하는 그 기생오래비 같은 놈이 국민들을 배신하고 민자당을 만든 뒤로는 가막소에서 나오는 숫자보다 가막소엘 들어가는 숫자가 훨씬 많아졌다.

컹컹컹컹. 좀체로 수그러질 기색도 없이 짖어대는 개를 보니 둘째가 가막소에서 나오면 딸라 빚이라도 얻어 개소주를 달여 먹이고 싶어진다.

"쉿!"

싸래기눈을 향해 젖 먹던 힘까지를 다해 짖어대는 지저분한 검둥이에게 주먹질을 먹인 뒤 남원댁은 쌍둥이네 비닐하우스로 날래 걸음을 옮긴다.

"쌍둥이 아부지, 쌍둥이 아부지이."

두어 번 불러도 대답이 없자 남원댁은 바람에 펄럭거리는 비닐문을 열고 들어선다.

"워메! 가심이야."

비닐하우스 안 부엌 문턱에 시커먼 사내가 두억시니처럼 쪼그리고 앉아 알전구 아래에서 담배를 빠콤빠콤 피우고 있다. 쌍둥이 아버지였다.

"간 떨어지것네에. 사람두 차암. 인기척을 내야지. 꿀 묵은 버버리여?"

"오셨슈우."

쌍둥이 아버지는 느릿하게 인사말을 내뱉고는 이내 꽁초를 깊숙이 빨아댄다. 남원댁이 보니 쌍둥이 아버지는 칠 년 가뭄에 물 한방울 구경 못해 봤는지 머리는 새집처럼 헝클어졌고 눈굽이엔 노리끼리한 눈곱이 보리알 크기로 박혀 있다. 아침에 보일러를 고쳐 달라고 왔을 때나 점심때가 지난 지금이나 꼬락서니는 여전하다.

까마귀는 저리 가라고 할 정도로 땟국물이 꼬장꼬장하게 쩌든 잠바며, 턱조가리 주변에 밤송이처럼 보기 흉하게 돋아난 수염에서 쌍둥이 아버지의 쓰리고 아린 속내가 훤히 비치고 있어 덩달아 남원댁의 억장도 쓰리고 아리다.

그래도 남원댁은 쌍둥이 아버지에게 일을 맡겨 쓰리고 아픈 속을 잊게 하고 싶었다. 속에서 울화가 치밀고, 이대로 대들보에 목을 매달아 죽고 싶을수록이 무슨 일이든지 땀을 뻘뻘 흘리며 달라붙으면 마음도 개운해지고 몸도 가뿐했다.

면회나 민가협 행사 그리고 집회가 없는 날, 집에 홀로 앉아 있다가 갑자기 울화가 치밀면 남원댁은 있는 빨래 없는 빨래를 모조리 끌어내 우악스럽게도 비누칠을 해댔다. 걸레까지 삶아 빨고 나면 허리며 어깨가 뻑적지근했지만 바람에 너울너울 춤을 추는 빨래를 보노라면 꽉 막혔던 숨통이 조금씩 트이곤 했었다.

"근디 일이 손에 잡히겄어, 워쩌?"

"화덕은 사 왔어유?"

"사 오긴 사 왔는디…… 헐 수 있겄어?"

"해야쥬. 터진 내 속은 못 고쳐두 구들장은 고쳐야쥬."

쌍둥이 아버지는 발 밑에다 꽁초를 버린 뒤 운동홧발로 짓이기곤 허리춤을 추스린다.

"점심은 묵었는가?"

며칠 동안 끼니를 끓인 흔적이라고는 아무리 두 눈을 비비고 봐도 찾아 볼 수 없는 부엌을 둘러보며 남원댁은 걱정이 앞선다.

"……"

쌍둥이 아버지는 대꾸 없이 꾸물꾸물 일어서서 녹슨 연장을 챙긴다. 허긴 물어보는 사람이 바보였다. 먼지가 한치나 쌓인 가스레인지 꼬락서니를 보니 한심하기 그지없다.

어떤 집이나 부엌을 보면 그 집의 살림규모를 알 수 있는 법이다. 많이 가지고 적게 가지고를 떠나 안사람이 깔끔한지 어떤지도 부엌은 알려 준다. 마찬가지로 쌍둥이 아버지의 꼬락서니나 부엌의 꼴을 보니 살림이 거덜난 집구석이라는 게 한눈에 쏙 들어온다.

"우선 점심을 헐 테니 찬찬히 오소. 묵어야 심을 쓰지."

따라 일어서려는 쌍둥이 아버지를 주저앉혀 놓고서 남원댁은 비닐하우스를 나온다. 싸락눈은 어느새 말끔히 그쳐 있었다. 하지만 하늘은 여전히 검은 머리를 온통 풀어헤치고 있었다.

"끝내 한바탕 할랑가 으짠다냐?"

하늘을 올려다본 남원댁은 혼자말을 중얼거린다. 예전엔 논이었던 까닭에 겨울에도 물이 질척질척 올라오는 길을 조심스레 골라 몇 발자국 걷다가, 아참 나 정신 잠 보소, 하면서 남원댁은 몸을 돌린다.

"쌍둥이 아부지, 쌍둥이 아부지. 애들은 워딜 갔는가?"

"아침 묵고 나갔는데 잘 모르겠구먼유."

"잘헌다. 잘혀. 애비가 새끼덜 워딜 간 줄도 모르고. 밥은 해 멕였는지 몰러?"

"짜파게티 삶아 묵습디다."

"응 그려. 잘혀. 염생이 새깽이맨치로 팔팔허게 뛰댕기는 어린 것들헌티 밀가루나 멕이고. 잘혔어."

에미를 잃고 굶주리는 어린 새끼들의 수수깡 같은 몸뚱어리가 남원댁의 눈에 선하다.

아홉 살 나던 해, 졸지에 아버지는 징용에 빼앗기고 고생만 직사하게 하다 풍(風)을 맞아 시름시름 구들장 신세만 지던 어머니마저 염라대왕전으로 가자 얼마나 많은 날들을 밥 먹듯이 굶어야 했던가? 달착지근하게 혀에 감기는 삐비나 찔레순 그리고 찔레꽃을 아무리 씹어도, 논두렁 밭두렁에서 시금치대를 끊어 먹고 마를 캐

먹어도 끝없이 입맛을 하던 자신의 어린 시절에 비하면 호강이었지만 에미 없는 새끼들이야 예나 지금이나 근천스럽기는 마찬가지였다.

"쥑일 년이여, 고년이. 법 없이도 살 멀쩡한 남정네를 놔두고…… 쯧쯧."

남원댁은 부리나케 집으로 돌아와 쌀을 넉넉하게 안치고 돼지비계와 두부를 숭숭 썰어 김치찌개를 끓인다.

그리고는 앞집 목수집에서 함마를 빌려 와 보일러가 터진 방바닥을 쿵쿵 내리친다. 방바닥은 북소리처럼 소리만 낼 뿐 좀체로 깨지지 않는다. 후우— 힘이 든다.

지금 가막소에 있는 작은아들이 본다면 깜짝 놀라 당장에 함마를 빼앗아 대신 일을 할 터였다. 아니, 보일러쯤이야 놈을 안 사도 혼자 식은 밥 먹듯이 뚝딱 해치울 터이지만 아무도 남원댁의 함마를 대신 드는 사람이 없다. 엎친 데 덮치고, 설상가상이라고 작은아들이 갇히자 또 큰아들도 쫓겨다니니 사람이 없는 것은 아주 당연했지만 그래도 몹시 외로웠다.

남원댁은 눈물샘을 슬쩍슬쩍 건드리는 외로움을 이기려 이를 앙다물고 함마질을 한다. 방바닥에 푹푹 박히는 함마는 어쩌면 남원댁 자신의 가슴에 와서 박히는 건지도 몰랐다.

독한 먼지를 뿌옇게 일으키며 산산조각으로 콩가루가 된 시멘트 파편을 양은대야에 담아 머리에 이고 비닐하우스 앞 빙판길에 내다 버리면서 남원댁은 자꾸만 휘청거린다.

이빨 사이로 터져 나오는 신음을 참고 찌개 간을 맞추고 다시 시멘트 파편을 머리에 이고 나오는데 쌍둥이 아버지가 어슬렁어슬렁 황소걸음으로 다가온다.

"내가 다 할 텐데유."

"되얏구먼유. 싸게 가서 밥이나 묵어유."

 은근히 속이 울퉁불퉁한 남원댁이 쌍둥이 아버지의 느린 충청도 말투를 흉내낸다. 히멀데기 없는 남정네 같으니라고. 땅딸한 키에 축 처진 엉덩이며 툭 불거진 똥배에다 반대머리까지 이제 갓 마흔 줄에 들어선 남자를 추레한 노인네로 보이게 만든다.
 "애들은 워째 안 데고 와?"
 "되얏구먼유. 어디 있는지도 모르고."
 말꼬리를 목구멍으로 감아 넣는 쌍둥이 아버지의 말을 들으며 남원댁은 저 속창아리 없는 남자, 하면서 재빠른 솜씨로 상을 차려 준 뒤 골목을 뛰쳐나와 공동변소 앞으로 간다.
 "멩호야, 멩식아. 쌍둥아 요놈들아."
 주먹만한 공을 갖고 우르르 몰려다니는 조무래기들을 향해 남원댁은 냅다 고함을 지른다. 그래도 노는 데 정신이 팔린 쌍둥이는 공을 따라 뛰어간다. 마음이 바쁜 남원댁이 쌍둥이 꽁무니를 따라간다.
 "워메!"
 영심이네 가겟집 앞에 이르자 낯선 검정색 자가용에 남자 셋이 앉아 있다. 남원댁은 본능적으로 그들이 형사란 걸 알아차린다.
 "오사육시럴……놈덜."
 큰아들 남식이의 학교시절에 맨 처음으로 검정 자가용과 마주친 남원댁이었다. 그런데 어쩐지 세월이 흐를수록, 또 검정 자가용을 동네 어귀에서 보면 볼수록 숨이 먼저 탁 막힌다. 남원댁은 가슴을 쓸어내리며 간신히 쌍둥이를 붙잡아 집으로 데리고 온다.
 쌍둥이가 먹을 밥과 고봉밥 한 그릇을 밥상에 올려놓고 남원댁은 좀이 쑤셔 가만히 있을 수가 없다.
 "막걸리 한잔 받아 올까?"
 "되얏구먼유. 근디 둘째는 안즉 소식 없남유?"
 "다 틀려 뻗졌네. 영삼인지 꽁삼인지가 민자당을 맹글었으니 저

놈들이 철만난 메뚜기떼맨치로 들고 설치니 좋은 소식이 있겠어? 시상이 온통 찬바람이 씽씽 부는 엄동시한이여. 쯧. 밥 묵고 있으소. 나가서 막걸리 한 뱅 갖꾸 올랑게.”

아무래도 영심이네 가게 앞에 서 있는 자가용을 확인해야 일을 해도 편히 할 성싶었다.

골목을 나오니 미장일을 하는 순이네 부엌에서 복실이가 뛰어나오더니 꼬리를 살랑살랑 흔든다. 새끼를 다섯 배나 낳고도 또 새끼를 밴 늙은 복실이지만 동네사람의 발자국소리만 듣고도 아는 영물이었다.

머리를 쓰다듬어 이뻐하며 가끔씩 가게에서 쥐포를 한 마리씩 안겨 주는 남원댁을 따라 복실이가 뒤를 졸졸 따른다. 남원댁은 복실이가 꼬리를 치며 따라오는 게 별로 반갑지가 않다. 그보다는 큰아들 남식이에 대한 걱정이 발자국 마다에 소롯이 담긴다.

영심이네 가게 앞으로 나오니 자가용 안에 있던 사내들 중 둘이 가게에서 나오며 하나는 담뱃갑을 뜯고 있고 다른 하나는 깡통맥주를 마시고 있다.

크릉 컹컹컹컹.

귀가 환히 드러나는 공무원 머리에 두툼한 밤색 파카를 입은 낯선 사내를 보자 복실이가 짖는다. 남원댁은 깜짝 놀란다. 돌아보니 누런 복실이가 앞으로 달려나간다.

“복실앗!”

남원댁이 행여 우악스런 발길질에 배라도 채일까봐 다급하게 이름을 부르자 복실이가 걸음을 멈추고 돌아서서 꼬리를 흔든다.

‘개만두 못한 놈덜에겐 짖지도 말아라.’

확실히 남식이를 잡으러 온 형사임이 분명하다고 생각한 남원댁은 영심이에게서 막걸리 한 병을 외상으로 사서 들고 집으로 돌아온다.

'오사육시럴…… 아무리 지달려 봐라. 내 새끼가 잽히나.'

쥐포를 물고 뒤를 따르는 복실이보다도 못한 종자들이라고 생각하면서도 남원댁은 남식이가 적어도 동지 섣달은 넘겨 춘삼월에 잡혀도 잡혔으면 하고 빌고 또 빌었다.

"막걸리는 왜 사 왔데유."

고봉밥 두 그릇을 맛나게 먹어 치운 쌍둥이 아버지가 청자를 입에 물고 괜한 타박을 한다. 그러면서도 눈곱이 낀 눈은 웃고 있다.

"잔소리 말고 한잔 묵고 혀."

"갠찮은디……."

대접에 술을 넘치게 따라 주자 쌍둥이 아버지는 시원하게 한 잔 비워 낸다.

"그나저나 쌍둥이 에미는?"

"어제…… 나왔구만유."

"집엔 안 오구?"

"그 화냥년이 먼 보짱으로 동네에 발을 붙이겠어유. 지년도 낯짝이 있다면 오겠어유?"

다시 한 잔을 기세 좋게 들이킨 쌍둥이 아버지는 담배꽁초를 던져 버리곤 삽자루를 움켜쥔다. 쌍둥이 에미를 생각하니 열불이 확 솟구쳐 삽자루를 쥔 손에 턱없이 힘이 더해진다.

여지껏 살 붙이고 살아온 정으로 합의를 보고 감옥에서 애들 어미인 옥자를 내놓긴 했지만 앞날이 캄캄하기는 마찬가지였다.

만일 집으로 찾아와 그 동안의 잘못을 빌고 같이 살자고 하면 불쌍한 새끼들 얼굴을 봐서 꾹 참고 받아들일 요량이었지만 끝내 감감 무소식이다. 허긴 서방 얼굴에다 똥칠을 하고 동네방네에 갈보라고 소문이 났으니…… 그래도 혹시 하는 마음에 약수동 처형네 집에 처박혀 있는가 싶어 대성슈퍼 옆의 공중전화로 갔었지만 그냥 돌아온 쌍둥이 아버지였다.

검사 말대로라면 어젯밤 늦게 옥자는 감옥을 나왔을 터였다. 그 런데도 코빼기도 비치지 않다니. 쌍둥이 아버지는 아무런 생각도 나지 않기를 빌면서 일 속에 파묻힌다.

뱃속에 든 아이를 지우고 산부인과 회복실 더러운 요 위에서 옥 자는 헛구역질을 하며 홀로 뒹군다. 아랫배가 찢어질 듯 아팠고 회 복실의 사방 벽이 빙글빙글 돈다.

갓난아기처럼 사타구니에 찬 일회용 기저귀가 금세 피로 범벅이 되었는지 축축하고 묵직하다. 옥자는 어질어질 돌아가는 벽에 기 대어 간신히 기저귀를 갈아 찬다.

검붉은 피가 밴 기저귀를 회복실 구석에 놓인 휴지통에 처박으 며 옥자는 아슴아슴 멀어져 가는 정신을 잡고자 안간힘을 쓴다.

"명호야, 명식아."

자신도 모르는 사이에 옥자는 쌍둥이 두 아들의 이름을 부르며 스르르 벽에 기대어 주저앉는다.

얼마나 지났을까? 이제 옥자의 눈에 들어오는 것은 흐릿한 형광 등 불빛뿐이다. 남편에게 간통으로 고발당해 교도소에 들어가기 전에 임신한 애를 이제야 소파수술로 긁어 낸 옥자는 어젯밤 교도 소 앞 면회자 대기실에서 홀로 앉아 보았던 그 쓸쓸한 형광등을 떠올린다.

같이 들어왔던 충섭은 교도소를 나오자마자 가버렸는지 보이지 않았고 아무도 찾아 주는 사람이 없다는 걸 뻔히 알면서도 옥자는 홀로 대기실의 찬 의자에 앉아 누군가를 기다리며 눈물을 떨구었 다. 국민학교 오학년인 두 아들 명호와 명식이를 기다리는 것도 아 니고 고맙게도 위자료 한푼 받지 않고 합의를 해준 남편을 기다리 는 것도 아니면서 옥자는 오랫동안 대기실에 앉아 있다가 어둠이 빽빽하게 들어찬 교도소 앞 길을 걸어 내려왔다.

지난 가을과 초겨울에 비하면 너무나 서러운 순간이었다. 하긴 서럽다고 할 처지도 아니었다. 아이들과 서방을 헌신짝 버리듯이 버린 년이 설움은 무슨 설움인가 싶었다.

"충섭 씨 저 임신했어요."

묶인 몸으로 검사실에서 조사를 받다가 낮은 목소리로 충섭에게 임신 사실을 알렸다.

"니 맘대로 해. 내 애는 아니니까."

입술을 묘하게 일그러뜨리며 비웃음과 함께 낮고 살벌하게 대답을 하곤 충섭은 고개를 돌려 버렸다. 옥자는 순간, 천길 낭떠러지로 떨어지는 아찔한 기분을 느꼈다. 그리곤 아무것도 떠오르지 않았다. 그저 몸만 떨려올 뿐이었다.

조사가 끝나갈 즈음에서야 간신히 정신을 차리자 이번에는 서서히 열이, 아니 악이 받쳤다. 그렇다면 누구의 애를 가졌단 말인가? 지난 석 달 동안 누구와 같이 살았는데, 이제 와서 오리발이라니. 참을 수가 없었다.

"애는 충섭 씨 애야. 왜 발뺌이야, 발뺌이."

검찰청의 복도를 묶인 몸으로 걸어나오며 옥자는 다시금 차분히 말을 건넸다.

"칠칠치 못한 년. 난 모르니까 니 맘대로 해!"

그 한마디가 끝이었다. 아이들과 남편을 버리고 저 하나만을 믿고 따라나섰건만, 결국 칠칠치 못한 년이 되고 만 거였다.

옥자는 분했다. 생각 같아서는 머리칼을 쥐어뜯거나 사타구니를 훑어 버리고 싶었지만 불행히도 손에는 차가운 수갑이요 팔뚝엔 오랏줄이 칭칭 감겨져 있었다. 옥자는 입술을 지그시 깨물고 분을 참았다.

충섭이가 칠칠치 못한 년이라고 고개를 돌린 순간에 자신의 사랑은 소위 비극이 되었고 깨진 쪽박이 되고 말았다. 옥자는 그것을 너무나도 잘 알았다.

그리고 곰곰히 생각해 보면 여섯이나 아래인 젊은 남자와 사랑을 했던 자신이 미친년이었다. 하지만 옥자는 억울했다. 이렇게 죄인이 되어 수갑을 찬 것이 억울한 게 아니라 자신의 전부를 걸고 충섭을 사랑했던 게 억울했다.

옥자 자신은 충섭을 위해서 쌍둥이 두 아들을 버렸고 남편을 버렸다. 그것은 옥자 평생의 전부였다. 그런데 충섭은 버린 것이 아무것도 없었다. 옥자는 그것이 억울하고 분해서 교도소로 돌아와 주루룩주루룩 낙숫물 떨어지듯이 눈물을 떨구었다.

산부인과 회복실을 가까스로 나와 자꾸만 떨려 오는 무릎을 제대로 가누지 못하고 옥자는 앙상한 은행나무 가로수를 부여잡고 터져 나오는 울음과 신음을 앙다문 입술로 막아낸다.

이제 사랑은 끝났다. 그리고 옥자는 온전히 혼자였다.

아이들도 서방도 충섭이도 없이 살아야 하는 홀몸이라는 느낌에 옥자는 달려오는 자동차에 몸을 던지고 싶었다. 모든 것을 버리고 사랑에 전부를 걸었지만 부서진 것은 자신뿐이었다. 여자이기 때문에 이렇게 산산히 부서져야 한다면…… 왜 똑같이 죄를 진 셈인데 충섭은 저리도 당당한가?

하지만 혼자 험한 세상을 헤쳐 나가기란 정말 두려웠다. 설사 다리 하나 없는 병신이라도 누군가와 함께 하지 않으면 세상을 살아갈 자신이 없었다. 옥자는 사당동 뒷골로 애들 아버지를 찾아가리라고 작정한다. 이제 와서 뉘우친들 무슨 소용이 있으랴만 가서 손이 발이 되도록 빌리라. 아이들에게도 빌리라. 빈다고 죄닦음을 하는 건 아니지만 우선은 빌어야 하리라.

서방이 장작개비로 더러운 피가 흐르는 이 몸뚱아리를 개 패듯이 패 준다면 차라리 시원하겠지. 피가 흘러 더러운 몸이 깨끗해진다면…… 옥자는 밤이 오면 동네사람들 몰래 뒷골로 가리라고 작정하면서 곧 눈이 올 것 같은 거리를 무심히 바라본다.

노란 은행잎이 우수수 떨어져 거리에서 흩날리는 무렵이었다. 늦가을이었다.

집도 아닌 비닐하우스 속에서 시난고난하는 애들 아버지 병구완을 하랴 먹고 살랴 정신없는 옥자는 영아아파트에서 밤늦은 파출부 일을 끝내고 서리 맞은 배추마냥 축 처져 아파트 단지를 빠져나왔다.

"아줌마!"

돌아보니 가겟집 장남 충섭이었다.

"난 또 누구라고. 여기서 뭐해?"

"보면 몰라요."

군고구마 드럼통에 장작개비를 집어 넣으며 충섭이가 씨익 웃는다. 뒷골사람들 대부분이 그러하듯 충섭도 봄부터 가을까지는 막일을 하다가 겨울엔 다른 일을 찾았다.

"장사는 좀 돼?"

"어제 리아칼 끌구 나왔는데 아직은 제철이 아니라 잘 안 돼요."

큼지막한 군용잠바를 걸친 덩치가 크고 힘이 좋게 생긴 충섭이가 꺼뭇꺼뭇 잘 익은 고구마 한 개를 내밀었다. 몇 번 손을 내젓다가 마침 배가 꿀적하던 참이라 옥자는 염치불구하고 고구마를 받았다. 옥자는 군고구마의 껍질을 벗겨 내면서 충섭을 쳐다봤다. 동네 처녀애들을 두엇 건드려 말이 많은 스물아홉의 총각이 군고구마나 팔고 있자니 얼마나 속에서 열불이 날까, 싶어 측은한 생각이 들었다.

털모자가 달린 큼직한 군용잠바와 검댕이가 시커멓게 묻은 실장갑을 낀 충섭을 보며 군고구마를 먹자니 뼈빠지게 일을 해도 벗어

날 길 없는 가난에 목이 탁탁 막혔다. 옥자는 가까운 구멍가게엘 가서 우유 두 병을 샀다. 한 병은 충섭을 주기 위해서였다.

먹고 살기 위해 젊은 나이에도 리어카를 끄는 충섭을 보니 구들장 신세를 지고 있는 애들 아버지가 떠올랐다. 은근히 얄미웠다.

왜 그렇게도 뒤가 무른지? 공사장에서 다쳤으면서도 보상금 한 푼 못 받아 내고 누워 있기만 한 남편을 생각하니 서럽기도 하고 야속하기도 했다.

사람만 좋고 착하다고 잘사는 건 아닌데 남편은 좋은 사람일 뿐이었다. 남들이 법 없이도 살 사람이라고 칭찬을 하면 그게 한편으론 욕인지도 모르고 그저 해벌쭉 웃는 푼수였다. 그러나 옥자가 생각하기엔 남편은 법 없이는 절대로 못살 그런 위인이었다. 법이 있어 남편을 지켜 주고 보호해 주지 않으면 하루도 제대로 견디지 못할 순댕이었다.

"고구마 잘 먹었어요. 먼저 갈께요. 많이 벌고 올라오세요."

"예, 살펴가세요."

그렇게 옥자는 밤마다 충섭을 만나게 되었다. 일이 없어 일찍 끝나는 날은 고구마통에 장작개비를 집어 넣기도 했었다. 가끔은 충섭과 함께 뒷골로 올라가기도 하면서 옥자의 가을은 점점 깊어만 갔다. 그러다가도 버스 정류장에서 충섭이가 보이지 않는 날은 가슴 한 곳이 텅 빈 듯 허전했고 그렇게 서운할 수가 없었다.

"어젠 안 나왔대?"

"애인하고 데이트했어요."

"이뻐?"

전혀 상관이 없는 일인데도 불같이 타오르는 묘한 질투심을 억누르며 만약에 정말로 예쁘면 어쩌나 싶은 마음에 말이 튀어나왔다.

"그럼요."

"몇 살인데?"

어쩌자고 이러는 걸까? 왜 아무렇지도 않게 넘기질 못하나?

"다섯요."

"네 살 차이네."

이상하게도 조금씩 화가 나는 옥자였다. 자기는 벌써 서른다섯의 나이가 아닌가. 충섭이하고는 여섯 살 차이였다. 도저히 허물수 없는 까마득한 세월의 벽을 느끼며 옥자는 충섭을 노려봤다.

다음날부터 옥자는 화장을 시작했다. 거울을 볼 때마다 나이보다 훨씬 늙어 보이는 게 싫었다. 영양크림을 열심히 발랐고 팩을 해서 눈 밑의 주름과 기미를 없애려 애를 썼다. 뿐만 아니라 매니큐어와 루즈도 발랐다.

전에 없이 화장을 해대니 골골거리던 남편이 몹시 신경을 쓰는 눈치였지만 옥자는 그 싹부터 꽉 눌러 버렸다. 속으로는 내가 왜 이럴까, 하면서도 미장원도 자주 들락거렸다.

하루는 영아아파트에서 종점시장으로 심부름을 나가다가 그만 못 볼 것을 보기도 했다. 버스 정류장의 충섭의 군고구마 리어카에 웬 젊은 아가씨가 찾아와 충섭이랑 얘기를 나누며 깔깔거리고 있었다. 옥자의 눈에선 불심지가 확 돋아 올랐다. 생각 같아선 뛰어가 아가씨의 머리칼을 쥐어뜯고 싶었지만 꾹 참고 옥자는 시장을 봤다.

시장을 보는 동안에도 젊은 아가씨와 키득거리고 섰을 충섭이가 자꾸만 눈앞에 어른거려 옥자는 미칠 지경이었다. 동네에 소문이 난 대로 충섭이는 애인을 숱하게 갈아치우는 바람둥이였지만 옥자는 질투심에 물건도 제대로 못 사고 허둥거렸다. 돌아오는 길에도 보니 두 사람은 여전히 뭐가 그리도 좋은지 웃음을 입가에 함뿍 머금고 있었다.

"충섭인 좋겠네? 애인이랑 데이트도 하구. 장사 안 해도 배 부르졌어?"

모른 척 그냥 지나치지 못하고 옥자는 끝내 참견을 하며 아가씨의 얼굴을 자세히 훑었다.

"시장 갔다 와요, 아줌마?"

"그래."

예쁘지도 않은 걸 애인이라고, 들창코에다 깨밭에 엎어졌었나 주근깨가 새카맣다. 아가씨의 얼굴이 썩 예쁘지 않은 게 그나마 옥자에게는 위안이었다. 아가씨의 얼굴이 이쁘지 않다는 걸 본 옥자는 그 길로 충섭에게로 향하던 마음을 돌려놓았다. 비록 갈증은 났지만 오랜만에 남편의 품에서 잠을 잤다. 쌍둥이 두 아들과 한방에서 잠을 자기 때문에 옥자는 항상 조심스럽게 일을 치렀다.

옥자는 오랜만에 남편을 위해 쇠고기를 한 근 샀다. 산모처럼 미역국을 좋아하는 남편을 위해 정성스레 늦은 저녁밥을 차린 옥자는 개를 키우는 비닐하우스 찐다네로 고스톱을 치러 간 남편을 찾으러 갔다. 찐다는 그 집 아주머니가 소아마비로 다리를 절룩거린다고 해서 생긴 별명이었다.

"미역국이네."

찐다네에서 돌아온 남편은 옥자가 밥상 위의 신문지를 들치자 입맛을 쩝 다셨다.

"소고기 좀 사 왔어요."

"요놈의 미역국이 한참 오르는 끗발을 죽게 했구만. 애들 깨워 같이 먹지."

"됐어요. 애들은 아침에 먹으면 되고, 당신이나 어여 자셔요."

눈에 뜨이게 축이 난 얼굴의 남편이 수저를 들자 옥자도 옆에서 껄덕거렸다. 겨울이라 일도 없는데다가 아프기까지 하니 살림도 살림이지만 걱정이 여간만 한 게 아니었다.

"참, 우물집 현자네 작은오빠가 경찰서에 잡혀갔다네."

"예에? 왜요? 그 집 장남도 핵교때 쫓겨다닌다고 현자 엄마가 발을 동동 구르더만. 둘째도 법 없이 살 착한 사람이고 더구나 학생도 아닌데 왜 그랬대?"

"법? 법이 무슨 소용이야. 법이란 게 다 있는 놈만 좋으라고 있는 거지. 현식이 걔는 공장에서 노동조합 간부라나 뭐라냐? 그랬나봐. 나두 잘 몰러."

"그나저나 인자 곧 추워질 텐데 교도소를 가면 어쩐대? 현자 엄마 자리에 누웠겠네?"

"그치도 않아. 오히려 수색하러 온 형사 멱살을 잡고 흔들던데 뭘."

"여보! 혹시 고문은 안 당할까?"

옥자는 몇 해 전에 고문으로 죽은 학생의 이름을 떠올리려 애쓰며 남편에게 물었다.

"모르지. 세상이 워낙 지랄 같으니……."

쌍둥이 아버지는 밥상을 물리고 담배를 찾으며 한숨을 포옥 내쉬었다. 다만 몇 푼이라도 영치금을 줬으면 싶은데 아내에게 말을 꺼낼 염치가 생기질 않아 가슴이 답답했다.

한때, 충섭에게 쏠리던 마음을 옥자는 그렇게 다잡아 갔다. 화장도 줄이고 옷도 편한 바지만을 입었다. 자신에게는 잘났거나 못났거나 남편이 있었고 쑥쑥 수숫대처럼 잘 자라는 쌍둥이 두 아들이 있었다.

날씨도 추워지고 몸도 성치 않아 옥자가 파출부 일을 해서 그런대로 버티지만 쥐구멍에도 볕들 날이 있다고, 언젠가는 이삿짐을 바리바리 싣고 뒷골의 비닐하우스를 떠날 날이 오리라고 옥자는 굳게 믿었다.

아직 손이 시릴 정도는 아니었지만 그래도 제법 찬바람이 불어 겨울이 어느새 옥자의 몸을 휘감고 있었다. 가로수에 매달려 있던 노란 은행잎이 거의 다 떨어질 무렵의 어느 날 밤, 옥자는 지친 몸을 이끌고 영아아파트를 빠져 나와 뒷골로 향했다. 아파트를 빠져 나올 때, 하늘을 보니 멀리 방배동 언덕에 둥근 보름달이 말간 얼굴을 내밀고 있었다. 가슴으로 찬바람 한 줄기가 휘익 불어왔다. 젊은 여자의 손끝에서 이리저리 시달리느라 느끼지 못했던 착잡함이 목젖을 타고 차올랐다. 나이도 어린 여자가 시키는 대로 하지 않으면 안 되는 자신의 못난 처지가 서러워 옥자는 쓸쓸하고 외로웠다.

'내가 그 여자보다 어디가 못났단 말인가? 이토록 뼈빠지게 일을 해도 비닐하우스 신세를 면치 못한 자신과 하루종일 지 몸 간수하느라 바쁠 뿐인 아파트의 그 여자와의 근본적인 차이는 뭘까? 그래. 어쩌면 고건지도 몰라. 세상에 첨 나올 때 숟가락 하나 없이 태어난 것과 처음부터 은 숟가락을 물고 나온 거. 누구든지 똑같은 숟가락을 물고 나온다면…… 나두 넘들처럼 잘살 자신이 있는데…….'

옥자는 아파트에서 먹다 남긴 음식을 담아 비닐봉지를 손가락에 걸고 걷는 자신이 미워 비닐봉지를 버릴까도 생각했다. 그래도 음식이 무슨 죄가 있나 싶어 버리지도 못하고 찬바람 속을 걸었다.

"아줌마."

귀에 익은 충섭의 목소리였다. 돌아보니 충섭이가 드럼통의 불을 끄고 있었다.

"오늘 장사 끝났어?"

"누가 군고구말 사 먹어야 말이지요. 쯧, 다른 장살 해야겠어요."

"먹을 게 점점 좋아지니까……."

"그러게 말이예요. 고구마 대신 군밤을 튀겨 볼까?"

"그럼 수고해. 먼저 올라갈께."

"참 아줌마도, 다 끝났는데 같이 올라가요."

그냥 갈까 어쩔까 하다가 옥자는 혼자 가기도 걱정스럽고 해서 충섭을 기다렸다.

군고구마 리어카를 마무리하고 충섭이가 장갑을 벗어 탁탁 털자 옥자는 몸을 돌렸다. 충섭이는 반 발자국 정도 앞서 걸어가면서 흘끔흘끔 굶주린 똥개가 쫓겨가면서 느릿느릿 돌아보듯이 옥자의 얼굴을 살폈다. 하지만 옥자가 워낙 무거운 표정으로 걸음을 옮기고 있자 감히 말을 붙이진 못했다.

두 사람은 횡단보도에 서서 파란 신호등을 기다리면서도 벙어리였다. 길을 건너 뒷골로 오르는 골목에 들어섰다. 이 골목도 여러 가게가 들어서서 제법 간판이 즐비했다. 뒷골사람들이 단골로 들어서는 영진약국과 도레미비디오, 그리고 컴퓨터 크리닝 세탁소를 지나자 개업한 지 며칠 되지 않은 처갓집 양념통닭집이 나타났다.

처갓집 양념통닭집을 보자 옥자의 입 안에선 군침이 사르르 돌았다. 갑자기 고통스러울 정도로 배가 고팠다. 거기다가 냄새도 고소하게 풍겨 왔다. 옥자는 자신도 모르게 침을 꼴깍 삼켰다.

"아줌마, 배 안 고파요?"

"……"

"우리 통닭이나 한 마리 뜯고 올라갑시다. 저 냄새가 사람을 죽이는데."

"집에 가서 밥 먹지 뭐. 집도 엎어지면 코 닿는 데 놔두고 이런 델 왜 들어가? 돈 애껴."

옥자는 비닐봉지를 바꿔 들며 발걸음을 다그치려고 했다.

"밥은 밥이고 통닭은 통닭이니 한 마리 뜯읍시다. 들어가요, 아줌마. 내가 살께요."

충섭이가 떠미는 바람에 옥자는 못 이기는 체 통닭집으로 들어섰다.

두 사람은 양념통닭 한 마리를 시켜 놓고 맥주를 마셨다. 원래 술을 못하는 옥자였지만 느끼한 통닭 맛과 자꾸만 쓸쓸해지는 마음에 홀짝홀짝 마신 것이 병으로 세 병이었다. 옥자는 머리가 핑핑 돌았다. 정신도 아뜩했다.

충섭의 부축을 받고 영아장여관을 들어설 때 옥자는 정신을 번쩍 차렸지만 풀어진 다리는 제멋대로였다. 그리고 옥자는 까마득하게 정신을 잃었다. 다시 정신을 차렸을 때에는 이미 발가벗겨진 상태였다.

그날 밤, 옥자는 여러 번 죽었다가 살아났다. 아랫도리가 뻐근하도록 충섭은 끝없이 옥자를 탐했다.

새벽녘에 정신없이 곯아떨어진 충섭을 그대로 두고 도둑고양이처럼 여관을 빠져 나와 뒷골로 올라가면서 옥자는 후회 같은 건 하지 않았다. 어쩌다 한 번 남편이 건드리거나 옥자가 남편의 품 속으로 파고들어도 시원치 않은 구석이 남아 가슴이 허전했었다. 물론 곁에서 자고 있는 쌍둥이 두 아들이 언제 깰지 몰라 둘 다 조심스럽게 일을 치러야 하기도 했었다.

그러나 옥자는 요번으로 충섭을 잊고자 했다. 충섭은 아직 서른 전의 팔팔한 나이였고 서른 중반을 넘기고 있는 자신을 떠나고야 말리라는 건 불을 보듯 뻔한 일이었다. 옥자는 새벽길을 걸어 뒷골로 올라가면서 어젯밤에 있었던 일은 그저 바람 한 줄기가 불어간 거라고, 목 마른 사람이 찬물 한 그릇 먹은 정도라고 거듭거듭 마음을 다잡았다.

그런데 충섭이가 일을 끝내고 나오는 자신의 손목을 움켜쥐면 옥자는 꼼짝을 못했다. 이제는 영아장여관이 아니라 시설이 좋은 서울대 앞 여관촌으로, 신림사거리 여관촌으로 떠돌았다.

옥자는 충섭의 단단한 가슴을 베고 누워 있으면 세상의 모든 시름을 잊었다. 돈도 못 버는 주제에 고스톱에 빠져 있는 남편도, 꾀죄죄한 몰골로 칭얼거리는 쌍둥이 두 아들도, 내일 당장 들어가야 할 친목곗돈이며 반지곗돈도, 아파트의 젊은 여자도 잊고 오직 충섭의 그 뜨거운 입김만을 생각했다. 옥자는 하루 중에서 충섭과 함께 지내는 시간이 제일 행복했다.

옥자는 이 행복이 아주 길어지기를 간절히 바랐다. 하지만 옥자의 바람은 언제나처럼 쪽박 깨지듯이 쉽게 깨졌다. 별로 긴 꼬리도 아니었는데도 옥자가 누리는 행복의 꼬리가 밟히기 시작했다.

동네 공동화장실이나 목수집 약수터에서 공공연한 소문이 나돌았다. 쌍둥이 에미가 충섭이와 같이 택시를 타고 가는 걸 봤다네, 여관에서 나오는 걸 봤다네, 하는 말들이 뒷골을 떠돌았다.

친하게 지내던 진씨네 며느리도 옥자를 송충이 보듯이 봤다. 옥자는 두려웠다. 동네사람들의 입방아도, 순하디순한 남편이 홱까닥 돌아 내리치는 몽둥이찜질도, 쌍둥이 두 아들이 더러운 엄마라며 고개를 돌리는 것도 두렵지 않았다. 진실로 진실로 옥자가 두려워하는 것은 충섭을 놓치는 거였다. 정말이지 옥자는 충섭과 헤어지고 싶지 않았다. 옥자는 모든 것을 버릴 각오가 되어 있었다.

결국 충섭은 군고구마 리어카를 팔아 치웠고 옥자도 파출부를 해서 모은 목돈을 챙겨 안양으로 밤도망을 쳤다.

행복한 나날이었다.

가끔씩 애들이 보고 싶긴 했지만 충섭의 품에 안겨 있으면 세상만사가 귀찮았고 아무런 생각도 나지 않았다. 옥자는 충섭을 졸라 인천으로 가서 회를 먹기도 했다.

자연히 곶감 빼먹듯이 그 동안 모았던 돈을 야금야금 빼먹었다. 돈이 떨어지자 약간은 불안했다. 궁여지책 끝에 충섭은 다시 막노동판을 나갔고 옥자도 일주일에 두어 번씩 파출부로 나갔다. 하지만 옥자는 서른다섯의 나이에 처음으로 여자로 태어난 것에 감사했다. 옥자는 여태까지 한번도 가져 보지 못했던 행복을 정말이지 놓치고 싶지 않았다. 비록 외줄을 타는 듯한 아슬아슬하고 불안한 생활이었지만 옥자는 진심으로 충섭을 사랑하려고 가진 애를 다썼다.

쌍둥이 아버지는 애들 에미와 충섭이가 자기 몰래 만나 왔었다는 사실을 자신만 모르고 온 동네가 모두 알고 있었다는 게 더욱더 분통이 터졌다. 모두들 쉬쉬하며 자신의 멍청한 꼬락서니를 보면서 저 팔불출! 저 등신, 꼴에도 사내라고, 불알이나 지대로 달렸는가 몰러, 하면서 손가락질을 하고, 뒤꼭지를 향해 큭큭 웃었을 생각을 하니 정말이지 미치고 폴짝 뛸 지경이었다. 그 화냥년의 더러운 소문을 조금만 빨리 귀뜸을 해줬어도 다리 몽뎅이를 작신 분질러 집구석에 처박아 둘 수 있는 건데, 지금 와서 땅을 친들 아무런 소용이 없었다.

눈에 불을 켜고 연놈을 찾아 헤매는 동안에 겨울은 점점 깊어만 갔다.

찬바람에 뻣뻣하게 굳은 비닐자락들이 부스럭부스럭 서로 몸을 비비면서 에미 없이 새우잠을 자는 두 아들을 쳐다보는 쌍둥이 아버지의 가슴을 인정사정 보지 않고 찢어발겼다. 조금만 더 배웠으면, 돈이 조금이라도 있었으면 이렇게 마누라에게 버림받지는 않았을 것을…… 쌍둥이 아버지는 가슴을 쳤다.

가슴속의 화병은 도질 대로 도져 술독에 빠지지 않으면 견딜 수 없는 춥고 배고픈 겨울이었다. 그리고 백방으로 꼬리를 잡으려고 노력했건만 두 년놈은 어디로 숨었는지 알 도리가 없었다. 쌍둥이 아버지는 포기했다. 우선은 자식들과 먹고 살아야 했다. 일을 하지 않으면 쌀 한 톨, 연탄 한 장이 아쉬운 겨울이었다.

그래도 비닐하우스를 찢어발기는 매서운 바람결에 조금씩 두 년놈의 소식이 실려오기 시작했다. 영등포에서 봤다는 둥, 수원에서, 안양에서 봤다는 둥 종잡을 수 없는 소문들이 비닐하우스로 밀려들었다.

특히 안양에서 봤다는 소문은 믿을 만했다. 안양 산본동의 아파트 공사장에서 충섭을 봤다는 소식과 안양 본백화점 지하도에서 시장바구니를 든 옥자를 봤다는 소식에 쌍둥이 아버지의 귀가 번쩍 트였다. 심 봉사가 눈을 뜨는 심정이었다.

쌍둥이 아버지는 그날로 경찰서에 신고를 하고 안양 산본동으로 충섭의 꼬리를 잡으러 나갔다.

그리고 옥자와 충섭에게 수갑을 채웠다. 쌍둥이 아버지는 남편을 버린 것 정도는 참을 수 있었다. 아무리 살을 붙이고 살았다 해도 정작 헤어지면 남보다도 못한 것이 부부이니까. 하지만 얼마나 다른 사내맛에 푹 빠졌으면 새끼들까지도 헌신짝 버리듯 버린단 말인가? 그것은 용서할 수 없었다. 인륜을 아니 모정을 저버린 매몰찬 화냥년에게 용서라니. 똥구멍에서 싹이 나도록 콩밥을 먹이고 싶었다.

뜻대로 옥자와 충섭을 감옥에 보내고 나서도 그의 잠자리는 편치 않았다. 여전히 자식들은 천덕꾸러기로 칭얼거리며 동네를 쏘다녔고, 가슴을 온통 다 태울 듯 치밀어오르는 불덩이는 사라졌지만 대신 얼음덩어리가 들어서서 만사를 귀찮게 만들었다. 살림은 전보다도 더 많이 헝클어졌고, 눈이라도 내리면 찢어진 비닐 사이로 눈송이가 나폴거리며 떨어졌다. 쌍둥이 아버지는 눈에 띄게 야위어 갔다. 밥은 입에 대지도 않고 줄창 소주만 먹어댔다. 그러던 어느 날, 현자 엄마가 냄비를 들고 비닐하우스를 찾았다.

"이거 미역국인디 자네도 묵고 애들도 멕여."

"뭘, 이런 걸 다 가꾸 오셔유."

"오늘이 쌍둥이 귀 빠진 날 아녀? 아니 애비가 새끼덜 생일도 몰러어?"

"그러고 보니 오늘이 생일이구먼유. 다 지가 못난 탓이지유."

"아까막에 벤솔 가는디 쌍둥이가 보이길래 생각이 났구만. 오늘이 외손녀 생일이거던."

쌍둥이 아버지는 미역국보다도 남원댁의 마음 씀씀이가 더 고마웠다. 바로 옆에 사는 찐다네도 마음 씀씀이가 이렇지 않은데 더구나 둘째는 교도소에 있는 양반이 무슨 정신이 있다고…….

남원댁은 쌍둥이네의 비닐하우스 안을 둘러봤다. 담배꽁초가 꽉 찬 소주병이 나란히 서 있었고 벽에는 습기를 따라 피어난 곰팡이가 지도인지 한 폭의 동양화인지 모를 정도로 그림을 그리며 번져가고 있었다. 몹시도 을씨년스러웠다. 뿐만 아니라 구멍이 뚫린 방문이며 말라빠진 걸레와 함께 뒹굴고 있는 때에 절은 양말뭉치가 쌍둥이 아버지의 속내를 훤히 비치고 있었다.

"가 보셔야쥬. 참 어쩐데유. 지금 비울 그릇이 없는데. 나중에 냄비는 지가 갖다 드릴께유."

"알었네. 그나저나 합의는 봤는가?"

"합의요? 그게 뭐래유?"

"쌍둥이 에미하고 말이여."

"난 못 해유. 때려 쥑여도 시원찮은데 합의라니유. 말도 안 되유."

"고만하면 되얏네. 겨울 징역이 얼매나 징글 몸소리가 나는 줄, 자네는 모르제? 난 자식을 겨울 징역에 보낸 박복한 년이네. 갇힌 사람은 풀어 주는 게 사람의 도리네. 간통이라는 건 판사도 어쩔 수가 웃는 죄여. 오직 자네 손에 달렸네. 충섭이 아부지가 자기 새끼 잘못은 생각 않고 돈 몇 푼을 쥐어 준다고 합의를 보자고 달겨드는 거 하고는 달러. 내 말은 우선 겨울에 징역을 살고 있는 사람은 풀어 놓고 보자는 것이제. 더구나 여자가 냉골방에 앉아 있으면 몸떵일 다 베리네."

"다 지녀 죄구만유."

"아남 쌍둥이 아부지? 내 자슥은 돈으로도 내올 수가 웃다네."

끝내 남원댁의 눈이 축축하게 젖어 왔다. 남원댁은 울지 않으려 모질게 마음을 다그쳤다.

"자네두 죄가 웂다곤 헐 수 없제. 여자 단속을 못헌 건 으쨌던 자네 탓잉게."

남원댁은 이 말을 남기고 자리에서 일어섰다. 쌍둥이 아버지는 고개를 폭 숙였다.

노루꼬리처럼 짧디짧은 겨울 해가 흔적도 없이 꼴닥 넘어갈 무렵에서야 비닐호스를 바닥에 깔고 자갈과 모래를 버무려 편편하게 다듬었다. 이제 남은 일은 연탄 아궁이를 깨부수고 삼탄짜리 화덕을 새로 놓는 일이었다. 쌍둥이 아버지는 작은 망치로 벽돌의 중간을 톡톡 두들겨 두 동강을 낸 다음, 약간 기울어진 새 화덕 아래에 고여 중심을 잡는다. 아주 능숙한 솜씨였다. 그리고는 신문지에 불을 붙여 연기를 빨아내는 굴뚝을 본 후에 아궁이를 정성스레 만든다.

가난한 집일 수록 우환이 많은 법이니 행여라도 연탄가스가 나온다면 떼죽음을 당하기 쉽상이었다. 다행히 새마을 보일러가 만들어져 방바닥 틈새에서 연탄가스가 올라오지는 않았지만, 날씨가 꾸무럭하면 부엌 바닥에 고여 있던 연탄가스가 방문 틈바구니를 비집고 살금살금 방 안으로 기어드는 경우가 있었다. 그러기 때문에 아궁이도 잘 만들어야 했고 굴뚝도 연기가 잘 빨리도록 각별히 신경을 써야만 했다.

아궁이를 다 만든 쌍둥이 아버지는 다시 신문지를 태운다. 아궁이 뚜껑을 닫고 굴뚝을 보니 검은 연기가 꾸역꾸역 밀려 나온다.

"후우, 다 됐구만유. 불을 계속 피워야 방이 빨리 굳어유. 연탄 애끼지 말구 때셔유. 뭐 딴 데는 손 볼 데가 없남유? 연장 들었을 때 해치우께유."

"웃네. 수고혔어. 싸게 씻고 오소, 저녁 묵게."

쌍둥이 아버지는 연장통을 들고 목수네 집 옆에 있는 약수터로 간다. 일을 끝마치고 연장을 씻으려니까 잊고 있었던 홀애비 신세라는 축축한 기분이 찬물에 담근 손 끝에서 전신으로 퍼진다.

막상 애들 어미를 감옥에서 꺼내 놓기는 했지만, 감옥에 들어 앉았을 때나 지금이나 별달리 변한 건 없고 오히려 속이 허하디허하다. 오늘은 막걸리를 왕창 마시고 잠에 푹 빠질 작정이었다. 몸뚱이를 가누지 못할 정도로 술을 마시면 이 더러운 세상만사 조금은 잊을 수 있으리라. 쌍둥이 아버지는 연장을 대충 씻어 들고 비닐하우스로 천천히 발길을 뗀다.

비닐하우스로 돌아와 연장통을 두고 방문을 여니 쌍둥이 두 아들인 명호와 명식이가 고물 텔레비전을 켜둔 채 잠에 빠져 있었다. 이불도 깔지 않고 말라 비틀어진 걸레처럼 구겨져 잠이 든 쌍둥이 두 아들이 그의 가슴에 마구 못질을 해댄다. 아비처럼 세수를 안 한 시커먼 얼굴에 바퀴벌레가 기어다니듯 허기가 어려 있었다. 쌍둥이 아버지는 애들을 깨울까 하다가 이불을 끌어다 덮어 주고는 밖으로 나온다.

"애들은?"

"자고 있길래 내비뒀어유."

"벌써 자? 허참!"

남원댁이 혀를 끌끌 차며 밥솥에서 밥을 퍼 준다. 김이 무럭무럭 오르는 찰진 밥이어서 쌍둥이 아버지의 목이 탁탁 막힌다. 밥을 먹는 게 아니라 마치 모래알을 씹는 기분이다. 그저 막걸리나 몇 사발 들이키고 싶었다. 쌍둥이 아버지가 젓가락으로 밥을 깨작거리고 있는 걸 보니 남원댁의 속도 터진다. 남원댁은 말없이 집을 나와 비닐하우스로 향한다.

좀체로 잠에서 깨어나질 못하는 쌍둥이를 두들겨 깨워 앞장세우고 집으로 돌아온 남원댁은 애들한테 고봉밥을 한 그릇씩 안긴다. 허겁지겁 밥을 퍼먹는 아이들을 보고 있자니 집에 들어올 수 없는 두 아들 생각이 간절하다.

큰아들은 언제 잡혀갈 지 모르는 아슬아슬한 줄타기의 생활을 하고 있었다. 오랫동안 사귄 애인이 있지만 결혼은 엄두도 못내고 지금까지도 형사를 줄줄이 달고 다녔다. 또한 둘째는 아예 교도소에 들어 앉아 있었다.

중학교 고등학교를 마칠 때까지 껌팔이 신문팔이를 하며 남 속일 줄 모르고 착하게만 커 온 큰아들이 아니던가. 특히 둘째는 큰아들을 대학에 보내느라 제대로 보살피지도 못했다.

숱한 가출과 툭하면 쌈박질을 해대던 작은아들이었다. 술을 몽땅 마시고 들어와서는 용돈을 안 준다고 망치로 살림살이를 산산조각으로 부수며 악을 쓰기도 했었다. 남원댁 자신도 둘째 현식이를 악물이라고 생각하며 아예 자식 취급을 안 했다.

"큰아들만 자식이야 씨벌."

자신이 대학에 못 간 것을 마치 에미 탓이라도 되는 듯 두 눈에 쌍심지를 돋우고 달라들 때면 남원댁은 정말이지 모래밭에 혀를 박고 죽고 싶었다. 공부가 하기 싫어 툭하면 가출을 했던 자기 잘못은 눈곱만치도 생각 않는 그런 아들이 바로 둘째였다.

그러다가 막상 큰아들이 대학 졸업을 앞두고 덜컥 감옥에 가자 작은아들도 서서히 변해 갔다. 큰아들이 남기고 간 책을 유심히 보고 또 재판에도 자주 참석하더니 죽어도 안 한다던 공돌이가 되겠다고 나섰다.

특별한 기술이 없으면서도 피아노 공장에 들어간 둘째는 사람이 완전히 달라져 버렸다. 한 번도 갖다 주지 않던 노란 월급봉투를 남원댁의 손에 쥐어주며 둘째는 쑥스러워했다.

"미안해 엄마. 몇 티꺼리 안 돼. 내가 성아 몫까지 하께."

그제서야 남원댁은 알았다. 큰아들이 그토록 침이 마르도록 말하던 운동이란 게 바로 요런 거구나. 악물 같은 애도 사람으로 변하는 거구나. 운동을 하면 사람이 이렇게 착해지는 거구나.

콩알만한 구멍이 숭숭 뚫린 면회실 유리창 저편에서 푸른 옷을 입고 환한 웃음을 눈꼬리가 미어지도록 지으며 나오는 둘째 현식이를 볼 때마다 남원댁의 가슴은 두엄자리 썩듯 푹푹 썩었다. 그렇다고 밖에 있는 에미가 먼저 무너질 수는 없었다.

"추운디, 집에 계시질 않구요?"

"갠찮아. 몸은 워쩌? 행여 고뿔이라도 걸리면 안 돼, 알굿냐?"

"나 건강해요. 멕여 주고 재워 주는 데요 뭘."

작은아들이 건강을 자랑하며 손을 홰홰 내저었다. 아무리 그래도 남원댁이 보기에는 작은아들의 얼굴이 퍽이나 축나 보였다.

"야야, 우리 동네 비닐하우스에 사는 쌍둥이 엄마 알쟈?"

"알지, 모르겠어요?"

"쌍둥이 엄마도 여그 있단다."

"예? 왜요?"

"가겟집 충섭이 하고 붙어 묵었제. 자슥이랑 서방이 두 눈을 벌겋게 뜨고 있는디 천벌을 받을 년이여."

"충섭이랑요?"

"그려. 충섭이도 여그 있응께 니가 한분 찾아보그라."

"찾아보긴요."

처음으로 뒷골의 소식을 전할 때는 시큰둥한 모습으로 들어가던 둘째가 다음 면회에서는 엉뚱한 말을 꺼냈다.

"엄마, 여기는 솔직히 사람 살 곳이 못 돼요. 쌍둥이 아부지한테 일단은 합의를 하라고 그러세요."

"와, 충섭이를 만났냐?"

"예, 한 번 우연히. 그것도 멀리서요. 얘긴 안 했지만 괜히 속이

상합디다. 암튼 합의를 보라고 하세요.”

“딴 사람 걱정말고 니 앞가림이나 잘혀.”

“참 엄마두. 암튼 합의를 봐서 징역살이는 면케 해야지요. 간통은 합의만 해주면 그날로 당장 나가니까 엄마가 중간에 나서봐요.”

“난 모리겠다. 무신 말이여?”

“간통은 판사 힘으로도 안 돼요. 쌍둥이 아부지가 합의를 안 해주면 그 사람들 꼼짝없이 징역을 오래 살아야 돼요.”

작은아들은 엉뚱하게도 남원댁한테 간곡한 부탁을 하고 면회실 저편으로 사라져 갔다. 남원댁은 기뻤다. 둘째 현식이가 저렇게까지 어른이 됐다니, 언제나 철부지인 줄로만 알고 있었는데…….

“니들 밥 더 묵어라.”

한창 크는 아이들이라 제법 수북한 고봉밥 한 그릇을 마파람에 게눈 감추듯 뚝딱 해치웠다.

“……”

에미가 없는 아이들이라 기가 죽어 얼른 대답을 못하고 입만 삐죽거린다. 남원댁은 말없이 빈 숟가락만 빠는 아이들의 밥그릇에다 두어 주걱씩 밥을 더 퍼 담아 준다. 쌍둥이는 둘 다 똑같이 게걸스럽게 밥을 입에 퍼 담는다. 숟가락질이 잠시도 쉬질 않는다. 그 모습을 보니 남원댁의 마음이 절로 흐뭇해진다.

밤이 내린다.

아직도 소파수술의 진통이 가시지 않은 옥자는 아랫배를 움켜쥐고 밤이 차곡차곡 쌓이는 거리를 고통스레 바라본다. 불이 켜진다. 온갖 종류의 불빛이 어둠의 구석구석을 들쑤시며 피어오른다.

차도를 따라 들어선 빌딩의 창문마다에서 쏟아져 나오는 불빛, 거리의 간판들과 네온사인들, 자동차의 헤드라이트, 그리고 멀리서 반짝이는 불빛들.

이 밤에 저 불빛들 중에서 하나를 움켜쥐고 사람들은 살고 있겠지. 더 많은 불빛을 가지기 위해 어둠 속에서 몸부림을 치겠지. 불빛 하나에 매달려 많은 사람이 서로 헐뜯고 싸우고, 울고 웃으며 몸을 부비며 살아가겠지. 저 수많은 불빛 중에서 정녕 내 것은 없는가?

예전에는 있었다. 흐릿하고 파리똥이 덕지덕지 낀 불빛 하나가. 그 먼지가 켜켜이 앉은 불빛 아래서 한 사내를 받아들였고 쌍둥이를 낳았지. 정녕 내 불빛은 없는가? 하긴, 산다는 것이 언제는 고통스럽지 않았던가? 봉제공장에서 미싱을 밟으며 처녀시절을 보낼 때나, 처음 결혼을 해서 단칸방에 살림을 차렸을 때나, 임신을 하고 입덧을 할 때 먹고 싶은 걸 제대로 못 먹을 때나, 쌍둥이를 낳을 때나 옥자는 침침한 불빛 아래서 고통스러워했다.

충섭이하고 살림을 차렸을 때도 마찬가지였다. 밝은 불빛보다는 어둡고 축축한 그늘을 찾아다니지 않았던가. 그늘 속에서 몸부림 치면서 옥자는 알았다. 언젠가는 충섭이가 자신을 버릴 거라는 것을. 그때가 좀 빨리 온 것뿐이었다. 다만 바라는 거라고는 에미 될 자격이 없는 년이지만, 쌍둥이 자식인 명호와 명식이의 얼굴을 보는 거였다. 새끼들의 얼굴을 보고 나서 죽든지 살든지 결판을 내리리라.

옥자는 이수전철역에서 89번 버스에 오른다. 혹시라도 아는 얼굴이 있을까 싶어 고개를 푹 숙이고 뒷자리로 깊숙이 파고든다.

영아아파트 앞에서 내려 뒷골로 올라가는 길은 예전 그대로였지만 옥자에게는 몹시도 힘들고 멀었다. 아직도 아랫도리를 잡도리하는 소파수술의 싸한 통증이 자꾸만 발목을 나꿔챈다. 옥자는 현기증에 비틀거리면서 뒷골의 언덕길을 오른다. 그러고 보니 하루종일 음식이라고는 국수가락 하나 입에 걸치지 않았다. 허한 속이 울렁울렁 역겹고 헛구역질이 목구멍을 간지럽힌다.

 대성연립을 지나 뒷골이 눈앞에 나타나자 옥자는 순간 얼굴이 확 달아오른다. 이토록 부끄러운 짓을 왜 했을까, 라는 후회가 가슴을 치며 새록새록 살아난다. 옥자는 행여라도 동네사람들의 눈에 띨까 싶어 고개를 자라목처럼 움츠린다. 영심이네 가게를 흘깃 보니 불빛 아래에서 물건을 사는 진씨네 며느리가 보인다. 그 뒤로 통장 아저씨의 흰머리가 함박눈을 맞은 듯 은회색으로 빛난다. 옥자는 가게 건너편의 인도로 조심스레 발길을 옮긴다.

 “에그머니나!”

 길 옆에 주차해 있던 검은 자가용에서 낯선 사내가 불쑥 문을 밀치고 나온다. 어디선가에서 본 듯한 얼굴이다. 옥자는 걸음을 빨리 놀려 그 사내를 피했다. 옥자는 누구라도 마주치는 사람이 없기를 간절히 빈다. 무서운 건 밤길이 아니라 사람이었다.

 뒷골 유일의 변소인 공동변소를 지나 옥자는 새로 생긴 교회 옆의 캄캄한 어둠 속으로 발길을 꺾는다. 조금만 더 가면 스산한 바람이 부는 목장터가 나올 것이고 개 짖는 소리와 함께 찐다네의 비닐하우스가 나올 터였다. 그 뒤로 옥자가 지난 삼 년간 식구들과 찌그락째그락 살을 부비며 살아온 비닐하우스가 있었다.

 비닐하우스의 뙈창에서 흘러나오는 불빛이 반갑다. 하지만 저 불빛은 이미 옥자의 불빛이 아니었다. 불빛 아래로 서슴없이 걸어가지 못하고 머뭇거리는 발길에서 옥자는 비로소 혼자라는 사실이 뼈에 사무친다. 한때는 따뜻한 가족이었던 저 불빛 아래의 사람들. 그들은 어떻게 변해 있을까? 불빛은 여전했지만 어쩌면 사람들은 …… 낯선 타인으로 변해 있지나 않을까?

 무슨 낯짝을 들고 저 불빛 속으로 걸어간단 말인가. 옥자는 발길을 돌린다. 눈물이 흐른다.

 공동변소 앞까지 되돌아왔다가 옥자는 입술을 깨물며 다시 돌아선다. 어차피 마지막이 아닌가. 용서를 빌고 다시 살자고 해도 말 많고 바람 잘 날 없는 뒷골에선 더 살 수도 없거니와 설사 애들 아버지가 용서한다고 해도 같이 살 염치가 없는 옥자다. 하지만 애들은 보고 싶다.

그래! 가자. 가서 아이들의 이름이라도 불러 보고 떠나자.

용기를 낸 옥자는 찐다네 비닐하우스를 지나간다. 어둠 속에서 인기척을 보고 개들이 컹컹 짖는다.

"검둥아, 짖지 마."

한마디를 하자 조용해진다. 오랫동안 떠나 있었지만 냄새와 목소리로 이웃임을 알아차렸는지 조용해진 개들이 반갑다.

"명호야, 명식아."

옥자는 비닐하우스의 문을 열고 쌍둥이의 이름을 부른다. 부스럭거리며 바람이 분다. 대답이 없다. 그냥 돌아설까 하다가 조금 더 목소리를 높여 쌍둥이의 이름을 번갈아 부른다.

문이 열리고 쌍둥이 동생인 명식이가 나온다. 가슴이 덜커덩, 내려앉는다.

"명식아, 나다."

"엄마! 엄마다."

명식이가 반갑게 소리를 지른다. 명식이의 목소리에 저으기 안심이 된다.

"잘 있었어. 추운데 들어가자."

목이 메인다. 그러나 무슨 염치로 아이를 끌어안고 울 것인가. 아이를 앞세우고 옥자는 떨어지지 않는 발을 간신히 떼어 비닐하우스 안으로 들어간다.

"왜 왔어. 개 같은 년이."

몸이 미처 들어가기도 전에 욕설이 먼저 튀어나온다.

"……"

"명식이, 너! 일루 와, 어서!"

분위기가 험악해지자 명식이가 떨어져 나간다. 꼬리를 내리고 남의 집 쓰레기통이나 뒤지는 비루 먹은 개처럼 풀이 죽은 명식이가 거의 울상이 되어 명호 곁으로 가자 남편이 문을 쾅 닫는다.

비닐하우스의 알량한 부엌에 혼자 남겨진 옥자는 앞이 캄캄하다. 남편이 매정한 건 아니었다. 남편보다도 먼저 자신이 아이들을 버리고 젊은 총각과 도망을 쳤으니 입이 열 개라도 할말이 없는 옥자다. 그렇다고 그냥 돌아설 수는 없는 노릇이었다.

"저어…… 이혼해 주세요."

현기증 때문에 비칠비칠 쓰러지기 직전이었지만 옥자는 젖 먹던 힘까지를 모아 힘겹게 한마디를 내뱉는다. 순간 문이 벌컥 열린다.

"이호혼? 난 몰러. 니년 맘대로 해. 난 이혼 같은 거 몰러. 살기 싫으면 관두는 거지. 왜 이년아. 인자부턴 아예 가랭일 훤하게 벌리고 다니겠다 이말이여 뭐여?"

순식간에 욕설을 쏟아 놓고 남편은 다시 문을 세차게 닫는다. 차라리 두들겨 팬다면 속이라도 시원하련만. 옥자는 아득한 절망을 느끼며 비닐하우스를 나온다.

눈이 내린다.

눈은 비닐하우스를 돌아보는 옥자의 가슴에, 비닐하우스의 돼창에서 흘러나오는 불빛 위에, 뒷골을 둘러싸고 있는 나지막한 산봉우리 위에, 어두운 길 위에, 질척거리는 땅 위에 하염없이 내린다. 옥자는 희끄무레하게 드러난 눈길을 천천히 걷는다. 이제 어떻게 살아야 하나? 어떻게 살아야 하나, 라는 생각이 꼬리에 꼬리를 물고 눈 위에 발자국을 남긴다. 이상하게도 어떻게 죽지, 라는 생각은 없다. 이젠 슬프지도 서럽지도 않다. 옥자는 뒷골고개를 타고 내려오는 잔잔한 북풍을 받아 소리 없이 춤을 추며 하얗게 쏟아지는 함박눈 속을 정처 없이 걷는다.

담배 한 대를 급하게 빤 쌍둥이 아버지는 터지는 속을 견디지 못하고 밖으로 나온다. 더런 화냥년, 이라고 수없이 중얼거리며 쌍둥이 아버지는 공동변소 앞까지 온다.

공동변소 앞에서 보니 눈을 허옇게 뒤집어쓴 옥자가 비틀거리며 걸어가고 있었다. 쌍둥이 아버지는 다시 담배를 꺼내 문다. 그리곤 하늘을 본다. 눈송이 하나가 얼굴에 툭 떨어져 눈물처럼 녹아 내린다. 무수한 눈송이가 공동변소 앞 가로등 불빛을 받아 반짝거리며, 쌍둥이 아버지의 가슴을 치며 내린다. 또 한 송이의 눈이 퀭한 쌍둥이 아버지의 눈굽이에 떨어진다.

"허, 그놈의 눈 한번 징하구만."

"쌍둥이 아부지."

돌아보니 보자기를 뒤집어쓴 남원댁이다.

"오늘 일한 거 돈 줄라고 집엘 갔더니 없더만. 애들 에미가 왔었다며?"

"예, 그랬구만유. 지금 저기 가구 있구만유."

"워디?"

쌍둥이 아버지가 가리키는 손끝엔 쌍둥이 엄마가 눈을 소복하게 맞으며 걸어가고 있었다. 그 꼬락서니를 보니 남원댁의 가슴이 찢어진다.

부르릉, 쏟아지는 눈을 더 이기지 못하고 검정 자가용이 시동을 건다. 아까 낮 동안 내내 낯선 사내들을 태우고 있던 자동차였다. 검정 자가용이 두 줄기의 헤드라이트로 눈길을 헤치며 사라지자 남원댁의 막혔던 속이 조금은 풀린다. 남원댁은 검정 자가용이 사라진 어두운 길 위를 홀로 걷는 쌍둥이 엄마를 쳐다보며 이래선 안 된다고 도리질을 친다.

젊은 남자와 바람피운 아내를 보내며 그 뒷모습을 훔쳐보는 남편의 마음은 또 얼마나 찢어질까, 생각하자 억장이 무너진다.

“쌍둥이 아부지. 애들을 생각혀야제. 애들헌티는 고저 에미가 최고여. 애들 생각을 혀야제. 자, 돈 여그 있네. 싸게 가서 붙잡으소.”

남원댁은 뻣뻣하게 서 있는 쌍둥이 아버지의 등을 떠민다.

싫어유, 같이 안 살어유, 하면서 쌍둥이 아버지는 남원댁의 고집에 등을 떠밀린다.

눈은 점점 많이 쏟아지고 있었고, 하얀 눈길엔 사내의 새로운 발자국이 찍혀지고 있었다.

어느 쓸쓸한 이야기

가마솥처럼 타는 가슴, 가슴

골목 끝, 시커먼 가마솥이 걸린 약수터가 동네 아낙네들의 수다에 떠나갈 듯 시끌벅적하다. 남원댁, 순이 엄마, 곰보, 기와박씨의 둘째 마누라, 떠버리 정씨댁 등등이 옹기종기 모여 앉아 주현이 엄마의 넉살에 배꼽을 거머쥐며 잔치에 쓸 부침개를 지지고 있다.

게맛살, 풋고추, 당근, 쇠고기를 보기좋게 잘라 이쑤시개에 꿰어 부치는 꼬치전이며 잔치마다 약방의 감초격으로 등장하는 동태전 그리고 최근의 고급스런 입맛에 맞춰 새로이 등장한 송이버섯전이며 동그랑땡 등등이 플라스틱 소쿠리에 수북하게 쌓이고 있다.

"아 그러니까 주현이 아부지가 사우디에서 귀국을 하니까 그 동안 코빼기도 안 비치던 친척들이며 그 비스무리한 나부랭이들이 우리 집으로 우우, 개떼처럼 모이지 않았나벼. 혹시나 양담배 한 가치라도 얻을까 해서 눈팅이가 벌개져서 온 거야.

근디 우리 주현이 아부지가 솔직히 친척이 반갑겠어, 자식이 반갑겠어? 사우디에서 고것을 일 년 이상이나 굶겼으니……."

주현이 엄마의 말을 중간에서 잘라 먹으며 까르르, 아하하하, 와그르르 장독대가 한꺼번에 무너지는 소리를 내며 아낙네들이 웃음을 터뜨린다.

"아, 왜들 웃어? 그때는 나도 요렇게 도라무통이 아니고 날씬했었어? 피부도 우윳빛이었다고. 지금이사 늙고 속을 끓여서 요모양으로 백천평 절로 가라로 뚱보가 됐지만."

"잡것. 워디서 우윳빛 피부라는 말은 들었나벼?"

입이 걸기로 소문난 순이 엄마가 가마솥 아궁이에다가 장작을 집어 넣으며 퉁방울소리를 내지른다.

"테레비가 순진한 사람 다 베린다니까?"

세월은 못 속인다고 마흔 중반의 나이테가 나긴 했지만 여전히 야들야들하고 곱상스러운 기와박씨 둘째 마누라가 동태전을 뒤집으며 슬쩍 끼여든다.

또 한 번 와그르르 장독대가 무너진다.

"그래서어? 궁금혀 미치겠네?"

요새 한창 춤바람이 난 곰보가 귀를 쫑긋 세우고 달라든다. 비록 얼굴은 콩알이 촘촘히 박힌 것처럼 얽었지만 아이 둘을 낳은 아낙답지 않게 몸매며 젖가슴이 풍만한 곰보는 동네 아낙들의 입방아 정도에는 뒤도 돌아보지 않는 여자였다.

"그때만 해도 방이 어디 요새처럼 두 개나 있었나? 손바닥만한 단칸방이었지? 아무튼 손님들이 모두 가고 우리 식구만 남은 거야. 우리 주현이 아부지는 피곤하다 어쩌다 사우디하고는 시차(時差)가 많이 나서 죽것다 어쩐다 하면서 자리를 깔자고 눈치를 보내는디 우리 큰놈이 지 아부지 왔다고 주둥아리가 가마솥 뚜껑처럼 커져 가지고는 실실 웃으며 줄창 테레비만 보는 거야.

솔직히 나도 일 년 만에 서방을 만난다는 기대감에 목욕까지 했었거던. 뿐이야, 잠시 눈치를 봐서 부엌에 가서 몰래 뒷물까지 했으니 나름대로는 단단히 준비를 한 거여. 아니 근데 요놈의 상열의 새끼가 애국가가 나올 때까지 테레비를 보겠다는 작정으로 테레비 앞에 앉아 있는 게 아녀? 미치겠더라구. 새끼가 아니라 웬수더라니까? 그만 보고 자자고 점잖게 타일러두 지 아부지가 일본에서 사온 전자시계를 테레비 방송에 맞춘다고 보고리를 채우는디 환장하고 폴짝 뛰겠더라구."

"아항, 그래서 큰아들 이름을 상열이라고 지었구만? 점쟁이가 따로 없구만 없어?"

하루 세 끼보다 소주를 더 많이 마셔서 항시 코끝이 딸기로 변한데다가 동네가 떠나가도록 소락배기를 질러대는 떠버리 정씨의 마누라가 신작로의 모난 돌처럼 톡 삐져 나온다.

"아니, 고 대목에서 왜 나온다요? 점쟁이가 만만한 홍애좆이여 뭐여?"

말없이 버섯전을 부치던 무당이 눈을 흘기며 그러나 입에는 함박웃음을 달고 말꼬리를 잡는다.

"뭐 지방방송이 그렇게 많아. 궁금시러 죽겠구만."

소갈머리 없는 곰보가 버섯전을 후딱 한입에 넣고 우물거리며 주현이 엄마한테 어서 이야기 보따리를 풀라고 손짓을 한다.

"우리 아들 이름이 중요한 게 아니고오. 그래서 나도 아랫도리가 축축한데 주현이 아부지가 자꾸만 허벅지를 찔벅거리는 거야. 허지만 낸들 어찌? 애가 잘 때까지 기다려야지. 아무튼 우여곡절 끝에 불을 끄고 눕자마자 주현이 아부지가 급하기도 했던 모양이야. 정신없이 내 속곳을 벳기고 달라들어 마악 일이 성사되려는 참인데 상열이가 벌떡 일어나더니 오줌이 마렵다고 불을 딱 키는 거야. 그러니까 주현이 아부지가 고함을 꽥 지르며 상열이 싸다구를 올려 붙이더라구. 아닌 밤중에 홍두깨도 유분수지."

"어지간히도 하고 자폈나비네. 자슥새끼 싸다구꺼징 올려 붙이능 거 봉께."

순이 엄마가 한마디를 거들자 와하하하, 아낙네들이 모두 일손을 멈추고 골목이 떠나갈 듯 웃어 제낀다. 곰보와 기와박씨 둘째 마누라는 아예 배를 걸머쥐고 갈갈갈갈 뒹굴고, 무당은 치맛자락으로 눈물을 찍어낸다.

"더 남사스런 일도 있어. 이야길 안 해서 그러제."

주현이 엄마가 산중턱에서부터 플라스틱관을 묻어 내려오는 약수물을 한 바가지 퍼 마시곤 입술을 스윽 닦는다.

"그걸로 이야기 땡이야? 괜시리 감질만 나네."

'니년 춤바람 나서 외간 남정네랑 붙어먹은 이야기나 하지 이년아.'

부치라는 전은 부치지 않고 그저 주둥아리에 쑤셔 박기만 바쁜 곰보가 미워 주현이 엄마는 이렇게 속엣말을 퍼붓고 싶지만 괜히 동네잔치를 코 앞에 두고 사단을 부리고 싶지 않아 가슴에 꾹꾹 눌러 둔다.

"야, 주현이 너 다음 이야기 더 재밌는 거 같은디, 고걸 혀야지."

평소에는 곰보를 미워하는 순이 엄마도 다음 이야기가 궁금한지 곰보의 역성을 든다.

"공짜배기로 들을라고? 안되지. 뭐 내 입은 맨날 공일인가. 갑자기 목구녕이 칼칼한데. 으흠."

"야, 곰보야. 니가 영심네 가게에 가서 외상으루다 사이다 한 벵 들구 와야 쓰것다."

"사이다? 좋아, 까짓거. 사이다 아니라 맥주를 사 오라면 못 사오까?"

웬일로 고양이 보고 달라드는 개처럼 으르릉거리지도 않고 순이 엄마의 말이 끝나기가 무섭게 곰보는 영심이네 가게로 달려간다.

"고년, 어지간히 몸이 달았구만."

곰보가 먼 길을 떠나는 기차처럼 기나긴 골목을 벗어나자 순이 엄마가 그새를 못 참고 곰보의 뒷그림자한테다 욕을 달고야 만다. 그러자 또 와그르르 찬장에서 그릇 쏟아지는 소리를 내며 아낙네들이 웃어 제낀다.

"자, 사이다."

곰보가 한 되들이 사이다 한 병을 들고 뛰어와서 맨 먼저 주현이 엄마한테 사발이 철철 넘치도록 부어 준다. 주현이 엄마는 괜한 헛기침을 하고는 사이다를 쭈욱 들이킨다. 전을 부치던 다른 아낙네들도 곰보가 가져온 사이다를 마시느라 저마다 일손을 잠시 놓는다.

"마셨으면 어여 보따릴 풀어 놔!"

나머지 사이다를 한 입에 병채로 톡 털어 넣으며 곰보는 주현이 엄마 맞은 편에 도마를 깔고 앉아 귀를 쫑긋 세운다.

"숙이 엄마 요새 토옹 맛을 못 보는 모냥이여? 궁게 조렇게 껄떡거리제?"

떠버리 정씨댁이 또 툭 볼가져 나온다. 동네 아낙네들 중에서 순이 엄마만 유독스레 곰보를 곰보라고 불렀고 나머지는 숙이 엄마라고 불렀다. 중학교에 다니는 선숙이가 곰보의 큰딸이기 때문이었다. 곰보는 떠버리 정씨댁이 놀려도 흘깃 돌아만 볼 뿐 대거리를 하지 않는다.

"사이다 한 잔으로는 너무 싼데? 요번 이야기는 비싸."

"야, 너무 그러지 마라. 그러다 살이 더 찌면 어쩔려고?"

몸집이 주현이 엄마의 반쪽밖에 안되는 기와박씨의 둘째 마누라가 뚱뚱한 주현이 엄마를 놀려 먹는다.

"그래. 싸게 혀라."

"에고, 국민 여러분이 나를 국회로 보내 주신다니 혀야지요."

"대신 지방방송은 꺼졌으면 좋겠어. 이야기 중에 톡톡 판자 틈에서 빈대 볼가지듯이 볼가지지 말고."

곰보가 좌중을 돌아보며 엄숙하게 한마디를 하고 눈길을 주현이 엄마의 두터운 입술에 고정시킨다.

"그러니까, 그러니까, 이거 말을 끊어 먹었다가 다시 할려니 지랄이구만. 그러니까 주현이 아부지가 만반의 준비를 하고 등산을 했단 말이야. 나도 이제사 제대로 됐구나 하고 주현이 아부지의 등산을 도왔지. 주현이 아부지는 허겁지겁 정신이 없더만.

불을 끄고 일을 치르기는 하지만 한참 지나면 어슴프레 뭔가가 보이잖아. 불안했지. 주현이 아부지도 그렇지만 나도 일 년 동안 꼬박 독수공방 생과부 신세였다 보니 절로 소리가 나더라 이거야. 주현이 아부지가 몇 번 입을 막으며 조용히 하라고 주의를 줬는데도 그게 뜻대로 돼?

그런데 갑자기 다섯 살짜리 주현이 가시내가 무슨 잠귀가 그리도 밝은지 발딱 일어나 징징 짜며 지 아부질 밀치는 거야. '아부지, 엄마 때리지 마.' 하면서."

"아이고고고, 배꼽이야."

주현이 아부지가 등산을 했다는 대목에서는 괜히 헛기침을 해대며 전을 부치는 척하던 아낙네들이 서로를 때리고 밀치며 웃느라 약수를 받는 물통이 뒤집어지는 줄도 모른다. 뿐만 아니라 배를 잡고도 웃음이 그치질 않아 모두들 눈에 눈물이 그렁그렁 담겨 있다. 남원댁도 무당의 어깨를 치며 웃느라 정신을 못 차린다.

"으매 배창시가 다 아프네이. 워치케 웃었능가 히메가리가 하나두 읍네 그려."

전을 부치면서 처음으로 남원댁이 입을 연다.

"그려 배도 꿀적하고 입도 궁금하네. 순이 엄마, 밥 될라믄 여즉 멀었어 으쩌?"

무당은 궂은 일이나 좋은 일이나를 가리지 않고 항시 남원댁의 말이라면 토를 달아 맞장구를 치거나 거들었다.

"다 돼얏어. 궁께 싸게 짐치 좀 갖구 오도라고이. 숟가락도 한 개썩 챙겨 오구."

순이 엄마가 가마솥 뚜껑을 열자 하얀 김이 구름처럼 둥실 하늘로 떠오른다. 곰보만 빼놓고 모두들 집으로 달음박질을 친다. 밥그릇은 잔치에 쓴다고 친목계에서 마련한 플라스틱 그릇을 쓰기 때문에 숟가락과 나눠 먹을 반찬만 가져오면 된다.

남원댁은 몇 발자국 되지 않는 집으로 가서 숟가락과 고추장을 사발에 담는다. 작년 가을에 담근 고추장이 아주 달고 맛나서 동네 사람들이 늘 남원댁의 고추장만 내오라고 아우성이었다. 남원댁은 고추장을 듬뿍 사발에 담아 문턱을 넘으려다 말고 뒤돌아서서 아들네 방문을 열어 본다.

문을 열자 퀴퀴한 담배연기가 한꺼번에 쏟아져 나와 역겹다. 남원댁은 손사래로 담배연기를 걷어 낸다. 보름 전에 감옥에서 나온 작은아들이 오늘은 밖에 나가지 않고 방바닥에 배를 깔고 엎드려 뭔가를 끄적거리고 있다.

"워매, 오소리 잡것다. 문 잠 열어 놓고 담배를 피거라이. 배 안 고프다냐?"

"별룬데."

작은아들이 공책에서 눈을 떼더니 얼굴을 찡그리며 고개를 흔든다.

"글도 밥은 묵어야제. 담배 잠 작작 피워! 무슨 염생이 새끼도 아니구, 몸도 성치 않으믄서. 고등어찌개 데워 주까?"

"생각없어요."

말 떨어지기가 무섭게 또 담배 한 개비를 입에 물며 희미하게 웃는 작은아들이 안스럽기도 하고 밉기도 하다.

"그려, 알았어. 배고프면 불러."

"예."

남원댁은 방문을 열어 놓은 채 힘없이 몸을 돌린다. 무슨 고민이 그리도 많은지? 남들처럼 그럭저럭 살면 될 것을 조그마한 일도 자기 일처럼 껴안고 괴로워하는 두 아들의 삶을 옆에서 지켜보자니 속이 빠지직빠지직 타는 남원댁이다.

아들의 희미한 웃음 속에 무엇이 들어 있는지 잘 알면서도 남원댁은 힘이 든다. 둘째의 희미한 웃음 속에는 항상 쇳덩어리가 들어 있다. 변하지 않는, 비록 쫓겨났지만 노동자임을 자랑하는, 그리고 남원댁한테도 노동자의 어머니라는 긍지를 요구하는 그런 웃음이다.

고추장에 보리밥을 비벼 먹으면서도 남원댁의 가슴에는 묵직한 바윗덩어리가 들어 있다. 남원댁은 남모르게 숟가락을 놓고 조용히 일어나 집으로 간다.

"보리밥 혔는디 안 묵을쳐?"

"보리밥?"

"그려. 싸게 숫꾸락 챙겨 들고 나와이."

"보리밥이라면 먹어 보까."

작은아들 현식이가 몸을 일으키는 것을 본 남원댁은 가슴을 쓸어내리며 다시 약수터로 가 보리밥을 먹는다. 현식이는 영심이네 가게로 가서 막걸리 두 통과 환타 한 병을 외상으로 사들고 가마솥이 걸린 약수터로 간다.

"나도 밥 좀 줘요."

"어여 와."

무당 아주머니가 반갑게 웃으며 현식이한테 자리를 내주었고 순이 엄마는 막걸리와 환타를 쳐다본 뒤 중국집 짜장면 그릇처럼 큰 대접에 고추장과 나물로 비빈 보리밥을 퍼 담는다.

"막걸리 안 사 왔으면 안 주는 건디 주는 거여 특벨히."

막걸리를 사 오지 않았어도 밥을 주면서도 순이 엄마는 괜한 생색을 낸다. 현식은 동네 아주머니들의 그런 허세와 수다를 좋아했다. 현식은 삼복 더위에 땀 흘리듯이 땀을 줄줄 흘리며 보리밥을 맛나게 먹는다.

둘째가 전에 없이 땀을 많이 흘리자 남원댁은 억장이 무너진다. 돈이 좀 모이면 경동시장엘 나가 녹용까지 든 보약을 한 제 해먹여야 할 텐데 그것이 좀처럼 여의치가 않다. 큰아들은 있으나마나 한 존재였다. 작은아들은 공장을 다니며 몇 푼이라도 들고 들어오는 데 비해 큰아들은 용돈을 안 타가면 다행이었다.

남원댁은 알고 있었다. 10년 넘게 대학을 다니면서 가막소엘 두 번이나 갔다온 큰아들이 취직을 하지 않으리라는 것을. 딱 한 번 큰아들은 취직을 했다. 그다지 유명하지 않은 입시학원 종합반의 영어 선생을 하다가 오래지 않아 때려치우고만 큰아들을 보면서 남원댁은 아예 포기를 해버렸다.

당시에 큰아들은 많은 돈을 벌었다. 여섯 달도 채 안되는 짧은 기간이었지만 새벽에 나가 밤 늦게 들어오니 손에 쥐어지는 액수도 꽤 많을 수밖에 없었다. 그러나 큰아들은 그것이 못내 괴로운 모양이었다. 돈을 많이 벌어서 괴로운 게 아니라 지난 10년 동안 신념을 가지고 했던 그 운동이라는 거 때문이었다. 결국 큰아들은 학원을 때려치우고 한 달에 5만 원, 차비도 안되는 활동비를 받으며 민주운동단체에서 일을 하고 있었다.

그러나 큰아들의 얼굴은 밝았다. 가끔씩 집에 오는 아가씨도 큰아들의 일에 불평을 하지 않았다. 내년쯤에는 결혼을 시켜야 할 텐데 걱정이 태산이었다. 두 사람은 결혼 후에도 마찬가지의 생활을 한다고 미래를 밝혔다. 남원댁은 그 이야기를 들으며 새파랗게 질렸다.

세상에 가정을 가진 남자가 벌이를 포기하다니 있을 수 없는 노릇이었다. 며느리가 계속 중학교 선생을 한다고 해도 남원댁은 하나도 반갑지 않았다.

"내일 무슨 잔치 있어요?"

보리밥을 먹다 말고 현식은 여기저기 먹음직스럽게 바구니에 담긴 부침개를 보면서 주현이 엄마한테 묻는다.

"내일 깐돌이 엄마 결혼식 올리잖아."

“예? 여태 결혼식도 안 하고 살았단 말이에요? 난 전혀 몰랐네. 깐돌이가 중학교 1학년인데.”

“돈이 없응게. 그놈의 돈이 웬수제.”

푸념처럼 순이 엄마가 돈타령을 하면서 결혼식을 미룬 이유를 간단하게 대답한다. 현식은 보리밥이 목에 메인다. 아침마다 어머니와 함께 파출부를 나가는 깐돌이 엄마의 푸석푸석한 얼굴이 떠올랐기 때문이다.

깐돌이 엄마, 김연자

결혼을 하루 앞둔 깐돌이 엄마는 어젯밤에도 집에 들어오지 않은 깐돌이 아빠를 생각하며 그저 쥐약이라도 훌쩍 마시고 죽어 버리고 싶어 방바닥에 질펀하게 누워 있다. 오다가다 눈이 맞아 여인숙에서 하룻밤을 자고 나온 사이라고 해도 이러지는 않을 터였다.

메주 띄우듯이 언제나 큼큼한 냄새가 가시지 않는 지하 단칸방을 비추던 노루꼬리만한 햇빛도 사라진 지 오래다. 인륜지대사(人倫之大事)라는 결혼식을 코앞에 둔 집이 마치 깊은 산골에 그윽히 파묻힌 절간처럼 고요하기만 하다.

새색시는 아니지만 10년 넘은 동거생활 끝에 결혼식을 올리는데 찾아와 주는 사람도 없다. 어머니도 언니도 하다못해 먼 외가의 팔촌 이모라도 찾아오지 않는 단칸방에서 깐돌이 엄마는 눈을 지그시 감고 물밀듯이 밀려오는 설움을 참아 낸다. 내일 결혼식을 한다고 찾아올 친척은 이 세상에 아무도 없었다. 그것은 깐돌이 아버지도 마찬가지였다. 피차에 고아로 만난 사이가 아니던가.

이름이 연자인 깐돌이 엄마가 스물셋 시절 용산에서 다방 레지를 할 때 지금의 깐돌이 아버지를 만났었다. 당시에 총각이었던 노식이는 상당한 멋쟁이였었다. 항시 새 양복을 빳빳하게 다려 입고 다방에 나타나면 연자는 괜히 가슴이 쿵쾅거렸다. 돈도 꽤 많은 모양이었다.

하지만 연자는 남자를 믿지 않았다. 스물하나 시절에 한 남자를 사랑했다가 몸도, 다방 레지를 하며 모은 돈도 몽땅 빼앗기고 덤으로 아이까지 하나 긁어 냈으니 남자라면 생각만 해도 닭살이 돋았다.

"어이 미스 킴. 여기 커피 두 잔."

노식은 용산다방에만 오면 호기 있게 커피를 두 잔씩 시켰다. 돈은 얼마든지 있었다. 노식이의 주머니에는 없었지만 다른 사람의 지갑이나 속 주머니에 있는 돈이 곧 자신의 돈이었다. 물론 벌이가 있으면 모시고 있는 형님과 나누어야 했고 때로는 네 명이나 되는 똘마니한테도 신경을 써야 했다. 그리고 그야말로 숫처녀한테 장가도 가고 싶었다.

돌이켜보면 이제는 살만한 노식이다. 똘마니들도 제법 자기 벌이는 충분히 했다. 서울역이나 남대문시장을 한 바퀴 돌고 나오면 두툼한 지갑 두어 개씩은 빼놓지 않고 들고 나올 만큼 실력도 늘었다. 그렇게 되기까지 녀석들은 시멘트에 손을 얼마나 갈아야 했던지. 물론 자신도 형님한테 배울 때는 혁대로 수없이 두들겨 맞으며 피가 철철 나도록 시멘트에 손가락을 갈아야 했고 입안이 너덜너덜하도록 면도칼을 씹는 연습을 했던 시절이 있었다.

노식은 커피를 들고 오는 연자의 아랫배며 엉덩이를 뚫어져라 쳐다본다. 문득 아랫도리가 불룩 일어섰다. 아무리 둘러봐도 연자는 사내맛을 본 적이 없는 처녀의 몸매였다. 노식은 처녀지 아닌지는 한 눈에 알아보는 솜씨를 지니고 있다고 늘 자부하고 살았다. 걸음걸이만 보면 사내맛을 봤는지 그야말로 순수한 처녀지 쉽게 짐작이 갔고 대개는 맞아 떨어지곤 했다.

"여기 좀 앉아."

연자는 짧은 치마를 입어 되도록이면 허벅지를 붙이고 노식이 앞에 다소곳이 앉아 커피에 설탕과 프림을 타 저으며 괜히 불안해지는 마음을 감추려 애를 썼다.

"드세요."

주머니에 돈이 두둑한 노식은 거만한 표정으로 커피를 마셨다. 일급호텔은 아니더라도 코로나 택시를 타고 종로로 나가 텔레비전도 있고 욕탕도 있는 여관의 침대 위에서 연자의 속옷을 벗기는 상상을 하니 그렇게 즐거울 수가 없었다. 노식은 빙그레 웃었다.

"뭘 그리 웃으세요?"

연자는 입가에 음흉한 웃음을 다는 노식이가 어쩐지 징그러워서 커피만 후딱 마시고 일어섰다.

"손님도 별루 없구만. 좀 앉아 있어."

이야기를 꺼낼 틈을 찾던 노식은 일어서는 연자의 팔을 잡아 다시 앉혔다. 그리곤 양복 속주머니에서 목걸이와 반지를 꺼냈다.

"이거 미스 킴 선물이야."

노식은 목소리를 착 깔고 다정스럽게 말을 꺼냈다. 노식이의 목소리에는 자랑스러움이 담겨 있었다.

"이게 뭔데요?"

"끌러 보기나 해!"

떨리는 손으로 색동종이로 싼 작은 상자를 열었다. 반짝반짝 빛이 나는 금목걸이와 금반지였다. 아아, 이 남자가 나를 사랑하는구나. 연자의 가슴속은 물레방앗간의 절굿공이처럼 끝없이 뛰었다.

"이걸 왜 저한테?"

"묻지 마. 그냥 선물이니까."

"왜 괜히 선물을 해요. 이 비싼 것을."

“난 갈 테니까, 잘 있어.”

그리고 노식은 자리에서 일어났다. 이게 모두 여자를 꼬시는 절차요 방법이란 걸 모르는 연자는 어안이 벙벙했다. 이걸 줄 테니 몸을 달라거나 옆자리에 앉아 엉덩이를 쓰다듬거나 해야 말이 되는데 신사적으로 나가는 노식이었다.

“이, 이봐요?”

“다음에 또 오께.”

노식은 부리나케 계산을 치르고 다방을 빠져 나왔다. 놀란 토끼 눈을 하고 연자가 다방 입구까지 나와 배웅을 했다. 노식이는 휘파람을 불며 남대문시장으로 갔다.

그 후로 노식은 용산다방을 방앗간에 참새 드나들 듯이 뻔질나게 들락거렸다. 어떤 날은 형님 몰래 몫돈을 챙겨 연자한테 맡기기도 했다. 연자는 노식의 불타는 눈빛을 견디지 못하고 결국엔 허물어지고 말았다.

다방이 쉬는 날에 드디어 연자는 노식의 팔짱을 끼고 인천의 송도로 회를 먹으러 갔다. 살아서 펄펄 뛰는 회에다가 소주를 마시는데 노식의 뜨거운 입김이 연자의 귓불을 간지럽혔다. 연자는 노식이가 이끄는 대로 생전 처음 텔레비전도 있고 욕실도 있고 침대도 있는 여관을 들어갔다. 연자는 행복에 젖어 부끄러운 줄도 모르고 노식이가 하는 대로 가만히 몸을 맡겼다.

한 차례 몸을 섞고 난 노식은 담배를 꼬나 물었다. 연자는 그토록 꿈꾸던 숫처녀가 아니었다. 침대를 덮은 요 위에 처녀성을 상징하는 꽃송이가 피지 않아 실망이 이만저만이 아니었다. 노식은 연자를 일으켜 세워 따지고 싶었다. 하지만 그럴 수는 없었다. 같이 살기 싫으면 용산다방을 다시는 찾지 않으면 그만이었다. 노식은 담배를 깊이 빨았다.

“쯧, 어쩔 것이냐? 담배 하나 피우고 잊어야제.”

"예?"

"암것도 아녀? 애새끼나 생기지 않게 피임이나 잘 혀. 아직은 애를 볼 단계가 아니니까."

연자는 너무나 부끄러워 이불을 폭 뒤집어썼다. 그리고 둘은 곧 용산역 앞의 여인숙에다 월셋방을 얻어 살림을 시작했다. 노식은 연자한테 소매치기라는 직업을 숨긴 채 아침마다 출근을 했으며 연자는 다방 레지에서 은퇴를 했다. 행복한 나날이었다.

바람은 거리에서 가슴으로 끝없고

보리밥 한 그릇을 후딱 해치운 현식은 공책에 끄적거리던 시 나부랑이를 마저 정리하기 위해 방으로 들어와 담배를 피운다. 펼쳐 둔 공책에는 뒤뚱뒤뚱 걸음마를 배우는 아이의 발자국처럼 삐뚤빼뚤한 글씨가 안개 속에서 자꾸만 꾸물거린다. 고통스러웠던, 그러나 고통스럽다고 입 밖에 낼 수 없었던 구로동의 이야기가 몇 줄의 시로 바뀌어져 있다.

모조리 찢어 버리고 싶다. 하지만 아무리 피멍 든 고통이라고 할지라도 온몸으로 껴안고 견뎌야 하리라. 현식은 담배를 후우——내뿜는다. 담배연기는 안개처럼 두 개의 벽을 가득 채운 책 속으로 스며든다. 지금쯤 책 속의 수많은 활자들은 안개에 갇혀 미로(迷路)를 헤매고 있을 터였다.

돌이켜보면 형이 자취방에 남기고 간 저 책 속에서 얼마나 많은 날들을 방황했던지. 국민학교밖에 나오지 못한 학력으로 현식은 형의 책을 마구잡이로 읽어 치웠다. 양아치에서 건달로, 건달에서 막노동꾼으로, 막노동꾼에서 다시 건달로 지내 온 세월을 하루아침에 뒤집기란 참으로 어려운 일이었다. 그리고 건달에서 노동자로 되는 것은 일찍이 세상에서 배웠던 온갖 여자와 술과 당구장에서의 나른한 시간과 노름판에서의 팽팽한 긴장을 모두 버려야 하는 고통이 뒤따랐다. 하루도 거르지 않고 똑같이 반복되는 봉제공장에서의 지루했던 다림질을 견디지 못하고 몇 번이나 증기다리미를 놓고 집으로 돌아오곤 했었다. 그러다 다시 작은 공장에서 선반일을 배워서 포크며 나이프 같은 양식기를 만드는 아시아화학에 취직을 했다.

지금 현식의 몸은 근질근질하다. 항소심에서 집행유예를 선고받는 바람에 출소를 해서 몸조리를 한다고 집에서 보내는 시간을 견딜 수가 없었다. 어서 빨리 일을 하고 싶었다. 선반일이 아니더라도 하다못해 건축 공사장에서 막일이라도 하고 싶었는데 자꾸만 어머니가 앞을 막았다. 보약이라도 한 제 먹고 일을 하든지 그놈의 운동이라는 걸 하든지 하라는 어머니의 요구를 현식은 정면에서 거절하지 못했다. 실은 몸도 축이 날 대로 나서 잠자리에서도 홍건하게 진땀을 흘리는 중이었다. 담배를 줄여야 하는데 그게 뜻대로 되지 않았다.

드르륵.

문이 열리고 어머니가 얼굴을 빼꼼 들이민다. 어머니도 이젠 많이 늙어서 검은 머리보다 흰 머리가 많았다.

"바빠?"

"아니. 엄마도 머리염색을 해야겠네?"

"이거, 늙으면 생기는 건데 뭘."

어머니가 바람에 붕 뜬 머리를 손바닥에 침을 탁탁 뱉아 매만지며 말끝을 흐린다. 나이는 자꾸 들어가는데 두 아들은 장가갈 생각도 않고 있으니 속이 두엄더미처럼 썩어만 갔다. 현식은 그것을 잘 안다. 그래서 형한테 빨리 결혼을 하라고 조르고 있는 참이다. 내

후년이면 환갑인데 그 전에 달덩이 같은 손자를 품에 안겨드려야
하는 게 아니냐고 형을 닦달하지만 형은 습관처럼 빙그레 웃기만
할 뿐 선뜻 대답을 않는다.
  "바쁘지 않으면 심부름 좀 할래?"
  어머니는 조심스럽다. 현식이는 심부름을 끔찍히도 싫어했다. 가
까운 가게엘 가서 두부 한 모 사오라는 심부름도 짜증을 부리던
아들이니 어머니가 조심스러운 것은 당연한 일이었다.
  "무슨 심부름인데?"
  조용히 집에 있고 싶은데 심부름을 다녀오라는 말에 은근히 신
경질이 났지만 현식은 꾹 눌러 참고 환한 얼굴로 되묻는다.
  "누나네 집에 들렀다가 깐돌이네 집엘 다녀와야 하는데."
  "알았어."
  현식은 벽에 걸린 곤색의 작업복 잠바를 걸친다. 아시아화학이
라는 글자가 선명한 작업복이다.
  "누나한테 가기만 하면 돼?"
  "응, 누나한테 가면 누나 결혼식때 입었던 한복을 줄 꺼야. 고걸
깐돌이 엄마한테 갖다주면 그만이야."
  "웨딩드레스를 입지 않고?"
  "쯧, 돈이 없단다."
  구두를 꺾어 신고 현식은 천천히 낙성대 고개를 향해 걷는다. 바
람이 분다. 인간이 사는 마을에서 시작된 바람은 거리에서 가슴으
로 끝없다. 깐돌이 아버지인 노식이 형이 생각난다. 운명이란 참으
로 기구해서 현식은 구치소에서 노식이 형과 바로 옆집의 종열이
를 만났다. 사당동 뒷골 사람들 셋이 한꺼번에 구치소에서 푸른 죄
수복으로 지내야 한다는 사실이 가슴에 걸렸지만 어쩌다 면회길이
나 운동을 하러 가는 길에 우연히 마주치면 그렇게 반가울 수가
없었다.

노식이 형은 노름쟁이였다. 섰다를 하다가 돈을 잃은 사람이 맥주병을 깨들고 설치는 바람에 대판 싸움이 붙었고 결국엔 경찰이 들이닥치는 바람에 쇠고랑을 찼다. 옆집의 종열이는 이제 중학교를 중간에서 때려치웠는데 본드를 마시고 환각상태에서 강간을 하고 도망을 다니다 구속됐다는 얘기를 자랑삼아 늘어 놨다. 종열이는 가정법원으로 송치되어 소년원으로 이감을 가는 바람에 소식이 끊긴 상태였다.

아무튼 노식이 형이 드디어 결혼식을 한다니 반가운 일이었다. 돈이 없어 웨딩드레스 대신 한복을 빌려 입고 결혼식을 치루는 깐돌이 엄마도 지금쯤 몹시도 행복할 거라는 상상을 하며 현식은 낙성대역에서 전철을 타고 부평으로 갔다.

열여덟 꽃다운 나이에 버스 안내양을 하다가 교통사고를 당하는 바람에 그만 오른쪽 다리가 잘린 누나는 절룩거리며 공장을 다니고 있었다. 한 손엔 지팡이를 들고 왼발로만 악착스럽게 세상살이의 숱한 오솔길을 헤쳐 나가는 누나였다.

매형은 트럭 운전사였고 누나는 미싱사였다. 누나는 집을 마련하기 위해 온세상을 절룩거리며 다녔다. 아니, 절룩거리는 것은 누나가 아니라 세상이었다. 누나는 아직도 퇴근을 않고 있었다. 공장에 전화를 할까 하다가 현식은 담배를 물고 놀이터로 갔다.

"삼추운——."

국민학교 2학년인 훈이가 현식이를 보더니 흙장난을 때려치우고 냅다 뛰어온다. 훈이의 목에는 열쇠가 덜렁덜렁 걸려 있다.

"경이는?"

"몰라. 아직 학교에서 안 왔어."

사방이 어둑어둑해지는 늦은 시간인데 경이가 안 왔다니 걱정이었지만 별일이야 있으랴 싶어 현식이는 훈이의 앞가슴에 매달린 열쇠를 물끄러미 바라본다. 집에 들어가서 기다리고 싶은데 아무래도 떡볶이라도 한 접시 먹었으면 좋겠다고 은근히 놀이터 옆에 있는 떡볶이 좌판을 흘끔거리는 녀석의 눈치를 모른 척할 수는 없었다.

"점심은 먹었냐?"

"응. 근데 배고파."

"엄마는 언제 와?"

"몰라."

현식은 훈이의 손을 잡고 떡볶이 좌판으로 가서 한 접시를 사 먹인다. 훈이는 제 말마따나 배가 고팠는지 매운 떡볶이 한 접시를 마파람에 게눈 감추듯 먹어 치운다. 현식은 떡볶이 좌판 옆에 있는 두루마리 휴지를 뜯어내 훈이의 입가를 말끔히 닦아 준다.

오랜 시간 전철에 시달리고 버스에 시달려서 그런지 고단했다. 현식은 훈이와 함께 어린이 방송을 보다가 까무룩히 잠에 빠져 든다.

가슴에 찍힌 딸의 외발자국

만들어 놓은 음식을 챙기기 시작하면서 남원댁은 까닭 모르게 가슴이 허전해지기 시작했다. 속이 허하면 아무리 맛난 음식을 먹어도 배가 꿀적했고 끝없이 입탐을 했다. 그러나 남원댁은 내일 결혼식에 쓰일 음식이라 그런지 노릿노릿하게 부쳐진 수북한 전에 손이 가질 않았다. 허리가 끊어질 듯 아팠다. 어서 빨리 뒷마무리를 하고 아랫목에다 허리를 지지고 싶었다.

무당, 기와박씨 둘째 마누라, 떠버리 정씨댁은 가고 마무리를 하는 사람은 순이 엄마와 주현이 엄마, 곰보와 남원댁이다. 그런데 곰보는 쥐새끼 풀방구리 드나들 듯 부산하게 약수터 바로 앞에 있는 제 집 부엌에 드나드느라 정신이 없다.

남원댁은 곰보가 그러거나 말거나 도통 관심이 없다. 보리밥 누룽지가 까맣게 눌어붙은 가마솥을 헹구어 내고 집에서 가져온 부침개판도 깨끗이 씻어 한 쪽에 챙겨 둔다.

"아니, 뭐혀?"

갑자기 순이 엄마의 송곳 같은 목청이 터져 나온다. 돌아보니 곰보가 우동 그릇에다 결혼식 잔치에 쓰려고 부쳐 둔 전을 주섬주섬 담아 치마자락에 감싸고는 부리나케 제 집 부엌으로 뛰어간다.

"쯧쯧. 저리도 겡우가 없어서야 원."

"아무튼 곰보 저 년은 윗입이나 아랫입이나 제 년 입밖에는 모르는 년이여."

주현이 엄마가 전이 담긴 소쿠리를 얼른 들어다 순이 엄마네 부엌으로 옮기며 욕을 바가지로 해댄다. 남원댁은 곰보의 행실이 원래 그러니 참으라는 말로 순이 엄마를 달래고 집으로 갔다.

숨이 껄덕껄덕 넘어가는 연탄을 갈고 방에 들어가 이불을 깔고 누우니 으스스 한기가 몰려온다. 남원댁은 머리 끝까지 이불자락을 끌어당겨 덮고 있다가 부엌으로 나가 불구멍을 몽땅 열어 놓고 들어온다. 하루종일 바람 속에 앉아 있었더니 뼛골이 시리다. 남원댁은 꼼짝도 않고 이불 속에 송장처럼 누워 있었다. 문득 딸을 시집 보내던 날의 쓸쓸했던 추억이 떠오른다.

먹두루마기를 입은 사위가 성큼성큼 걸어가 주례를 서는 목사 앞에 서자 결혼행진곡에 맞춰 딸이 들어오고 있었다. 자식을 둘이나 낳고 폭삭 늙어 버린 신부가 사촌오빠의 팔짱에 매달려 절뚝거리며 그러나 환하게 웃으며 붉은 주단을 밟고 있었다.

울지 않으리라. 울지 않으리라 맹세를 하고 마음을 다잡았지만 아랫입술을 깨물고 있는 이빨을 뚫고 기어코 울음이 꺼억꺼억 터져 나왔다. 남원댁은 황급히 손수건으로 입을 틀어 막고 절뚝절뚝 걸어오는 딸의 걸음걸이를 본다.

열두 폭짜리 함박눈처럼 하이얀 한복을 입고 머리엔 들국화로 만든 화관이 얹혀 있는데도 딸은 절뚝거렸다. 절뚝거리는 딸의 걸음걸이 뒤로 큰아들의 벌건 얼굴이 보였다. 녀석은 물끄러미 제 누나를 바라보더니 입을 막고 도망치듯이 식장을 빠져 나갔다.

대머리가 된 서른아홉 신랑과 한 쪽 다리가 없는 서른다섯 신부의 결혼식은 엄숙했다. 남원댁은 쏟아지는 눈물을 주체하지 못하고 눈을 감아 버렸다.

열여덟, 쭉 뻗은 다리를 자랑하며 몸매 좋은 사슴처럼 푸른 초원을 뛰어다닐 나이에 다리를 빼앗겼으니. 남원댁은 안다. 딸의 다리를 빼앗아 간 것은 지지리도 못난 자신의 가난이라는 것을. 딸을 시집 보내는 지금 이 순간까지도 벗어나지 못하는 가난의 굴레라는 것을.

하지만 숙아, 잘 살아다오. 경이와 훈이를 잘 키우며 집도 장만하고 그렇게 행복하게 살아다오. 다리 한 쪽도 없으면서 예까지 잘도 걸어오지 않았더냐. 절뚝거리면서도 끝없이 걸어오지 않았더냐. 잘 살아다오 숙아. 잘 살아다오 숙아.

남원댁은 딸의 결혼식을 상상하다가 벌떡 일어나 부평에 전화를 건다.

"할머니다. 엄마 바꿔."

"나야, 엄마."

손녀인 혜경인 줄 알았는데 딸이었다.

"현식인 갔냐?"

"아까 갔는데. 아직 도착 안 했어?"

"오겠지 뭐. 어디 아픈 데는 없구?"

"왜 안 아파? 아무래도 콩팥에 이상이 있나 봐."

"궁게 공장 그만 다니라고 허지 않든?"

"또 그 소리."

"알았어. 깐돌이 엄마 결혼식 끝나면 가서 김치 담아 주께."

"정말."

"그렇게 알고 지달리고 있어. 끊는다."

딸칵, 전화를 끊었다. 나이가 들어도 딸은 항상 남원댁의 가슴에 끝없는 외발자국을 찍는다. 지워지지 않는, 죽어서도 지워지지 않을 아련한 발자국을.

결혼 전야

사흘째 밤을 세웠더니 뒷목이 뻑적지근하다.

노식은 손을 털고 일어선다. 도무지 끗발이 서지가 않아 힘만 팽길 뿐이다. 역시 첫 끗발은 개끗발이었다. 그래도 본전까지 잃지 않은 것은 첫 끗발의 힘이었다.

노식은 노름방인 여관을 나와 89번 종점으로 간다. 내일이 결혼식인데 아직까지 목욕도 안 했다. 이발소도 가야 하고 양복 맞춘 것도 찾아야 했다. 양복 잔금을 치른다고 돈을 가지고 나와 사흘 낮밤을 꼬박 새웠다. 그 바람에 그래도 시간은 잘 때운 셈이었다.

이 세상에 화투가 없다면 하루도 견디지 못하는 노식이었다. 집에서도 늘 화투장을 끼고 살았다. 화투가 손에서 떨어지면 손의 감촉이 당장 달라지기 때문에 마누라의 바가지를 각오하고 화투를 만지작거리는 노식이었다.

종점시장에 있는 양복점으로 들어갔다. 노식은 양복을 찾아서 들고는 곧장 뒷골로 향했다. 목욕도 이발도 다 귀찮았다. 내일 아

침 일찍 일어나서 목욕과 동시에 이발을 해결하면 되리라 생각한
노식은 우선은 잠이 자고 싶었다.

금은방을 지나던 노식은 걸음을 멈춘다. 결혼반지를 찾아야 하
는데 주머니를 뒤져 보니 먼지뿐이다. 본전은 건져 나오는 줄 알았
더니 결혼반지 값으로 받은 돈은 판돈으로 날려 버린 모양이었다.
당장 노름방으로 돌아가고자 해도 양복을 찾는 바람에 판돈이 없
었다.

"이거 총알이 다 떨어져서 갈 수도 없고, 에이 쓰벌."

투덜투덜 홀로 욕설을 하며 노식은 뒷골로 올라갔다. 집에 들어
가니 아내는 노식을 쳐다보지도 않고 이불만 뒤집어쓰고 누워 있
다. 노식의 눈에서 불똥이 튄다.

"아니 이년이 남자가 들어와도 꿈적을 안 하네."

고함을 지르며 이불자락을 와락 치워 버린다. 잠을 자고 있었던
지 그제서야 아내가 부시시한 얼굴로 일어난다.

"오랜만이네요."

아내가 소 닭 보듯이 자신을 쳐다보며 이기죽거리자 은근히 부
아가 치밀었지만 노식은 날이 날인지라 잔뜩 찡그린 인상을 편다.
괜시리 부닥쳐서 티격태격 싸울 필요는 없었다.

"깐돌이는?"

노식은 동문서답으로 나간다. 나이가 들면서 결혼식을 올리리라
고는 상상도 못했건만 깐돌이가 국민학교에 다닐 적에 다른 집에
있는 아빠 엄마의 결혼사진이 왜 우리 집에는 없느냐고 자주 묻는
바람에 벼르고 별렀다가 식을 올리는 중이었다.

"양복 찾아왔어요?"

"그래. 입어 보까?"

"한번 봅시다. 얼마나 근사한지."

비록 깐돌이 아버지가 순백의 웨딩드레스는 해주지 못했을망정

연자는 행복했다. 드디어 내일이면 많은 사람 앞에서 결혼식을 올리고 결혼사진도 찍게 되다니. 노식은 양복을 입고 좁은 방안을 한 바퀴 휘이 돌았다. 연자는 깐돌이 아버지의 신수가 훤한 것 같아 마음이 놓인다. 일찌감치 까지기 시작한 머리가 아쉽기는 했지만 이발소에 가서 뒷머리를 앞쪽으로 넘기면 어느 정도는 감출 수 있으리라.

"반지는 찾아 왔어요?"

"저, 그게 말이야."

깐돌이 아버지가 심하게 더듬거리며 반지를 내놓지 못하자 연자는 눈치를 채고는 한숨을 포옥 내쉰다. 결혼반지 찾을 돈을 노름판에서 날리고 오는 남자는 아마도 세상에 이 남자 하나일 뿐이라고 생각하니 웨딩드레스도 못 입고 결혼식을 올려야 하는 자신보다 노식이의 인생이 더 초라하고 불쌍하게 여겨진다. 연자는 그만 피식 웃어 버린다.

연자는 밖에서 놀고 있을 깐돌이도 찾을 겸 세탁소에 맡긴 한복도 찾을 겸 해서 쉐타로 앞가슴을 여미고 집을 나온다. 방구석에 앉아 화상의 얼굴을 쳐다보고 있자면 열불이 터져 제대로 앉아 있을 수 없을 게 뻔했다.

그러나 가슴은 쓸쓸했고 찬바람이 씽씽 불어왔고 불어나갔다. 연자는 지하계단을 천천히 오른다. 그때 갑자기 시커먼 그림자가 계단 입구를 막아섰다.

"에그머니나!"

"형수님 접니다. 현식이요."

"어휴——. 헛기침이라도 하고 들어오지."

"죄송합니다."

"근데 웬일이야?"

"엄마 심부름이에요."

"그나저나 고생 많았지? 우리 깐돌이 아빠가 구치소에서 만났다고 애길 하더라고. 덕택에 편하게 지냈다고."

"제가 뭘요."

"아이구, 내 정신 좀 봐. 손님을 밖에 세워 두고. 들어와."

"됐어요. 그냥 가께요."

"들어가서 커피라도 한 잔 하고 가, 어서."

연자는 현식이의 소매를 잡아 끈다. 현식이는 이대로 돌아서고 싶지만 소매를 잡아 끄는 바람에 지하방으로 들어간다. 예전에는 방 두 칸짜리 전세를 살았었는데 깐돌이 아버지가 노름으로 날리고 간신히 구한 월셋방이라는 얘기를 들은 적이 있어 마음이 편하지 않았다.

방에 들아가니 깐돌이 아버지는 코를 드르릉드르릉 골며 곯아 떨어져 있었다. 현식은 엉거주춤 앉아 들고 온 보따리의 매듭을 만지작거린다. 알을 통통하게 밴 바퀴벌레 한 마리가 불불불 기어오다가 갑자기 걸음을 멈춘다. 징그럽게 생긴 놈이었다. 그렇다고 죽이고 싶지는 않았다. 현식은 바퀴벌레뿐만 아니라 파리 모기도 죽이기 싫어했다. 형인 남식이는 방안에서 벌레만 보면 참지를 못하고 신문지며 휴지로 꼭꼭 눌러 죽여야 직성이 풀리는 반면에 현식이는 그저 물끄러미 바라볼 뿐이었다.

현식은 무릇 모든 생명 있는 것들을 사랑했다. 바퀴벌레나 모기 파리를 사랑하는 것은 아니지만 그것들이 가지고 있는 생명은 사랑했다.

"커피 들어."

연자가 부엌에서 커피를 끓여 가지고 들어온다. 한때는 제국주의의 음료수라고 커피며 콜라를 절대로 먹지 않은 적이 있었다. 그러나 지금은 달랐다. 먹기 싫어도 술을 마셔야 하는 자리가 있는만큼 마시기 싫어도 커피를 마셔야 하는 자리가 있기 때문에 중뿔

나게 사양하지 않았다.

"이거 뭔데?"

"예, 이거 엄마가 갖다드리라고 하던데요?"

"그래."

연자는 현식이가 들고 온 보따리의 매듭을 푼다. 은은하게 옥빛
이 감돌아 더욱더 순백색이 돋보이는 열두 폭짜리 한복이었다.

"누나가 결혼식때 입었던 한복이래요."

"……"

빌려달라고 말도 하지 않았는데 어떻게 소식을 들었는지 알아서
마음을 쓰는 남원댁이 너무도 고마워서 연자는 콧잔등이 시큰하
다. 현식은 연자가 고개를 들어 천장을 올려다보는 것을 보며 냉수
마시듯이 커피를 마셔 버리고 일어선다.

"저 가께요."

"내일 꼭 식장에 와. 그리고 엄마하고 누나한테 고맙다고 전해
주고."

"예."

현식은 깐돌이네의 지하방에서 나왔다. 사당동 뒷골의 밤이 퍽
도 깊어 있었다. 현식은 하늘을 올려다본다. 서울의 다른 곳에서는
몰라도 관악산이 가까운 뒷골에서는 그런대로 별자리가 선명했다.
현식은 고개를 돌려 북두칠성과 북극성을 찾는다. 현식은 북두칠
성을, 저 일곱 개의 별을 따다가 새신부가 될 깐돌이 엄마의 머리
에 얹어 주고 싶다.

현식은 누나네 집을 나오다 만난 뒷골 출신의 성호 형을 떠올린
다. 피아노 공장에서 해고당하자 봉제공장으로 다시 자동차 부품
하청업체로 나그네처럼 떠도는. 그러나 한 번도 공장을 포기하지
않은 노동자인 성호 형을 만나 부평에서 다시 공장 생활을 설계하
기 위하여 내일은 부평으로 갈 작정이다. 현식은 공장 옥상 위에서

보이지도 않던 북두칠성을 찾던 시절을 떠올리며 내일 깐돌이 엄마의 늦은 결혼식이 축복으로 가득하기를 빌며 집으로 돌아간다.
　골목을 들어오는데 어디에선가 노랫소리가 들렸다. 현식은 가만히 귀를 기울인다. 외로워도 뒤돌아보지 말자. 작업장 언덕 위에 핀 꽃다지. 나 오늘밤 캄캄한…… 노래는 어머니의 방에서 그리고 현식의 가슴에서 울려 나오고 있었다. 칠흑의 밤하늘 위엔 북두칠성이 반짝 빛을 뿌렸고.

슬픈 영미

화창한 햇살 속에 아카시아 향기가 나른하게 퍼지는 오월의 토요일 오후다. 나는 열여섯 살이고 몹시도 외롭고 슬픈 소녀다. 괜히 짜증이 나고 허탈해지기까지 한다. 학교에서 돌아오자마자 컵라면을 두 개나 끓여 먹었지만 이상하게도 속이 텅 빈 기분이다.

왜 그럴까?

나도 잘 모르겠다. 으아악, 소리라도 지르고 싶다. 라디오를 켠다. 두 시의 데이트 김기덕입니다. 오늘은 빌보드 챠트의 상위에 랭크된 음악을 소개해 드리겠습니다. 빌보드 챠트가 나하고 무슨 상관이람? 신애 그년은 빌보드 챠트를 줄줄이 외우고 다닌다. 할 일이 더럽게도 없는 가시내다. 나는 그만 라디오를 꺼버린다.

어른들은 중학교 이학년인 나를 어린아이 취급을 한다. 엄마를 비롯한 어른들은 아주 웃긴다. 우리 반 친구들 중에서 몇몇은 빨리 나이를 먹고 어른이 되었으면 하는 소망을 가지고 있다. 하지만 난 그렇지 않다. 난 이미 어른인걸. 나이로 따지자면 미성년자이지만 정신연령이나 육체연령은 어른이 되고도 남았다.

못생긴 수학 선생님은 나보다도 키가 작다. 복도에서 어림짐작으로 키를 재 보면 선생님의 정수리가 환하게 보인다. 그런데도 선생님은 분명히 어른이다. 사실 젖가슴도 내가 더 크다. 어른이면 뭐하나? 아직까지 애인도 없는 노처녀인걸. 또 구질구질한 잔소리에 신경질은 얼마나 많게? 더욱 불행한 것은 이 노처녀가 담임이라는 사실이다.

키도 크고 잘생긴 총각 선생님들도 많은데 하필이면 노처녀가 담임이라니. 아이쿠, 내 인생아. 나는 담임을 보면 가슴속에 간직한 꿈이 산산히 부서지는 아픔을 느낀다. 나는 화려하게 살고 싶다. 담임처럼 꾸질꾸질하게 늙고 싶지는 않다. 정말이다. 이래저래 스트레스만 잔뜩 쌓이는 요즈음이다.

나는 그제 유기정학을 맞았다. 컨닝을 하다가 걸렸다. 억울해. 나만 컨닝을 했으면 이렇게 억울하고 분하진 않을 거야. 더군다나 밥맛 없기로 유명한 꽁치한테 걸렸으니 빠져 나갈 구멍이 없었다. 다른 선생님들은 인간적으로 꿀밤만 먹이고 지나가는데 꼭 꽁치대가리처럼 생긴 영어 선생은 애들 보는 앞에서 시험지를 박박 찢고 이름까지 착실히 적어 갔다. 아주 정성이 뻗쳤다.

어제는 하루종일 학생과 사무실에서 무릎 꿇고 앉아 있다가 반성문을 썼다. 지금도 무릎이 시큰시큰 아프다. 들락거리는 선생들마다 출석부 모서리나 애용하는 막대기로 머리를 콩콩 때렸다. 으으, 그 창피와 수모. 생각만 해도 치가 떨린다. 수업이 끝나고 선생들이 교무실로 돌아오는 휴식시간 십 분이 그렇게 지옥 같을 수가 없었다.

그렇게 쪽을 팔면서까지 학교를 다니고 싶지 않다. 따리리리. 이크, 내 전화가 틀림없다. 엄마가 받기 전에 받아야 한다. 엄마의 잔소리는 소름이 돋는다.

"여보세요? 영미니? 나야 신애."

"웬일이니?"

"일곱 시까지 까페 골목으로 나와."

"왜?"

"우리가 언제 이유가 있어 만났니?"

"어디루?"

"베아트리체."

"고긴 싫어. 여우 같은 년이 카운터 보고 있어서 닭살이 돋아."

"그럼 니가 정해."

"베아트리체에서 조금 더 올라가면 뉴욕뉴욕이라고 새로 생긴 까페가 있어. 거기 써빙하는 오빠가 있는데 완전히 캡이더라."

"알았어. 그럼 거기서 봐."

딸칵, 전화를 끊었다. 신애 아버지는 방배동에 있는 엄청 큰 교회의 목사님이다. 그래서 이름을 신애라고 지었다나? 아주 정성이 뻗쳤다. 신애는 아버지가 목사님인데도 교회엘 나가지 않는다. 가끔씩은 어쩔 수 없이 나가는 모양인데 도살장에 끌려가는 기분이랬다. 만일 용돈 때문이 아니라면 교회는 쳐다보기도 싫다는 게 신애의 주장이다.

신애의 전화를 받고 나니 숨통이 조금 터진 듯하다. 기분이 아이스크림 녹듯이 풀린다. 이태원에서 산 미니스커트와 가슴이 툭 트인 보세 티셔츠를 입고 나갈 작정이다. 콧노래를 부르며 화장을 시작한다. 새언니 화장품을 슬쩍 실례하는 맛도 삼삼하다. 화장법은 새언니한테서 배웠다. 새언니는 공장엘 다닌다. 나는 새언니처럼 살고 싶지 않다. 큰오빠처럼 노가다를 하는 남자도 만나지 않을 거고.

유연화장수, 로숀, 수렴화장수, 화운데이션, 콤팩트의 순서로 얼굴 화장을 끝내고 녹색 아이펜슬로 쌍꺼풀을 강조한 다음 주황색 아이펜슬로 눈 주위를 예쁘게 색칠한다. 그리고 흑장미색으로 입술을 칠한다. 거울을 보니 완전히 딴 사람이다. 대학생처럼 보인다.

아참, 머리를 먼저 세울걸. 스프레이는 여기 있는데 무스는 어디로 갔나? 아후후, 신경질 나. 이러다가 제 명에 못 살겠어. 아하! 책가방에 있지?

책가방을 뒤져 무스를 꺼낸다. 그런데 무스통이 가볍다. 아마 빈 통인 모양이다. 위 아래로 무스통을 흔들어 꼭지를 눌러 보지만 피시식 빈 바람만 새어 나온다. 제기랄, 화가 나서 무스통을 던져 버린다. 갑자기 오줌이 마렵다. 나는 별스런 버릇이 있다. 남들이 알면 낯뜨겁기 짝이 없는 버릇이다.

신경질이 나거나 성질이 나면 오줌을 잴금잴금 재리는 버릇이 바로 그것이다. 에이 추접해. 뭐 되는 일이 있어야지? 담배나 한 대 꼬시르고 나가자. 나는 방구석에 처박혀 있는 낡은 가방에서 버지니아 슬림을 꺼낸다. 국산담배는 너무 목이 아프고 가래가 많아 싫다. 담배맛은 그래도 양담배다. 목에 부담도 적고. 사실 이 담배는 영심이 언니 가게에서 슬쩍 했다. 지난번 형부와 싸워 눈팅이가 밤팅이가 됐을 때 가게를 봐 주다가 주머니에 몇 갑 꼬불쳐 뒀었다. 세상에 공짜는 없는 법이다.

방에서 담배를 피우다 엄마한테 걸리면 또 머리끄뎅이를 붙잡히겠지? 구질구질한 집구석. 화장실도 없는 집이 있다면 신애는 믿지 않을 거야. 걔네 집은 육십 평도 넘는 아파트니까. 나도 그런 집에서 살고 싶어. 화장실 갈 때 신발도 안 신고 옷도 안 입고 가는 집에서 산다면 얼마나 좋을까?

우리 동네에는 화장실을 가진 집이 하나도 없다. 소위 달동네다. 나는 이런 동네에 살고 있는 게 너무나도 창피하다. 동네엔 공동으로 사용하는 화장실이 있다. 동네사람 전부가 이용하는 공동변소에서 일을 볼래니 불안하고 껄쩍지근하다.

나는 담배 한 가치를 휴지에 싸서 들고 밖으로 나온다. 진하디 진한 아카시아 향기가 온 동네를 휘감고 있다. 뒷골이라는 동네에서 그래도 마음 붙이는 게 있다면 주변의 아카시아, 소나무, 상수리나무, 너도밤나무가 어우러진 울창한 숲이 있다는 사실이다.

아카시아 향기가 온몸에 퍼진다. 상쾌하다. 따뜻한 바람이 불자 아카시아 꽃잎이 함박눈처럼 휘날린다. 만일 아카시아숲마저 없다면 뒷골은 형편없는 동네일 것이다. 그나마 아카시아를 비롯한 울창한 숲이 있어서 공기 하나는 죽여 준다. 아카시아숲을 보니 종만이가 떠오른다.

작년이었다.

아카시아꽃이 한창 피어날 무렵 종만이가 찾아왔다. 언니의 구멍가게에서 우연히 만난 거지만 찾아온 거나 다름없었다. 종만이는 고등학교 이학년을 다니다가 짤렸다. 그래도 나는 아직까지 종만이를 오빠라고 불러본 적이 없다. 그만큼 자존심이 센 거였다. 종만이가 찾아와서는 끝내주는 게 있으니 같이 가자는 거였다. 끝내주는 거? 본드나 뽕이나 초겠지? 그런 생각을 하며 따라갔는데 어랍쇼? 종만이 친구들이 나를 깔보고 따먹으려 들었다. 나는 고것들 사타구니를 훑어 버렸다.

지금 종만이는 큰 집에 갔다. 살인 강간 시체유기죄로 수갑을 찼다. 어쩌다가 그런 죄를 저질렀는지…… 아주 끔찍하다.

공동변소 앞에는 버드나무 한 그루가 서 있는데 그 그늘 아래엔 동네 아줌마들이 모여 늘상 수다를 떨고 있었다. 쪽 팔리게 오늘도 마찬가지다. 다행히도 엄마는 보이지 않았다. 변소로 들어가는데 아줌마들이 실눈으로 흘끔거린다. 기분 나쁘다. 뒤통수에다 혀를 끌끌 차는 아줌마도 있다. 아무리 그래 봐라. 내가 눈 하나 깜짝하는지.

변소에 쪼그리고 앉아 담배를 빠는데 순이 엄마의 괄괄한 목소리가 들린다. 나를 흉보고 있다. 어린 것이 발랑 까졌다느니 싸가지가 없다느니 벼라별 소리를 다 지껄인다. 거기에 곰보 아줌마도 한 마디를 거든다. 똥 묻은 개가 재 묻은 개를 나무란다더니…… 주제 파악도 못하고 자빠졌다. 담배맛이 쓰다. 서둘러 담배를 끄고 나온다.

"영미야."

이크 엄마다. 조금 전만 하더라도 보이지 않더니 어느새 큰오빠의 아들인 정호와 영심이 언니의 딸인 현애를 안고 있다. 정호와 현애 때문에 우리 엄마는 더 빨리 늙는 중이다.

"예."

내가 생각해도 대답이 울퉁불퉁하다.

"여기 앉아서 애들도 보고 가게에 누가 들어가는지 좀 봐라."

"싫어. 약속 있단 말이야."

엄마의 얼굴은 누렇게 떠 있다. 아마 형부와 영심이 언니가 또 전쟁을 치른 모양이다. 형부는 해도 너무한다. 처갓집과 붙어 살면서 허구헌 날 싸움을 해대니. 엄마의 애간장이 바짝바짝 탄다.

"나 벤소에 갔다올 동안도 못 봐?"

엄마의 눈초리와 말꼬리가 사납다. 이럴 땐 어쩌는 수가 없다. 그저 엄마의 말을 듣는 수밖에.

"빨랑 갔다와. 나 시간 없어."

"쥐방울 만한 게 시간은 무슨. 집구석에 붙어 앉아 책이라도 볼 생각은 않고 기어나갈 생각만 허니. 어이그 내 팔자야. 시상에 이런 더런 년의 팔자도 있을꼬?"

아휴 지겹다. 엄마는 동네 아줌마들이 앉아 있거나 말거나 내 욕을 한다. 단 둘이 있을 때는 별로 욕을 안 하다가도 다른 사람만 있으면 기가 펄펄 살아 누워서 침을 뱉는다. 그것이 정말 밉다.

"성님들 벤소 앞에 묵을 것이 있소? 삥아리처럼 옹기종기 모여 입맛만 쩝쩝 다시고 있으니."

주책덩어리 주연이 엄마가 항아리만한 배를 내밀고 뒤뚱뒤뚱 걸어온다. 아랫동네에서 걸어오는 뽄새가 어디 가서 팔이 빠져라 고스톱을 치고 온 모양이었다. 엄마는 자주 주연이 엄마의 흉을 봤다. 그래서 나는 주연이 엄마의 특기가 고스톱인 줄을 안다. 다른 날과 달리 시비조가 아니라 입이 함박만하게 벌어진 것을 보니 오늘은 돈푼께나 딴 게 틀림이 없다. 엄마는 숫제 새로 고구마를 찌고 있나? 왜 이리도 안 나오는지 모르겠다. 나는 아카시아 꽃잎을 주워 입 안에 넣는 현애의 손을 탁 친다. 그러자 현애가 애앵 울음을 터뜨린다. 울든지 말든지 상관하고 싶지가 않다.

"야, 주연아. 쥬스나 한 병 사라. 날씨도 푹푹 찌는디 목구녕이나 시원하게 축이게."

현자 엄마 남원댁이 주책을 부린다. 아줌마들은 참 이상도 하다. 목이 마르면 자기 돈으로 음료수를 사 먹으면 될 것을 꼭 다른 사람 주머니를 노린다.

"성님도 차암. 내가 쥬스로 보이요?"

"야, 그러지 말고 앗싸리하게 한 병 사라. 돈도 땄으면서."

"알았수, 알았어."

순이 엄마가 남원댁과 짝짝쿵을 맞춘다. 아주 속이 훤히 들여다보이는 짓이다.

"그럼 내가 가서 쥬스 들고 올라니께 돈은 니가 내."

"이왕이면 냉장고에 들어 있는 걸루 꺼내 오시요, 성님."

순이 엄마가 엉덩이를 흔들며 가게로 가자 주연이 엄마가 주머니를 뒤적거려 돈을 꺼낸다.

"엣다 영미야."

"왜 나한테 돈을 줘요? 엄마한테 줘요."

나는 눈을 흘기며 흙을 한 움큼 움켜쥔 정호에게로 갔다. 엄마가 일을 보고 나왔다. 주연이 엄마가 쥬스값을 치른다. 나는 그냥 갈까하다가 버드나무 곁에 서서 엄마의 눈치를 살핀다. 엄마는 여전히 굶주린 고양이 얼굴로 앉아 있다. 시간은 흘러가는데 큰일이었다.

"엄마 돈 좀 줘."

"내가 돈이 어딨어?"

"……."

그렇다고 포기할 내가 아니다. 엄마는 예로부터 한마디에 요구를 척 들어준 적이 없다. 한마디에 거절한다고 포기하고 돌아서면 안 된다. 입을 삐쭉 내밀고 개기면 뭐든지 간에 손에 들어오는 게 있다.

순이 엄마가 가게에서 노란 쥬스 한 병을 들고 와서 종이컵에 따른다. 엄마는 쥬스를 거들떠보지도 않는다. 언니와 형부 때문에 속이 푹푹 썩는 모양이다. 그냥 갈까? 아니야. 빈털터리로 나갈 순 없어. 얻어먹는 것도 하루이틀이지.

"세상에 우리 주연이가 이번 시험에서 이십등 안에 들지 않았겠수. 고등학교엘 들어가더니 정신을 차린 모양이야."

"자네는 좋겠네."

자식들을 가르치지 못한 순이 엄마가 은근히 질투를 한다.

"좋기만 해요. 춤이라도 덩실덩실 출 판인데. 야간엘 보냈더니 낮에는 아르바이트로 솔찬히 돈도 번다우."

"주연아아!"

남원댁 아줌마가 소리를 꽥 지른다.

'그래 모두들 용 돼라 용 돼.'

나는 엄마한테 돈을 타는 걸 포기하고 집으로 돌아왔다. 옷을 갈아입고 나가려니 속에서 열불이 확확 솟구친다. 나는 장롱이며 엄마의 손가방을 뒤지기 시작했다. 돈이 나올 턱이 없었다. 나는 가벼운 주머니를 원망했다.

나는 논현동에 있는 룸까페 '목마'에 취직을 했다. 신애도 같이 하기로 했는데 그만 배신을 하고 말았다. 신애는 집이 워낙 부자여서 굳이 취직을 하지 않아도 용돈이 풍성했다. 하지만 나는 당장 돈이 급했다. 지난번 뉴욕뉴욕에서 당한 수모를 생각하면 지금도 치가 떨린다.

텔레비전 광고에 한 번 출연한 적이 있다던 그 멋진 오빠가 빈털터리인 나는 본체만체했고 신애와 함께 호텔로 춤을 추러 갔다. 나도 같이 갈 수는 있었지만 그렇게까지 쪽을 팔면서 남자를 따라가고 싶지는 않았다. 나는 외롭고 슬펐고 죽고 싶었다. 그러다가 스포츠신문에서 아르바이트생을 모집한다는 광고를 보고 목마를 찾았다.

지금은 목마의 윤 마담 언니와 함께 살고 있지만 작은 아파트라도 하나 장만하는 게 꿈이다. 그러자면 돈이 필요했다. 한두 푼이 아니라 아주 많은 돈이.

목마의 손님들은 수준이 높았다. 나이트클럽에서 죽치고 앉아 있는 죽돌이들이나 잔돈푼을 지니고 뻐기는 짠돌이들이 아니었다. 고급술집에 어울리는 돈 많은 아저씨들이 목마의 주요 고객들이었다. 그들은 매너도 깨끗했고 팁도 듬뿍듬뿍 주었다.

"애리야 따라와."

윤 마담이 부른다. 목마에서 부르는 내 이름은 애리다. 윤 마담을 따라 삼호실로 들어갔다. 삼호실에는 세 명의 손님이 앉아 있었고 희윤 언니와 현정 언니가 양주를 따르고 있었다.

"한애리입니다."

"우리 목마의 막내이자 순영계이니 잘 부탁해요, 사장님."

"오우 그래에!"

"아직 머리도 안 올린 순영계니까 아주 조심스레 다루세요."

"김 사장 파트너 완전히 끝내주는데."

"좋았어. 오늘 머리를 올려 주지. 하하하!"

언뜻 보기에도 마흔을 갓 넘겼을 김 사장이라는 아저씨가 윤 마담의 엉덩이를 두들기며 호탕하게 웃는다. 넥타이핀에 박힌 보석

이 반짝 빛을 반사한다. 다이아몬드인 모양이다. 시계도 잡지에서
나 보던 보석시계다. 나는 김 사장이 싫지 않았다.

현정 언니가 시중을 들고 있는 이 과장이란 사람은 선생님처럼
머리가 짧다. 넥타이를 풀어 헤치지 않고 고집스럽게 매고 있는 게
아마도 쫀쫀한 사람인 모양이다. 와이셔츠 단추구멍처럼 눈도 작
은데다 몸집도 나이에 어울리지 않게 작았다. 희윤 언니가 시중을
드는 사람은 셋 중에서 제일로 나이가 어려 보였다. 금테안경을 썼
는데 차가운 인상이었다. 그러나 인상과는 달리 뭐가 그리도 황송
한지 연신 웃고 있었다.

"한 잔 받아라."

"고맙습니다."

공손하게 두 손으로 술잔을 받았다. 패스포드나 썸씽스페샬이
아닌 수입 양주다. 나는 술잔을 받아 단숨에 들이키고는 도로 김
사장한테 내밀었다.

"제 잔 받으세요."

"오냐."

김 사장은 술잔을 받아 탁자에 내려놓고는 다른 손님들과의 이
야기에 열중한다. 목마에서는 손님들의 이야기에 불쑥 끼여들어서
는 절대로 안 된다. 조용히 듣고 있다가 룸을 나서면 금방 잊어야
한다. 청계천이나 영동의 룸살롱과도 다르다. 윤 마담의 교육에 의
하면 업소에서는 입맞춤도 금지되어 있다.

배우지 못했으면 말을 하지 말아라. 그리고 비싸게 놀아라. 그래
야 교양이 있어 보인다. 이것이 윤 마담의 교육이었다. 나는 대학
을 나왔다는 희윤 언니와는 달리 일단 룸에 들어가면 꼭 필요한
말 외에는 입을 꾹 다물고 새침떼기처럼 굴었다.

"나이가 몇 인고?"

"열아홉입니다."

"오호 그래! 학교는?"

"이번 입시에서 떨어지고 또 준비중입니다."

나는 준비된 거짓말로 짤막하게 대답한다. 고급스러운 블라우스에 짧은 미니를 입고 진하게 화장을 하면 아무도 열여섯인 줄을 몰랐다. 나는 목마에 나오면서 자신도 모르게 훌쩍 어른이 돼버린 느낌이다.

어른들은 영계라면 너나없이 좋아한다. 이 방에서 제일로 나이가 많아 보이는 아저씨는 아까부터 나를 흘끔거린다. 곁에 현정 언니가 있어도 그 정도니 한심하기 그지없다. 아마 나만한 딸이 있을지도 모른다. 딸이 만일 나라면 펄쩍펄쩍 뛰겠지?

김 사장이 이 아저씨를 과장이라고 부르며 극진히 대접한다. 사장이 과장한테 굽실굽실 아부를 떤다. 어른들의 이런 모습이 참 재미있다.

"과장님한테 술 한 잔 올려라."

김 사장이 술잔을 비우더니 내 손에 쥐어준다. 옆에 현정 언니도 있는데 나를 시킨다. 기분이 나쁘지만 공손히 술을 올려야 한다. 나는 호스티스니까.

"제 술 받으세요."

두 손으로 잔을 올리니 과장의 얼굴에 미소가 번진다. 약간 징그럽기도 하지만 또래의 아이들이나 까페골목에서 만나는 놈팽이들보다는 훨씬 낫다. 걔들은 어떻게 하면 여관엘 데리고 갈까 궁리만 했지 매너는 영 빵점이다. 그래도 뉴욕뉴욕에서 써빙을 하는 형주 오빠는 얼굴만 쳐다봐도 살이 떨린다. 언젠가 출근할 때 언뜻 봤는데 가죽잠바를 입은 모습이 완전히 유덕화였다. 하지만 지금은 형주 오빠를 증오한다. 나중에 알고 보니 그 가죽잠바는 신애가 선물한 거였다. 그 자식은 치사하게도 돈을 선택했다.

"샴푸냄새가 참 좋구나."

“고맙습니다.”

김 사장이 쿵쿵 콧소리를 내며 머리냄새를 맡더니 손으로 가만히 쓰다듬는다. 나는 고개를 약간 숙이고 다소곳이 앉아 있었다. 이 과장은 현정 언니와 금테안경은 희윤 언니와 이야기를 나누느라 술도 별로 마시지 않았다. 희윤 언니와 현정 언니의 허벅지에 손을 턱 얹어 놓고 안 그런 척 딴전을 피우는 모습에서 위선자의 냄새가 난다. 하지만 희윤 언니와 현정 언니는 노골적으로 싫다는 표현을 못한다. 어쨌거나 여기는 술집이었고 손님은 왕이었다.

술이 몇 순배 돌고 희윤 언니가 나갔다가 한참 만에 돌아오자 나도 자리에서 일어섰다. 시간이 어느 정도 지나면 알아서 윤 마담한테 가 봐야 했다. 다른 방에 손님이 들지 않았으면 다행이지만 만일 손님이 들었으면 따블을 뛰어야만 했다. 한꺼번에 두 군데의 손님을 받기란 어려운 일이 아니다.

윤 마담이 새로 지정해 준 육호실로 들어가니 배가 맹꽁이처럼 툭 튀어나온 뚱보와 홀쭉이가 앉아 있다. 홀쭉이는 신경질을 아주 잘 내게 생겼고 뚱보는 엉큼하게 생겼다. 홀쭉이 옆에는 인희 언니가 앉아 있었다. 나는 얼굴에 개기름이 잘잘 흐르는 뚱보 옆에 앉았다. 마치 바늘방석에 앉는 기분이다. 나이는 둘 다 할아버지에 가까웠다.

“한애리입니다.”

“고것 참.”

뚱보가 입에서 술냄새를 풀풀 풍기며 허리를 껴안는다. 입냄새가 고약하다. 나는 눈썹을 찌푸리며 오징어를 찢는다. 그리고는 땅콩을 오징어에 말아 뚱보의 입에 넣어 준다.

“한 잔 받아라.”

아까는 양주를 마셨는데 지금은 맥주다. 아직 알콜 농도가 다른 술을 받아 마실 자신이 없다. 그래도 우선 공손히 잔을 받는다. 하얀 거품이 철철 넘친다. 나는 거품을 마신다. 울컥, 구역질이 올라온다. 나는 자신이 없다는 걱정스러운 표정으로 인희 언니를 바라본다. 인희 언니가 고개를 끄덕인다. 나는 맥주를 마시는 척하며 탁자 아래의 쓰레기통에 부어 버린다.

"잔 받으세요."

빈 잔을 뚱보한테로 넘기지 않고 홀쭉이한테로 내민다. 홀쭉이가 환히 웃으며 잔을 받는다. 나는 술병을 들어 잔을 가득 채운다. 거품이 넘치면 곤란하다. 그때 뚱보의 손이 치마 속으로 쑤욱 들어온다. 어디 저질 술집만 다닌 모양이다. 나는 눈을 찔끔 감는다. 이런 손님들은 정말 싫다. 술병을 내려놓고 안주를 집어 뚱보의 입에 넣어 주며 은근 슬쩍 뚱보의 손을 치운다. 그래도 뚱보는 허벅지에서 손을 빼지 않는다.

"스타킹을 신었구나. 난 스타킹 감촉이 참 좋더라."

피이 누가 지 좋으라고 스타킹 신고 다니나? 이 손이나 치웠으면 좋겠어. 나는 당장 스타킹을 벗어 버리고 싶었다. 화를 내며 일어설 수도 없고 아주 미칠 지경이었다.

인희 언니가 화장실을 다녀온다며 방을 비우고 나가자 나는 치마 속을 더듬거리는 뚱보의 손에 한참 시달려야 했다. 아무리 손을 뿌리쳐도 엉큼한 손은 막무가내였다. 이런 사람을 만나면 일이고 뭐고 당장 때려치우고 싶었다. 그러나 후회는 잠깐이었고 팁은 많았다.

윤 마담은 매상을 책임졌다. 매상을 많이 올리면 언니가 가져가는 배당금이 많았다. 손님들은 외상도 윤 마담의 이름으로 올렸다. 나는 윤 마담이 부럽다. 늦잠을 자고 일어나서는 싸우나나 헬스클럽 그리고 수영장을 다니며 몸을 가꾸었다. 그리고 오후가 되면 쏘나타를 몰고 외상값을 받으러 다녔다.

그래서인지 마담한테는 애인도 많았다. 나이는 스물아홉인데 키도 늘씬하고 영화배우처럼 얼굴도 예뻤다. 영업을 할 때는 한복을 입었지만 평소에는 실크만을 입었다. 속옷도 갤러리아 명품관에서 산 수입 실크다. 나도 윤 마담처럼 화려하게 살 작정이다.

한참 만에 인희 언니가 들어오자 홀쭉이의 입이 하마입처럼 커진다. 잠시 뜸을 들인 뒤 나도 화장실을 다녀온다며 육호실을 빠져나와 곧장 삼호실로 들어갔다.

"죄송합니다."

"우물가에서 냉수 기다리다가 목말라 죽겠다."

김 사장이 뼈 있는 한마디를 던진다. 나는 몸둘 바를 몰랐다. 김 사장의 표정이 얼음장처럼 차가웠다.

"죄송합니다."

나는 고개를 깊이 숙였다. 그래도 김 사장은 다리를 외로 꼬고 앉아서 담배만 뻑뻑 피운다. 내가 뭘 잘못했나? 가슴이 조마조마하다. 방에서 나쁜 일이 생기면 전적으로 아가씨들 잘못이다.

"죄송합니다."

또 고개를 숙여 사죄를 했다. 김 사장은 피우던 담배를 신경질적으로 탁자에 비벼 끈다.

"니가 죄송할 건 없고."

화가 나도 단단히 난 모양이었다. 나는 몸둘 바를 몰랐다. 목마에서 이런 일은 처음이었다.

"김 사장 참게. 다 그런 거 아닌가?"

"에이 정말 술맛 떨어져서."

갑자기 김 사장이 인터폰을 들더니 마담 오라구 해! 라고 고함을 꽥 지른다. 잠시 후 윤 마담이 치맛자락을 부여잡고 급하게 뛰어왔다. 분위기가 심상치 않았다.

"부르셨어요?"

"나 말이야 윤 마담 믿고 손님들 모시고 여길 왔는데 그러면 안 돼? 뭐하는 짓들이야 도대체?”

“제가 뭘요?”

“몰라서 물어? 너무 그러지 말라고. 애들 따불이나 뛰게 만들고 말이야.”

윤 마담이 김 사장의 손을 잡자 거칠게 뿌리친다. 나는 쥐구멍이 있으면 뛰어들고 싶었다.

“아이쿠, 저런! 제가 잘 타이를께요. 누가 따불 뛰었어?”

윤 마담이 정색을 하고 말꼬리를 높인다. 치이, 지가 따불을 뛰라고 해 놓고 덮어 씌우기는, 나빴어 아주. 나는 속으로 욕을 하며 눈꼬리를 사납게 치뜨는 윤 마담을 보며 재빨리 상황판단을 한다.

“제가 했어요.”

“이런 나쁜 가시내! 또 이럴라면 다음부터 아예 나오질 마!”

“죄송합니다.”

“웃기는군 웃겨. 니가 하긴 뭘를 니가 해? 윤 마담! 내가 뭐 모르는 줄 알아? 다음부턴 그러지 말자고.”

나는 슬펐다. 어른들의 위선과 거짓이 싫었다. 하지만 나도 거짓말을 배우고 위선으로 온몸을 치장하며 어른이 되고 있었다. 그날 밤 나는 김 사장을 따라 호텔로 갔다. 겁이 났지만 윤 마담의 명령을 어길 수는 없었다. 다음날 아침 김 사장은 수표 두 장을 줬다. 그중에 한 장은 윤 마담한테 빼앗겼다. 억울했지만 그것이 이 세계의 관습이었다. 하지만 김 사장의 명함을 받았다는 사실을 숨겼다. 김 사장은 매우 흡족한 얼굴이었다. 나는 몹시 아팠지만.

집을 나온 지 어언 한 달이 지났다. 생전 처음으로 윤 마담한테 월급이라는 걸 탔다. 이 월급은 목마에서 나오는 게 아니라 그 동안 벌어둔 팁을 모았다가 윤 마담이 주는 것이다. 그래도 백만 원이 넘는 거금이었다. 나는 하늘을 날아가는 기분이었다. 신애한테 전화를 했다. 신애도 상당히 부러워하는 눈치였다.

나는 그 돈으로 텔레비전에서 보던 옷을 두 벌 샀다. 옷값이 얼마나 비싼지 백만 원이 거의 다 들어갔다. 그 동안 윤 마담의 옷을 얻어 입고 빌려 입었는데 이제부터는 내 옷을 입을 수 있어 좋았다.

눈처럼 하얀 블라우스에 파란 줄무늬가 시원하게 뻗어 내린 미니를 입고 출근하자 희윤 언니도 현정 언니도 놀라는 눈치다. 나는 내 각선미에 자신이 있다. 언니들은 콜라병으로 종아리를 문지르는데 나는 아직 그럴 염려는 없다.

그런데 새 옷을 입고 출근한 그날 영철 오빠가 어떻게 알고 왔는지 목마엘 왔다. 나는 깜짝 놀랐다. 만나자마자 다짜고짜로 때릴 줄 알았는데 다행히 오빠는 조용했다. 나는 작은오빠가 무섭다. 작은오빠의 등에는 거대한 문신이 새겨져 있다. 고등학교 다닐 때에 새겼다던데 그것 때문에 무시무시한 삼청교육대에 끌려갔었다.

"집으로 가자."

"싫어 안 가!"

나는 독오른 뱀처럼 표독스럽게 대꾸했다. 속이 부글부글 끓는지 오빠의 주먹이 부들부들 떨렸다.

"어이그."

오빠의 주먹이 눈 앞에 왔다갔다 했다. 나도 약이 올랐다. 이제는 그전의 내가 아니다.

"때려! 때리란 말이야. 죽으면 그만이지 뭐! 나도 별루 살고 싶은 맘 없어."

출근하자마자 오빠가 찾아온 것이 그나마 다행이었다. 만일 손님이라도 받고 있는데 오빠가 왔다면…… 생각하기도 싫다. 오빠는 탁자 위에 놓인 물컵을 주물럭거리다가 물을 마신다. 속이 타는 모양이다.

"영미야. 그러지 말자, 응? 엄마도 생각해야지이. 너 도대체 왜 그러는 거야, 응? 학교도 졸업해야잖아?”

“나 학교 싫어.”

“학교가 싫으면 어떻게 해?”

“그냥 싫다니까.”

“그러면 어떻게 살래?”

“난 아주 화려하게 살 거야.”

“너만 왜 톡 볼가지는 거야? 니 또래 애들은 대부분 착실하게 학교를 다니고 있어. 너만 낙오자가 되겠다는 거야?”

“걔들은 걔들이고.”

오빠는 천정을 올려본다. 모르긴 몰라도 오빠도 화려하게 살고 싶을 것이다. 오빠는 지금 미아리 넘어 길음시장에서 야채장사를 하고 있다. 예전의 내가 아니듯이 예전의 오빠가 아니다. 나이가 열다섯이나 더 먹은 오빠의 어린 시절을 제대로 알 수는 없지만 엄마한테서 들은 말이 있다. 오빠는 고등학교때 이미 술집여자와 동거생활을 했었다.

“집으로 가자, 영미야.”

“싫어 안 가!”

“그럼 여기서 살래?”

“그래.”

오빠의 눈동자에 핏발이 선다. 그렇다고 두렵진 않다. 이미 엎질러진 물이다.

“이게 화려하게 사는 거야? 술집에서 몸 파는 게 화려하게 사는 거냐구? 개 같은 년이 보자보자하니까 보이는 게 없나? 당장 나와 이년아!”

“안 가! 갈래면 오빠나 가!”

나는 악을 썼다. 그리고 울음을 터뜨렸다. 아무도 날 이해해 주는 사람이 없다. 아니 나도 나 자신을 잘 모른다. 내가 왜 화려하게 살고 싶은지…… 그리고 왜 여기에 있어야 하는지. 유명한 상표가 붙은 옷을 입고 싶어서는 정녕 아니다. 정말 모르겠다.

"당장 일어서지 못해! 술집에서 창녀처럼 살래?"

창녀? 이 말이 내 가슴을 때렸다. 나도 모르게 깜짝 놀랐다. 그러나 부인할 수 없는 사실이었다. 가슴이 아팠고 오히려 악심이 뻗쳤다.

"그래 나는 창녀야. 그러니까 찾을 필요 없잖아. 왜 찾아와 귀찮게 하는 거야? 제발 이대로 내버려 둬!"

"이대로 둘 수 없어!"

"오빠도 그랬잖아. 고등학교때 창녀랑 살았잖아. 왜 나만 갖구 그래!"

"이런 더런 년이!"

오빠가 내 따귀를 때렸다. 그리고는 머리채를 휘어잡고 목마를 나왔다. 사람들이 몰려들었지만 곧장 대기하고 있던 친구의 봉고를 타고 사당동 뒷골목으로 왔다.

아무도 날 때리는 사람이 없었고 나무라는 사람도 없었다. 다만 숨막힐 듯한 침묵의 시간이 계속될 뿐이었다. 엄마는 머리를 싸매고 끙끙 앓았고 영철 오빠는 이틀 후에 미아리로 돌아갔다. 학교를 가라고 등을 떠미는 사람도 없었다. 그러나 지독하게도 심심했고 답답했다. 나는 숨이 막혀 죽을 지경이었다. 차라리 몽둥이로 두들겨 맞았다면 마음이라도 시원할 텐데. 식구들은 눈치만 슬슬 보고 뒤통수에다만 욕설을 해댔다. 그것이 정말이지 견딜 수 없었다.

가끔 신애한테 전화를 해서 하소연을 했지만 나는 감옥살이를 하는 기분이었다. 당장 집을 나가고 싶었지만 엄마가 구들장 신세를 지고 누워 있어서 이를 악물고 참았다.

엄마는 눈물만 흘렸다. 엄마의 눈물을 보니 죄송스러웠다. 나는 착실한 딸이 되고자 밥도 했고 빨래도 했다. 큰오빠와 함께 공사장으로 막일을 나가시는 아빠를 위해 안마를 하기도 했다. 내가 집안일을 조금이라도 돌봐서 그런지 엄마도 일찍 기운을 차렸다.

"영미야. 학교엘 나가야지."

"싫어요."

기운을 차리자마자 엄마는 학교를 다니라고 성화였다. 한 번 가출을 했기 때문에 소문이 자자하게 났을 판인데도 학교를 가라는 엄마가 얄미웠다. 너무도 내 마음을 몰라 준다.

"넌 이제 중학교 이학년이야. 아직 어린애라구."

"나는 다 컸어요?"

"후우우. 다른 애들은 공부를 못 해도 학교만 잘 다니더라."

"난 싫어."

"싫으면 어쩌니? 사람은 모름지기 배워야 한단다. 니 아부지와 오라비들을 봐라. 졸업장 하나 변변한 게 없으니 평생 저 모양 저 꼴 아니니. 나는 국민학교도 못 나왔단다. 간신히 글을 읽기는 하지만 무슨 뜻인지는 잘 몰라. 이렇게 빌께, 응."

"싫다니까? 가 봤자 소용 없어. 벌써 짤렸을 거야."

"쯧. 너를 낳지 않는 건데……."

또 그 소리다. 이 소리를 들을 때마다 나는 화가 난다. 엄마는 마흔이 넘어서 나를 낳았다. 생각만 해도 창피하다.

"낳지 말지이? 왜 낳아가지고 속을 썩여! 치이, 나두 죽고 싶다고. 학교에서는 닭대가리라고 놀리지, 집에서는 애물단지라고 째려보지, 밖에선 가난뱅이라고 같이 어울리지도 않을려고 그러지. 무슨 재미로 살아. 차라리 돈이나 몽땅 벌을까 보다."

"너보고 돈 벌어 오라고 안 했다."

"누가 벌어서 갖다주기나 한대?"

"아이쿠. 나무관세음보살."

한숨을 포옥 내쉬며 엄마는 밖으로 나갔다. 아마도 공동변소 앞에 쪼그리고 앉아 동네 아줌마들과 함께 신세타령을 늘어놓을 것이다. 그때 전화가 왔다.

"영미니? 나 신애."

"웬일로? 나한테 전화를 다하고오? 내일은 서쪽에서 해가 뜨것다."

신애가 얄미워 은근히 쏘아부쳤다. 신애는 학교에서 퇴학을 당하자 군포에 있는 학교로 돈을 쓰고 들어갔다. 그렇다고 학교를 잘 다니는 것은 아니었지만 어쨌든 신애 생각만 하면 신경질이 났다.

"미안해. 너 못 나오니?"

"뭐 좋은 일 볼려구 나가."

형주 오빠를 돈으로 홀린 여우 같은 년 같으니라구. 나보다 키도 작고 못생긴 게 만나기만 하면 돈을 펑펑 쓰며 잘난 척을 해대니 이제는 슬슬 미웠다.

"싫으면 관두고. 이번 여름에 형주 오빠랑 동해안으로 놀러가기로 약속했다. 너도 같이 가자."

"싫어 안 가!"

신경질이 나서 전화를 끊어 버렸다. 너무나도 약이 올랐다. 신애는 가만히 있는 나를 자주 들쑤셨다. 조용히 살게 내버려두지를 않는다. 나는 분을 참지 못하고 담배를 피웠다. 곧 담배연기가 방 안에 자욱해졌다. 그래도 분이 가라앉지를 않았다. 형주 오빠와 신애가 신나게 데이트를 하는 장면이 자꾸만 눈 앞에 어른거렸다. 나는 서둘러 담배를 끄고 대충 가방을 챙겼다.

마땅히 갈 곳은 없었다. 자신도 모르게 방배동 까페골목으로 갔다. 대낮의 까페골목은 시시했다. 나는 천천히 걸었다. 문득 두려웠다. 다시는 집으로 돌아갈 수 없다는 사실이 발걸음을 무겁게 만들었다.

어쩌자고 가출을 했는지 나도 잘 모른다. 이 거리의 무엇이 나를 자꾸만 유혹하는지도. 공부가 하기 싫으니 학교도 싫다. 학교는 더 이상 내게 꿈을 꾸게 하지 않는다.

그 누구도 나를 이해하고 사랑하는 사람은 없다. 다만 끝없이 닥달하는 사람들뿐이다. 나는 또래의 아이들이 몰려 있는 뒷골목으로 갈지도 모른다. 그들과 함께 있으면 편안하다. 어른들은 그런 우리를 손가락질하고 욕을 하지만 아무래도 상관없다. 김 사장도 윤 마담도 어른이니까. 나는 다시 걸었다. 저 길 끝에서 무엇이 날 기다리고 있는 줄도 모르면서.

집을 나오는 순간부터 돈이 필요했다. 커피 한 잔 마시는 데에도, 스타킹을 신고 속옷을 갈아입는 데에도, 버스를 타거나 주린 위장을 채우는 데에도. 그 누구도 나를 위해 용돈을 주는 사람이 없었다. 나는 애초부터 거지가 아니기 때문에 공짜를 바라지도 않았다.

돈을 벌었다. 어른들이 무엇을 원하는지 나는 아주 잘 알고 있다. 어른들이 필요한 것을 주고 나는 돈을 벌면 그만이었다. 어른들은 내 몸을 원한다. 나는 돈을 원하고. 다시 김 사장을 만났다. 이번에는 내가 먼저 전화를 했다.

김 사장은 작은 오피스텔을 하나 얻어 주었다. 나는 김 사장의 호의가 무엇을 의미하는지 잘 안다. 이제부터 나는 김 사장의 요구를 거절할 수 없는 처지였다. 하지만 나쁘지는 않았다. 오히려 편안했고 즐거웠다. 나는 다시 '이화'라는 룸까페에 다녔다. 새장에 갇힌 새처럼 오피스텔에 갇혀 언제 올지도 모르는 김 사장을 기다린다는 건 악몽이었다. 처음 얼마 동안은 하루도 거르지 않고 찾아오더니 시간이 흐르자 발길이 뜸해졌다. 나는 나대로의 길을 찾아야 했다.

이화에 나가면서부터 오피스텔을 비우는 일이 많아졌다. 나는 또 다른 김 사장을 위해 외박을 나가야 했다. 나는 외박을 좋아하지 않았지만 뜻과는 다르게 나가야만 하는 때가 있다. 목마에서 김 사장을 따라 외박을 나갔던 것처럼. 울며 겨자 먹기로 외박을 나갔다 오면 몸도 마음도 지쳤다.

외박에서 돌아와 자동응답기의 스위치를 누르니 김 사장의 목소리가 녹음되어 있었다.

"어제 너한테 갔다가 허탕을 치고 왔다. 이화에 나가는 것까지야 어쩔 수 없다고 쳐도 외박은 안 돼! 또 전화하마."

'나쁜 자식. 지가 뭔데 나한테 순결을 요구해! 도둑놈 같으니라고.'

가뜩이나 지쳐서 들어왔는데 김 사장까지 속을 박박 긁었다. 나는 짜증이 나서 안절부절 못하다가 지하에 있는 싸우나를 다녀와 햄버거를 세 개나 먹고 깊은 잠에 빠져 들었다. 다시 눈을 뜨니 오후 세 시였다. 몸은 노곤하게 침대 속으로 빨려들어 가는 기분이었지만 잠은 오지 않았다.

골치가 지끈지끈 아팠다. 그리고 우울했다. 나는 침대에 누워 하염없이 울었다. 엄마가 보고 싶었고 신애가 보고 싶었다. 외로웠다. 손목 한번 잡아보지 못했던 형주 오빠의 잘 생긴 얼굴이 떠올랐지만 애써 떨구어 냈다. 지금은 신애를 미워하지 않는다. 내가 형주 오빠를 좋아했던 것만큼이나 신애도 좋아했을 테니까.

견딜 수가 없어서 수화기를 들었다. 상대가 누구라도 좋았다. 그냥 이야기를 하면 답답한 마음이 조금은 풀릴 것 같았다. 머리에 떠오르는 대로 전화번호를 눌렀다.

"여보세요."

늙은 여자의 병색이 완연한 목소리가 들렸다. 엄마였다. 숨이 콱 막혔다. 나는 말없이 수화기를 들고만 있었다.

"여보세요. 여보세요. 누구야 전화를 해 놓고…… 영미니? 영미지? 그렇지 영미야."

딸칵. 수화기를 내려놓았다. 엄마가 많이 아픈 모양이었다. 내가 아무리 나쁜 년이라고 해도 가슴이 아프지 않을 수가 없었다. 나는 세상에서 딱 한 사람 엄마한테만 죄송하고 미안했다.

신애한테 전화를 했건만 집에 없었다. 학교에 갔는지 아니면 형주 오빠랑 놀러 갔는지 궁금하기도 하련만 나는 다만 힘없이 수화기를 내려놓았을 뿐이다. 허탈했다. 사람하고 말을 하고 싶은데 주변에 아무도 없었고 나는 완벽하게 혼자였다. 견디다 못해 베개에 얼굴을 파묻고 울기도 했다.

그때 김 사장이 오피스텔을 찾았다. 나는 아이처럼 그의 가슴에 안겨 으앙 울어 버렸다. 김 사장은 나를 포근하게 안아 주었다. 우리는 서로를 뜨겁게 원했다. 시간이 지나 김 사장은 간단히 몸을 씻고 돌아왔고 나는 이불 자락을 끄집어당겨 앞가슴을 가리고 누어 있었다. 조금 전만 하더라도 견딜 수 없이 우울했었지만 지금은 편안했다.

"앞으로 이화엔 나가지 마."

김 사장은 느닷없이 얼토당토않은 요구를 했다. 나는 어이가 없어 멀뚱멀뚱 그를 쳐다보았다. 눈으로 왜냐고 물었다. 김 사장은 수건으로 머리를 털었다.

"꼭 그런 델 나가야 되겠어?"

이 사람은 지금 무슨 말을 하는 걸까? 나는 찰나의 순간이었지만 재빠르게 머리를 굴렸다. 우리가 만난 곳이 바로 그런 곳인데? 그렇다면 그는 깨끗하고 나는 더럽다는 말인지.

"싫어요."

나는 간단하게 대답했다.

"뭐, 싫어?"

"예, 싫어요."

"정말?"

"예."

"알았어. 니 맘대로 해. 그리고 후회하진 마."

"후회 안 해요."

김 사장은 냉정한 얼굴로 오피스텔을 나갔다. 화가 난 나는 몸을 박박 문지르고 이화를 나갔다. 그 후로 김 사장한테는 전화도 없었다. 그가 나를 찾지 않는 게 오히려 편하고 자유스러웠다.

그러기를 며칠, 외박을 하고 오피스텔로 돌아오는데 정문에서 관리인이 계약이 끝났으니 방을 비우라는 통고를 했다. 내가 생각해도 참 이상했다. 분하지도 슬프지도 않았고 담담했다. 나는 오피스텔로 들어가 짐을 꾸렸다. 덩치가 큰 물건은 그대로 두었고 당장 필요한 화장품과 옷가지만 싸들고 오피스텔을 나오면서 딱 한마디만을 남겼다.

개새끼.

그랬다. 김 사장은 술집에서 만나는 다른 손님보다도 훨씬 싼 가격으로 나를 샀던 것이다. 입을 앙당물었지만 눈물이 주루룩 흘러내렸다. 나는 슬펐다. 나를 사고 싶은 사람은 하룻밤에 이십만 원은 지불해야 한다. 그런데 김 사장은 월세 사십을 내고 자신이 가지고 싶은 만큼 나를 소유했다. 오피스텔을 빼면 보증금 천만 원은 고스란히 그의 수중으로 되돌아가는 거였고.

나는 그 동안 저축했던 돈으로 방배동에 보증금 삼백에 월세 이십짜리 단칸방을 얻었다. 그리고 악착같이 돈을 벌었다. 내가 할 수 있는 유일한 일이었다. 술을 마셨고 손님의 비위를 맞춰야 했고, 손님이 내 몸을 원하면 싫어도 외박을 나갔다.

여름이 왔다. 가만히 앉아 있어도 땀이 줄줄 흐르는 날들이 계속되었다. 낮이면 환풍도 제대로 안 되는 지하실 방에 누워 수시로 찾아드는 허탈과 고독 때문에 몸부림쳤다. 열여섯짜리가 무슨 고독이냐고? 난 어린애가 아니다.

칠월이었다. 몸이 자꾸만 가라앉는 기분이었고 머리가 핑핑 돌았다. 병원엘 가려고 집을 나섰다. 산부인과 병원 간판을 보자 가슴이 덜컥 내려앉았다. 병원문을 열고 들어갈 자신이 없어 그냥 지나치기를 몇 번인가 되풀이했다. 무서웠다.

그날은 끝내 병원에 가지 못하고 이화로 출근했다. 손님들 앞에서는 억지로라도 웃어야 하는데 머리 속에 큰 걱정이 있으니 나도 모르게 울상을 짓고 있었던지 손님들이 싫어했다. 그래도 근근히 버텨 나갔다. 자정이 넘어 퇴근을 하려고 옷을 갈아 입는데 지배인이 불렀다.

“손님이 같이 나가잔다.”

“싫어요.”

“왜?”

“몸이 안 좋아요.”

“그러면 안 되는데…… 웬만하면 나가지?”

“다른 사람이 나가면 안 돼요?”

“우리 집 단골 중에서도 중요한 분이야. 내 체면을 봐서라도 니가 나가라.”

“죄송해요. 웬만하면 저도 나가겠는데 오늘은 정말 몸이 아파요.”

“알았어.”

지배인이 아주 불쾌하다는 얼굴로 돌아섰다. 치이, 그러면 그러라지. 내가 여기 아니면 나갈 데가 없나 뭐? 나는 밖으로 뛰어나와 택시를 잡아탔다.

밥맛도 없고 자꾸만 어지러웠다. 매달 어김없이 찾아오던 게 찾아오지를 않으니 걱정이 태산이었다. 바보같이 실수를 하다니. 지배인은 남의 사정도 모르고 하루 걸러 외박을 나가라고 강요했다. 나도 돈 때문이라도 외박을 나가고 싶었지만 몸이 아프니 만사가 귀찮았다.

며칠 후, 드디어 용기를 내 병원엘 갔다. 이화에 근무하는 언니들이 가르쳐 준 병원이라 조금은 마음이 놓였다. 진단 결과는 예상대로 임신이었다. 약물을 투입하고 출근을 했다가 다음날 수술을 하러 병원엘 갔다. 이상스럽게 생긴 의자에 눕자 팔다리를 묶었다. 다리는 저절로 벌어져 오무릴 수가 없었다. 나는 실험실의 개구리처럼 누워 있었다 무서워 견디기가 어려웠다. 하나 둘 셋 넷 다섯을 헤아리는 사이에 스르르 정신을 잃었다.

아랫도리가 쏙 빠져 나가는 통증에 눈을 뜨니 회복실이었다. 나 혼자뿐 아무도 없었다.

"으으, 엄마아."

나는 네 방구석을 헤맸다. 벽을 쥐어뜯었고 이불을 물어도 신음 소리는 그치지 않았다. 오직 한 사람이 보고 싶었다. 엄마였다. 저절로 눈물이 흘렀다. 나는 아무도 없는 방에서 딩굴었다. 시간이 흘러 견딜 만하자 비틀거리며 병원을 나와 자취방으로 갔다.

그러나 자취방에도 나를 기다리는 사람은 없었다. 설움이 북받쳤다. 나는 불도 켜지 않고 푹 쓰러졌다. 그리고 일주일을 끙끙 앓았다. 하루에 한 끼 라면을 끓여 먹으며 일주일을 버티다가 신애한테 전화를 했다.

신애가 달려왔다. 신애를 보자 참고 참았던 눈물이 터졌다. 신애는 나를 꼭 껴안았다. 신애의 정성스런 간병으로 나는 간신히 일어설 수가 있었다.

나는 열흘 만에 몸을 추스리고 이화엘 나갔다. 건강이 전 같지가 않으니까 지배인도 심하게 나무라지는 않았다. 나는 되도록이면 술을 적게 먹고자 애를 썼다. 그러나 이방 저방을 들락거리다 보면 맥주며 양주를 먹지 않을 수는 없는 일이었다. 맥주 한 가지만 먹어도 몸을 가누기가 힘든 법인데 몸이 망가진 상태에서 양주까지 먹으니 곧 죽을 것만 같았다.

나이가 삼십대를 갓 넘겼을 젊은 손님들이 자정 무렵에 우루루 몰려들었다. 영업시간이 곧 끝날 터였지만 지배인은 손님을 받았다. 짜증이 났지만 아가씨 주제에 투덜거릴 수도 없었다. 나는 지배인의 지시에 따라 방으로 들어갔다. 다른 언니들은 파트너 외의 사람들과도 이야기를 하느라 야단들이었지만 나는 내 파트너하고도 이야기를 나누고 싶지 않았다. 그저 옆에서 시중만 들었다.

이야기를 듣자니 갓 결혼을 한 것 같은데도 파트너는 치마 속에 손을 넣으려고 애를 썼다. 나는 불쾌했다. 다른 때 같으면 그러려니 하고 가만히 있을 터였지만 몸이 찌뿌둥하니 아파 신경이 곤두섰다. 나는 손님의 손을 자꾸 밀쳐 냈다. 손님은 기분이 상한 모양이었다. 나는 내 앞에 놓인 맥주를 반쯤 마시다가 탁자 아래의 쓰레기통에 부었다.

"이런 개 같은 년이. 피 같은 술을 마구 버리네."

손님이 눈을 부릅뜨고 욕설을 퍼부었다. 잘못을 저질렀기 때문에 기가 꽉 죽었다.

"죄송합니다. 몸이 아파서요."

"야, 이년아. 그런다고 술을 버려? 니가 술값 내?"

"참으세요, 손니임."

옆자리의 민경 언니가 중간에 끼여들었다.

"니가 뭔데 끼여들어 이년아."

말이 떨어지기가 무섭게 내 파트너가 옆자리의 민경 언니의 따귀를 올려붙였다. 내 눈에서 불똥이 튀겼다. 나는 자리에서 벌떡 일어났다.

"야, 개자식아. 손님이면 다야?"

"어? 이년이 뒤질라고 환장을 했나?"

"오냐. 너한테 한번 죽어 보자, 개자식아!"

나는 이를 악물고 싸웠다. 남자의 우악스러운 힘을 이겨낼 수는 없었지만 물고 꼬집고 할퀴었다. 웨이터가 뛰어오고 지배인도 뛰어왔다. 웨이터들이 손님을 끌고나가 두들겨 패버렸다. 그러자 다른 손님들도 싸움에 나섰다. 하지만 보기에 순하게 생긴 웨이터라도 엔간하면 주먹을 쓸 줄 아는 사람들이라 상대가 되질 않았다. 나는 웨이터들이 고마웠다. 가재는 게편이고 팔은 안으로 굽는 법이었다.

싸움이 끝나자 지배인이 나를 불렀다. 지배인과 나는 사이가 좋질 못했다. 예전에는 그렇지 않았는데 어쩌다가 아옹다옹하는 사이로 변했는지 잘 모르겠다.

"너 집에서 좀 쉬어야겠다."

"예. 그 동안 고마웠어요."

나는 이화에서 쫓겨났다. 집에서 며칠 쉬다가 천호동에 있는 술집 골목을 찾아갔다. 그러나 나를 받아 주는 곳은 아무데도 없었다. 하필이면 며칠 전에 서울시경에서 대대적인 단속을 나와 주민등록증이 없는 사람은 일을 시킬 수가 없다는 거였다. 주민등록증을 발급받으려면 아직도 일 년은 더 살아야만 했다. 물론 주민등록증을 발급받는다 해도 미성년자라는 이유로 유흥업소 취직은 불가능했다.

나는 갈 데가 없었다. 새언니처럼 공장엔 취직할 수가 있었지만 그렇게 살고 싶지는 않다. 큼큼한 지하의 자취방에서 나는 죽은 듯이 누워 있었다. 외로웠고 살고 싶지 않았다. 그러나 이렇게 젊은 나이에 죽기엔 너무나도 억울했다. 사람이 보고 싶어서 신애한테 전화를 했다. 나한테는 미우나 고우나 신애가 유일한 친구였다.

신애가 왔다. 오랜만에 시장엘 가서 반찬거리를 몽땅 사와서 거

창하게 밥을 해먹고 소주도 마셨다. 소주가 두어 잔 들어가자 갑자기 신애가 펑펑 울었다.

"가시내야, 울지 마!"

"영미야, 미안해. 나 죽고 싶어."

"왜에? 무슨 일 있어?"

"흑흑흑. 형주 그 새끼가 날 배신했어. 흑흑흑. 그 새끼가 다른 년을 사귀고 있어. 흑흑흑."

나는 울고 있는 신애를 껴안았다. 형주 오빠가 나를 버리고 신애를 선택했을 때의 아픔이 파도처럼 밀려와 내 가슴을 적셨다. 그뿐이었다. 신애도 나와 똑같은 아픔을 느꼈다면…… 이젠 신애를 미워할 이유가 없었다. 신애를 용서했다. 지독하게도 외로울 때면 제일 먼저 찾는 친구였지만 형주 오빠 문제로 미워하는 마음이 찜찜하게 남아 있었다. 나는 미움을 지웠다.

"신애야, 우리끼리 동해안으로 놀러 가자. 지긋지긋한 서울을 떠나 좀 놀다 오자."

"고마워 영미야."

신애도 나를 꼭 껴안았다. 가슴이 따뜻했다. 그러다 우리는 서로의 얼굴을 바라보며 바보처럼 웃기도 했다. 간지럽히기도 했고 꼬집고 물어뜯기도 했다.

며칠 후 우리는 동해안으로 여행을 떠났다. 강릉의 경포대에서 하룻밤을 새웠고 다음날에는 낙산사로 갔다. 신애와 나는 사진을 찍으며 깔깔거렸고 우리를 등쳐 먹으려는 사내들을 곯리기도 했다. 의상대에 올라 일출을 보자고 약속을 해놓고도 늦잠을 자느라 일출을 놓치기도 했다. 우리는 곧 바다가 지겨워져서 설악으로 향했다.

"영미야, 설악산에도 사람이 많을 거야. 우리 딴 데로 가자."

"어디루."

"글쎄. 아무데로나. 작은 강이 있는 곳이면 좋은데……."

"한번 찾아 보자."

우리는 내설악으로 들어갔다. 여름이고 휴가철이어서 계곡마다 사람들이 드글드글했다. 우리는 헤매고 다닌 끝에 어느 강가에 도착했다. 웬만한 호텔요금은 저리 가라고 할 정도로 엄청난 돈을 치르고서야 간신히 민박을 구했다. 우리는 라면을 끓여 먹고 소주를 마셨다. 칠흑의 밤이었고 별들은 아름다웠다.

"형주 오빠 때문에 나 미워했지?"

"그래. 많이 미워했어."

"미안해. 내 눈에 명태껍질이 씌웠었나 봐."

"괜찮아. 내 눈에도 명태껍질이 씌워져 있으니까."

"미안해. 그리고 나 미워하지 마."

"술이나 마셔. 술잔 놓고 제사 지내니?"

신애가 술을 홀짝 마시고는 잔을 내밀었다. 신애가 따라 준 술을 단숨에 마시고는 나도 잔을 내밀었다. 우리는 노래도 불렀다. 노래를 부르다가 또 술을 마셨고, 빈 소주병이 세 병으로 늘어났다. 자정이 넘자 소란하던 마당도 조용해졌다. 나는 까닭도 없이 슬퍼서 눈물이 삐직삐직 흘렀다.

"왜 그래. 영미야?"

"나도 몰라. 그냥 슬퍼. 나 애기도 떼었다. 혼자 산부인과를 갔었어."

"저엉말!"

신애의 눈이 동그랗게 커졌다. 많이 놀란 모양이다. 나는 눈물만 흘릴 뿐 울진 않았다. 그런데 이상하게도 눈물은 그쳐지질 않았다.

"난 요새 갈 데가 없어. 집은 들어가고 싶지 않고. 학교도 짤렸을 거구. 김 사장 그 자식이 날 버린 거 알아? 이화에서도 쫓겨났고…… 주민등록증 없다고 까페에도 못 나가. 아르바이트는 물론

이고. 난 아무데도 갈 데가 없어. 오라는 사람두 없고."

나는 푸념을 쏟아 놓았고 신애는 한숨만 폭폭 내쉬었다. 그러다가 잠이 들었다. 살을 파고드는 추위에 눈을 뜨니 새벽이었다. 머리가 빠개질 듯이 아파 쉐타를 걸치고 밖으로 나왔다. 안개였다. 새벽강에서 구름처럼 피어난 안개가 골짜기를 따라 산봉우리로 올라가고 있었다. 나는 강가에 섰다.

희뿌연 새벽의 미명을 뚫고 새 한 마리가 강물을 스치듯이 날더니 하늘로 솟구쳐 올랐다. 부러웠다. 새는 내게 없는 걸 가지고 있다. 하나는 둥지고 나머지는 날개다. 나는 미물인 새보다도 못한 사람이다. 착잡했다. 내 앞에 놓인 작은 돌을 발길로 툭툭 차며 강변을 거닐었다. 밤을 새운 낚시꾼이 보였다. 그는 늘어지게 하품을 하더니 맨손체조를 하며 '야호' 하고 소리를 질렀다. 메아리가 대답했다. 나도 소리를 지르면 메아리가 대답해 줄까? 나는 고개를 가로저었다. 메아리도 내 소리엔 대답하지 않을 것 같았다. 잠시 후 낚시꾼들도 모두 떠났고 강변에는 나 혼자뿐이었다. 새벽강은 더할 수 없이 아름다웠고 나는 서러웠다. 여기는 어디쯤일까? 여기는 어디쯤일까? 나는 어디 만큼 왔나?

홀로 강변을 천천히 걸었다. 간밤에 마신 술 때문일까, 아니면 서러운 내 마음 때문일까? 수십 개의 바늘이 머리 속에 박힌 기분이었다. 문득 머리를 감고 싶었다. 새벽강에 머리를 담그고 있으면 이 새벽의 처량한 기분이 조금은 가셔질 것만 같았다.

조심스레 강물로 다가갔다. 강물에 손을 담갔다. 서늘한 기운이 기분좋게 온몸에 퍼졌다. 머리를 묶었던 끈을 풀고 핀을 뽑았다. 쪼그리고 앉아 깊숙이 머리를 숙였다. 강물을 따라 내 머리도 출렁거렸다. 그러다 발이 미끄러졌다. 나는 강물에 빠졌다. 아니 새벽과 강물과 안개가 내 몸을 끄집어당긴 거였다. 주변에는 도와 줄 그 누구도 없는데…… 살려 주세요. 살고 싶어요. 엄마아——!

해 뜨는 집

과천 가는 길에는 언제나 바람이 불었다

바람이 은행나무 잎사귀를 뒤흔들며 지나간다. 황폐한 도시의 한복판을 가로질러 왔을 바람이 그 거친 손으로 은행나무 잎사귀를 매만지며 어린 아기 손바닥처럼 생긴 잎새마다엔 노란 물이 조금씩 들었다. 오래지 않아 바람은 더욱더 난폭해지고 거칠어질 것이다. 나는 바람 속에 서서 버스를 기다린다. 그러나 청계산행 버스는 좀체 오지 않는다.

외롭고 쓸쓸했다.

과천을 향해서 파도처럼 밀려가는 숱한 종류의 자동차를 물끄러미 바라보면서 나는 새삼스럽게도 까닭 모를 외로움과 쓸쓸함에 후두둑후두둑 진저리를 쳤다.

군대를 제대하고 복학해서 운동에 뛰어든 이후로 나는 외롭다는 말을 입 밖에 낸 적이 없다. 나의 이 외로움증은 다분히 습관성이었다.

시위현장에서까지도 무척이나 외롭고 쓸쓸해져서 입을 꾹 다물고 구호를 외치지 않은 적이 많았다.

중학교에서 국어를 가르치는 아내가 있고 아직 걷지도 못하는 아들이 있는 서른둘의 나이에 쓸쓸함을 견디지 못해 홀로 눈물을 떨구던 저 숱한 새벽들. 하지만 겉으로 나타낸 적은 맹세코 없다. 아침이 오면 환하게 웃어야 하니까?

나는 병들어 가고 있는 느낌이다. 지난 이십대에는 적어도 이렇게까지 힘들진 않았다. 어깨에 쌓이는 삶과 투쟁의 고단함쯤이야 했는데 삼십대에 접어드는 구십년대에는 유행가 가사에 나오는 구절 그대로 '등이 휠 것 같은' 삶의 무게가 나를 짓누르고 있었다.

치열하고 가혹했던 전선(前線)에 서 있을 때는 솔직히 행복했었다. 그러나 구십년대의 세계의 역사를 태풍처럼 휩쓸고 있는 보수주의 혹은 신보수주의는 이 땅 남한의 전선을 무력화시키고 말았다. 여전히 수배자들은 어두운 뒷골목에서 배회하고 있으며 교도소에서는 양심수가 흘러 넘치는데도 겉으로는 평온했다.

이 평화가 나를 당혹스럽게 만들었다. 등 뒤에는 날카로운 비수를 감추고 있으면서 바로 앞에서는 인자한 미소를 짓고 있는 평화의 얼굴에 지레 주눅이 든 셈이었다.

이십세기 초, 세계의 역사를 진보의 물결로 돌려놓았던 그 모든 것들이 한꺼번에 부정되었다. 나아가 진보를 반대했던 보수주의자들이 진보주의자가 되었고, 진보주의자들은 보수주의자가 되어 천덕꾸러기 취급을 받고 있었다.

어찌 당혹스럽지 않을 수 있으랴. 나는 그 당혹감을 누구한테도 발설한 적이 없다. 물론 앞으로도 그때의 암담함을 이야기하지 않을 것이다.

살을 맞대고 사는 아내한테도 나는 이 당혹감과 가슴속에서 무럭무럭 자라는 허무의 세균을 평생토록 감출 자신이 있다. 나는 삶보다도 허무를 먼저 배웠지만 본래 허무주의자는 아니었다. 내게 허무를 가르친 것은…… 세상이었다.

오랜 기다림 끝에 드디어 버스가 왔다. 차비를 미처 준비하지 못한 나는 우선 버스에 뛰어올라 뒤따라오는 아이 업은 아낙네 때문에 운전석 뒤쪽을 물러나 주머니를 뒤적거렸다.

동전을 미리 준비할걸.

주머니 속에서 동전을 찾아 허우적거리는 손이 민망해서 짧은

순간 이었지만 후회를 했다. 그랬다. 내게 있어 후회란 항상 짧은
순간에 찾아오곤 했다, 바보처럼.

 버스의 손잡이에 매달려 청계산으로 가면서 나는 아이를 업은 젊
은 여자와 눈이 마주쳤다. 아주 낯익은 얼굴이어서 속으로 깜짝 놀
랐다. 동글동글한 얼굴에 굵은 퍼머머리 여자의 얼굴을 눈이 마주
치지 않게 조심하면서 자세히 살폈다. 콧잔등에 기미가 까맣게 낀
여자는 서른을 훌쩍 넘긴 나이로 보였다. 그 여자의 얼굴에는 기미
못지 않게 고단함도 덕지덕지 붙어 있었다. 어디서 봤을까? 분명히
아는 사람이긴 아는 사람인데…….

 "시상에 애기가 땀을 뻘뻘 흘리고 자능구만. 그러다 찬바람 쐬면
꼬뿔 들것구마이. 쯧쯧, 여그 앉소."

 검은 색이 바래어 추레한 회색으로 변한 쉐타와 후줄근한 몸빼
가 산봉우리만한 아랫배에 걸려 있는 뚱뚱한 아주머니가 버스 안
이 떠들썩하도록 목소리를 높이며 의자에서 일어나 그 여자의 팔
을 끄집어당긴다.

 "괜찮아요, 아줌마."

 그 여자가 모기처럼 작은 소리로 거절을 한다. 부끄러울 이유도
없는데 여자의 얼굴이 홍시처럼 붉다.

 "갠찬긴. 허리가 뻐끈헐 틴디. 아그도 심들고."

 그러나 뚱뚱한 아주머니는 침을 튀겨 가며 면박을 주고는 막무
가내로 자리를 양보한다. 그 모습이 참으로 아름답다.

 "고마워요, 아줌마."

 그 여자가 아이를 앞으로 돌리며 의자에 앉는다. 나는 산봉우리
처럼 튀어나온 아주머니의 아랫배가 자랑과 긍지로 차오르는 걸
본다. 의자에 앉은 여자는 하얀 면수건으로 아기 얼굴의 땀을 훔친
뒤 고개를 든다. 다시 눈길이 마주쳤다.

 '어디서 봤을까?'

나는 슬그머니 눈길을 거두고 그 여자의 얼굴이 숨어 있을 법한 지나간 세월의 낡은 사진첩을 들춰본다. 하지만 잘 떠오르지 않았다. 나는 포기하고 유리벽 저편에서 까칠한 모습으로 떠오르는 후배에게 해줄 말을 고민하기 시작했다.

막막했다.

청계산 아래의 서울구치소에 수감돼 있는 후배 종길이한테 미안할 따름이었다. 유리벽을 사이에 두고 얼굴을 보는 것 외에는 언제나 할말이 마땅치 않았다. 녀석은 지난 5월의 거리에서 연행돼 1심 재판을 받았다. 작년 겨울에 집행유예로 출감했기 때문에 또 구속이 됐으니 이번에는 외상값까지 갚고 나와야 했다.

종길이는 속된 말로 더럽게도 재수가 없었고 징역복이 많아 벌써 네번째였다. 나도 대학을 다닐 때는 두 번 구속이 되었지만 졸업 후에는 다행인지 불행인지 아직 수갑을 차지는 않았다. 물론 역할상 집회의 사회나 선동을 하는 게 아니라 홍보나 정책을 주로 맡아 왔기 때문에 저들의 눈에 쉽게 뜨이지 않은 이점도 있었다. 덕분에 후배나 선배들이 많이 구속되었고 자주 면회를 다녀야 했다.

다행히도 집이 사당동이어서 과천을 들락거리는 데에는 큰 불편이 없었지만 면회실 유리벽 앞에서 습관처럼 말이 막히는 바람에 몹시도 갑갑했다.

버스가 서울구치소 입구에서 멈췄다. 나는 구치소를 바라보고 있는 청계산에 눈길을 던지며 버스에서 내렸다. 소나무가 대부분인 청계산에도 단풍이 들고 있었다. 주로 골짜기나 산기슭을 갈색과 홍색으로 물들이며 번져 가는 물감처럼 단풍은 하루가 다르게 남하(南下)하고 있는 중이었다. 이제 곧 비밀스럽게 산을 감싸고 있던 숲이 한 꺼풀씩 옷을 벗을 터였다.

겨울 숲. 고등학교때던가. 나는 속을 드러낸 황량한 겨울 숲을 보며 내 영혼의 천박함에 짓눌린 적이 있었다. 그때 나는 겨울 숲을 이유도 없이 잔인하다고 느꼈다. 왜 잔인한가는 나이가 들어 알게 되었지만.

천천히 구치소로 가는 언덕을 올랐다. 사람을 가두고 있는 어둡고 무거운 감옥으로 가는 길답지 않게 도로 양 켠에는 코스모스가 한창이었다. 조금씩 냉기를 실어오는 바람에 가늘게 몸을 흔들면서 피어 있는 코스모스는 아름다웠다.

인간이란 열길 우물 속보다 더 깊고 넓은 생각의 바다를 지니고 있어서 감옥에 갇힌 후배를 찾아가면서도 피어 있는 들꽃에 감동을 받기도 한다. 나는 그렇게 시시때때로 바뀌는 생각의 파도가 싫었지만 코스모스가 아름다운 것은 사실이었다. 마치 서울구치소가 우리들 청춘의 한 복판에 있는 것처럼. 그리하여 서울구치소가 우리와 역사를 이어주는 가교(架橋)로의 역할을 하고 있는 게 사실인 것처럼.

수갑을 차고 서대문 현저동 시절의 서울구치소 정문을 통과할 때 나는 이미 알았는지 몰랐다. 이 철문이 역사로 가는 길목이라는 사실을.

철문을 통과할 때 독거방에 앉아 세월을 야금야금 까먹어야 한다는 두려움보다는 비로소 역사로 가는 길목을 통과했다는 감동에 남모르게 몸을 떨면서 나는 바보처럼 웃었다. 그 후로 서울구치소는 항상 내 앞에 있었다.

주민등록증을 내밀며 정문을 통과하자 저만치 아이를 업은 그 여자가 바삐 걸어가고 있었다.

이 길에서 그 여자를 다시 만나다니…… 누가 갇혔을까? 남편이라면 무슨 죄를 지었을까? 교통사고, 강도, 강간, 소매치기, 사기, 절도……? 세상은 항상 공평하지가 못해서 갇힌 자보다 뒷바라지를 하는 사람들이 훨씬 고단하고 고통스러웠다. 당장의 끼니를 마련하지 못하면서도 영치금이며 사식을 마련하기 위하여 옆집으로 이웃으로 혹은 먼 친척집으로 목돈도 아닌 몇 푼의 누추한 푼돈을 꾸기 위해 손을 벌려야 하니.

문득 며칠 전에 서초동 법원청사에서 보았던 쓸쓸한 재판이 생각났다.

전날 신문사 사회부 기자를 하는 고등학교 동창녀석과 말씨름을 하듯이 아웅다웅하며 새벽까지 술을 마시는 바람에 늦잠을 자고 말았다. 아내는 이미 출근하고 없었고 여섯 달짜리 어린 아들이 칭얼칭얼 보채는 소리에 억지로 눈을 떴더니 번개처럼 뇌리를 스치는 것이 있었다. 출판사를 경영하다가 구속된 선배의 재판이 떠올라 허겁지겁 낙성대로 뛰어가 전철을 타고 서초동 법원으로 갔다.

법원에 도착해서도 나는 허둥거렸다. 몇 호 법정에서 재판을 하는지 도통 기억이 나질 않는 거였다. 나 자신이 한심하다는 투로 법원 복도에서 쓰디쓴 해장담배를 피우고 이 법정 저 법정을 기웃거리다가 발길을 멈추고 말았다.

방청객이라고는 고개를 푹 숙인 채 남매를 껴안고 있는 아낙네뿐인 텅 빈 재판정에 삐쩍 마른 한 사나이와 금테안경의 검사와 복덕방 주인처럼 생긴 변호사와 법복을 걸치고 졸린 눈으로 하품을 하는 판사와 잿빛 제복의 교도관이 전부인 이상한 재판이었다. 아마도 순서대로 재판을 하다 보니 마지막에 걸린 사람인 모양이었다. 나는 조용히 뒷자리에 엉덩이를 걸쳤다.

사내는 법복을 걸치고 근엄하게 하품을 하는 판사를 향해 끝없이 머리를 조아리며 울먹거렸다. 검사와 변호사가 묻고 대답하지 않는 게 검사구형 뒤의 최후진술인 모양이었다.

죽을 죄를 지었습니다. 한번만 용서해 주십시오. 한번만 기회를 주십시오. 처자식을 생각해서라도 다시는 죄를 짓지 않겠습니다.

똑같은 말을 여러 번 되풀이하더니 사내는 털썩 무릎을 꺾으며 최후진술을 마쳤다. 그때였다.

―우우우.

사내가 무릎을 꿇자 아낙네가 짐승처럼 낮게 울음을 토해 내는 거였다. 그 울음소리는 텅 빈 방청석에 낮게 깔리더니 내 가슴을 파고 들었다. 아낙네는 남매를 으스러져라 끌어안고 조용히 흐느꼈다.

나는 생각했다.

세상에 어떤 여자가 제 사내의 초라한 모습을 보고 싶겠는가? 제 사내가 무릎을 꿇고 손이 발이 되도록 빌고 있는데 세상의 어떤 여자가 피눈물을 쏟지 않겠는가?

저 여자에게 있어 사내는 유일한 하늘이었으리라. 험한 세상에서 벌거벗은 몸뚱이로 만나 서로 의지하고 살자고 살을 섞었으리라. 그리하여 사내는 여자에게 있어 무너지는 세상을 버팅겨 주는 기둥이 되었고. 그런데 그 기둥이 썩은 고목처럼 무너져 내리고 있으니 어찌 짐승처럼 울지 않으랴?

나는 사내가 어떤 죄를 지었든지간에 하루빨리 석방되어 여자와 아이들의 곁으로 돌아오기를 간절히 기도하며 그 법정을 나왔다.

접견신청서에 종길이의 수번과 내 인적사항을 적고 접수창구에 줄을 서려고 가는데 그 여자가 보였다. 그 여자는 내가 서려는 줄의 끝에 매달려 있었다.

그러면? 여자의 남편도 양심수란 말인가? 누굴까? 나는 여자의 등에 업혀 침을 흘리며 자고 있는 아기의 아버지가 누군지 몹시도 궁금했다. 나는 그가 누군지 몰랐지만 여자의 등에 업힌 아기의 얼굴에서 아주 강렬한 혈육의 정을 느꼈다.

버스 안에서부터 낯이 익다는 느낌을 받았는데 혹시 안면이 있는 선배의 아내가 아닐까? 그러나 나는 그 여자한테 굳이 질문을 하지 않기로 했다. 등 뒤에 바짝 붙어서 그 여자의 접견신청서에 적힌 수인의 이름을 확인하면 그만이었기 때문이다.

드디어 그 여자가 창구의 작은 구멍으로 주민등록증과 접견신청서를 밀어 넣었다. 나는 사슴처럼 목을 길게 빼어 접견신청서를 보았다.

―187번 최창호. 관계, 부인.

최창호라면? 사당동 뒷골에서 같이 자란? 지금은 독산동에서 공장을 다니고 있다는 소식이 바람결에 들리던?

아아, 내가 삼수를 하고 대학에 들어가던 그해에 헤어졌던 창호 형을 기구하게도 구치소에서 만난 거였다.

유리벽 앞에서

"잠깐만 담당님."

나는 담당교도가 창호 형의 카드를 찾아 접수증을 쓰려는 순간에 서둘러 입을 열었다. 담당교도가 왜라며 눈을 끔벅거렸다. 다행히 아는 얼굴이었다.

"저어 혹시 최창호라면? 사당동 뒷골에서 살던?"

"그런데요."

그 여자는 무언가 찜찜한 낯빛으로 위 아래로 훑어보며 인상을 찌푸렸다.

"창호 형과 뒷골에서 같이 자랐습니다. 제가 고 2땐가 큰사당동의 다방에서…… 디제이가 있던 다방인데 이름이 뭐더라? 아, 맥심! 맥심다방에서 두어 번 본 적이 있는 거 같애요. 제 이름은 김남식입니다. 김남식이요."

나는 혹시 몰라 주면 어쩌나 싶어 조바심이 났다.

"어쩐지이…… 어디선가 본 거 같더라니. 근데 여긴 웬일이에요?"

그제서야 여자의 얼굴이 풀리며 목소리가 높아졌다.

"형수님과 비슷한 용뭅니다. 후배가 여기 있거든요."

그 여자는 쉽게 형수님으로 바뀌어졌고 나는 손에 들고 있던 접견신청서를 버리고 창호 형의 접견신청서에 내 이름을 올렸다. 담당교도 김양일 씨는 툴툴거리며 접수증을 써 주었다. 김양일 씨와는 지난달 종길이를 면회와서 대판 싸운 적이 있었다. 나중에는 경비교도대까지 출동을 해서 싸움을 뜯어 말렸다. 인간이란 참으로 묘해서 서로 멱살을 잡고 뒤흔든 다음부터는 그 전보다 훨씬 더 친해지는 좋은 습성을 지니고 있었다.

그리고는 침묵이 이어졌다. 스피커에서 187번을 부를 때까지 거진 한 시간이나 같이 앉아 있으면서 내가 한 일이란 커피 자판기에서 율무차를 뽑아와 나눠 마신 게 고작이었다.

창호 형과 헤어졌던 십 년 넘는 세월이 내 말문을 꽉 틀어막고 있었다. 오랜만에 만나면 할말이 엄청나게 많을 것 같아도 막상 얼굴을 대하면 어색해서 서로 딴 생각에 빠지기 일쑤였다. 하루가 멀다하고 만나는 사이라야 주변에서 일어난 시시콜콜한 이야기까지 나누며 수다를 떠는 법이다.

나는 막막한 심정으로 담배를 물고 구치소의 잔디밭을 바라보았다. 잔디밭이 누렇게 변해 가듯이 서른둘의 내 청춘도 이렇게 속절없이 흘러간다고 생각하니 담배맛이 쓰디썼다. 거의 십 년 만에 대학을 졸업했고, 그 후 지난 삼 년 동안 나름대로 열심히 살았건만 …… 남은 것은 병들어 가는 마음뿐이었다.

지금도 사무실로의 출퇴근은 여전하지만 나날이 주인을 잃은 자리는 늘어만 갔다. 대부분은 감옥으로 갔고 남은 사람 중에 더러는 무역회사로 자리를 옮겨 앉았고 더러는 학원 강사로 밥벌이를 떠났다. 나는 그 자리에서 희망을 찾고 싶었다.

'진실은 영원하다', '정의는 반드시 승리한다', '역사발전의 합법칙성을 믿자' 등등의 억지춘향격의 희망이 나는 싫었다. 나를 달뜨게 만들고 미치게 만드는 그런 구체적인 희망을 원했다.

—187번 접견 오신 가족은 5호실로 오시기 바랍니다.

형수가 벌떡 일어서고 나는 그를 따라 5호실을 향해 뚜벅뚜벅 걷는다. 가슴이 두근두근 뛴다. 뒷골의 창호 형을 여기서 만나다니. 접견실의 문을 열고 들어가니 푸른 옷을 입은 창호 형이, 곱슬머리 창호 형이 앉아 있다가 나를 보고는 입을 딱 벌린다.

"창호 형!"

"너, 너 여기 웬일이냐?"

창호 형은 구멍이 숭숭 뚫린 유리벽에 손을 댄다. 만일 저 유리벽과 쇠창살이 없다면 당장 뛰어나왔을 터였다.

"후배 면회를 왔다가 형수님을 우연히 만났어요."

"후배?"

"예. 김종길이라고 3사 상층에 있어요. 국보예요."

"한번 알아봐야겠구나."

거의 울상인 형수님에 비해 창호 형의 안색은 몹시 좋아 보였다. 나는 형수님한테 유리벽 바로 앞의 자리를 양보하고 한 발 뒤로 물러난다. 언제 잠을 깼는지 돌을 갓지난 아이가 창호 형을 보고 까르륵까르륵 꽈리가 터지는 소리를 내며 웃는다. 참으로 눈물겹도록 쓸쓸한 풍경이었다.

그날 창호 형과 나는 간단한 안부 외에는 더 이상의 이야기를 나누지 못했다. 몇 마디의 말로 헤어져 살아온 그토록 오랜 세월의 넓이를 단박에 뛰어넘을 수 없는 노릇이었다.

접견은 참으로 짧았다. 독산동에서 구치소까지 오는 두 시간과 순서를 기다리는 한 시간에 비해 십 분의 만남은 너무 야속했고 매정했다. 접견실을 나온 우리는 곧장 사당동 네거리로 왔고 그곳에서 갈비탕을 사 먹고 헤어졌다. 물론 서로의 전화번호를 주머니에 간직한 채.

유년의 고향, 사당동 뒷골

파란색 새마을 모자를 쓴 사람들이 몰려와 집을 부수었다.

중학교 2학년인 나는 학교도 팽개치고 허접쓰레기와 다를 바 없는 가재도구를 주섬주섬 챙겼다. 미군부대에서 흘러나온 두터운 종이상자와 판자로 지었던 집은 온데간데 없고 남은 것은 유리조각처럼 자디잘게 바스라진 나무판자와 먼지와 슬프디슬픈 하얀 햇살과 동네 아주머니들의 울음소리뿐이었다. 우리는 사당동 산 24번지(지금은 고층의 영아아파트와 대림아파트가 들어선 산동네)에서 쫓겨났다.

우리는 더 멀고 깊은 변두리로, 손수레가 다닐 만한 길도 없는 골짜기의 오솔길을 타고 올라와 낙성대로 넘어가는 산중턱에 도착했다. 사람들이 뒷골이라고 부르는 그곳은 옛날 소설에 나오는 도적들의 산채가 있음직한 아늑한 분지였다.

사방이 산으로 막혀 있고 그 복판에 밭이며 논이 파랗게 펼쳐진 뒷골에는 단 두 채의 낡은 기와집이 세월에 밀려 넘어지고 있었고 골짜기 깊은 곳에서는 얼룩이 젖소가 한가롭게 풀을 뜯고 있었고 누렁이 한 마리가 쟁기를 지고 씩씩거리며 보리밭을 갈아엎고 있었다. 그러나 뒷골도 분명히 서울특별시였다.

수도도 전기도 없는 뒷골에 우리는 도착했고 곧 집을 짓기 시작했다. 시멘트를 제대로 섞지 않아 푸석푸석한 불량 벽돌로 우리는 열차처럼 긴 연립주택을 지었고 나는 거기서 처음으로 창호 형을 만났다. 창호 형은 때아닌 건축호황기를 맞이한 뒷골의 토박이였다. 특히 우리 집은 일꾼을 돈으로 살 만큼 여유가 없었기에 방 한 칸을 내주기로 하고 창호 형과 그의 형을 일꾼으로 샀다.

그럭저럭 허름한 연립주택은 완성되었고 사람들은 벌이를 위하여 막일과 파출부를 다녔다. 학교를 다니던 나는 하교 후에는 언제나 창호 형과 같이 놀았다.

그 무렵 나는 기타를 배우고 싶어서 창호 형을 열심히 따라다니며 당시에 유행하던 <해 뜨는 집(The house of rising sun)>을 배웠다. 그룹 애니멀스(Animals)의 낮은 저음과 절규하는 듯한 고음이 서로 기묘하게 어울리는 <해 뜨는 집>이 나는 좋았다. 나는 짧은 영어실력에도 불구하고 열심히 사전을 찾아 대충 가사의 내용을 알아 갔다. 물론 하루저녁에 가사 전부를 이해한 것은 아니었다.

창호 형의 기타 솜씨는 우리 나라 제일이라는 신중현에는 미치지 못했지만 적어도 내가 보기엔 거의 환상적이었고 수준급이었다. 기타를 처음 손에 잡으며 코드가 간단하고 쉬운 양희은의 <이루어 질 수 없는 사랑>이나 애니멀스의 <해 뜨는 집>을 교재로 삼았다. <이루어질 수 없는 사랑>이나 <해 뜨는 집>은 기타 코드도 서로 엇비슷했다. 다만 연주기법이 달랐을 뿐이었다.

기타 코드가 Am, C, F, E7으로 이어지는 <해 뜨는 집>을 연주할 때의 창호 형은 마치 미친 사람 같았다. 눈을 지그시 감고 6번 줄부터 엄지로 긁어 내리면 내 가슴은 물레방앗간의 절구공이처럼 뛰었다. 둔하게 울리면서도 내 가슴 깊숙이 파고들던 6번 줄의 그 떨림이란?

창호 형은 엄지로 기타줄을 단순히 긁어 내리는 정도를 뛰어넘은 솜씨로 나를 사로잡았다. 특히 6번 줄은 엄지로 강하게 퉁겨 여운이 길게 남게 만드는 신기한 재주를 가지고 있었다. 하지만 나는 한 번도 창호 형처럼 기타를 연주하지 못했다. 음치였기 때문에 각기 다른 기타줄과 코드가 조화를 이루며 만들어 내는 음의 색깔을 구분하지 못한 탓이었다.

나는 고등학교를 다녔고 창호 형은 건축 공사장을 전전하며 막일을 해서 입에 풀칠을 했다. 창호 형한테는 형이 한 사람 있었다. 이름이 영호인 그가 내장 목수일을 했기 때문에 창호 형은 시멘트 가루는 마시지 않았다. 나는 고등학교에 들어와서도 기타를 배우려고 무진 애를 썼었다.

비록 음치이긴 해도 중학교때부터 줄기차게 <해 뜨는 집>만을 연습했기 때문에 <해 뜨는 집>만큼은 나도 그런대로 창호 형의 그림자는 따라갈 수 있었다.

그런데 어느 토요일이었다.

전에도 몇 번인가 내장 목수일을 하는 영호 형과 타일을 붙이는 달수 형 그리고 달수 형의 동생인 영수 형이 토요일이면 동네에서 사라지곤 했었다. 영수 형은 권투를 하다가 그만두었는데 당구장에서 먹고 자고 청소를 해주는 직업을 갖고 있었다. 나도 창호 형을 따라 큰사당동에 있는 영수 형의 당구장에 종종 들러 구경을 하기도 했다.

"현수야, 춘천에 안 갈래?"

학교에서 돌아오자마자 다락에 기어올라가 거북선 한 가치를 맛있게 빨고 있는데 창호 형이 사다리를 타고 들어와 불쑥 말을 꺼냈다.

"거길 왜?"

"가 보면 알아."

"어찌까? 차비도 없는데?"

"내가 내주께."

"알았어."

나는 서둘러 담배를 챙겨 잠바주머니에 넣고 창호 형을 따라 나섰다.

춘천엔 창호 형과 나만 가는 게 아니라 영수 형도 배낭을 멘 등산복 차림으로 동행을 했다.

춘천에 내린 우리는 곧장 명동골목으로 가서 막국수를 사먹고 다시 소양강을 굽어보며 춘성으로 갔다. 어느 한적한 시골에 내린 우리는 신작로를 따라 하염없이 걸었다. 그러다가 무성한 삼밭이 나오면 몰래 숨어 들어가 삼잎을 따 배낭에 넣었다. 주로 어린 삼잎을 땄는데 나중에 집에 돌아와 알고 보니 대마잎이었다.

다음날 아침 일찍 창호 형과 나는 석유버너와 세숫대야를 들고 뒷골의 골짜기를 타고 올라가 삼잎을 쪘다. 나는 그 일이 몹시도 재미있었다. 세숫대야에 찐 삼잎을 우리는 신문지를 깔고 널어 산 속에서 여러 날 말렸다. 우리는 대마초를 만든 거였다.

우리가 만든 대마초의 상당량은 영수 형이 당구장으로 가지고 갔고 나와 창호 형은 우리 집 다락이나 산 속에서 담배 대신 파란 표지의 아기 손바닥만한 성경책에 말아 피웠다. 창호 형은 연기를 한 오라기도 허공에 내뿜지 않았고 나는 몽땅 내뿜었다. 나는 아카시아숲 사이로 흘러가는 연기를 바라보면서 나직한 소리로 <해 뜨는 집>을 불렀다.

뉴우올리안즈에는 사람들이
해 뜨는 집이라고 부르는
낡은 집이 하나 있지요.
거기에는 한 가난한 소년이
파멸의 길을 가고 있었지요
난 알아요 내가 그였으니까요

어머니는 재봉사였고
내 청바지를 만들어 주셨지요
아버지는 뉴우올리안즈의 노름쟁이였지요
노름쟁이한테 필요한 것은
오직 슈트케이스와 가방 하나뿐
그리고 그가 만족해 하는 시간은
오직 술에 만취했을 때뿐
오 어머니!
당신의 아이에게 말해 주세요
당신이 해 뜨는 집의
가난과 비참 속에서 허비한 인생을

나는 지금 한 발은 플랫폼
한 발은 열차 위에 올려 놓았어요.
뉴우올리안즈의 해 뜨는 집으로 돌아가고 있어요
속죄를 위하여

　숲 속의 풍경은 아늑했고 노래는 슬펐다. <해 뜨는 집>은 언제나 나를 울렸다. 나의 어머니는 건축 공사장이나 새마을 취로 사업장에서 한 포대의 밀가루를 위하여 고생을 하고 있었다. 창호 형의 아버지는 아코디언을 둘러메고 유람을 즐기는 한량이었다. 창호 형은 고아나 다름없었다. 어머니가 일찍 돌아가셨기 때문이었다.
　나는 노래처럼 뒷골을 벗어나고 싶었다. 그러나 창호 형은 뒷골이 아니면 갈 곳이 아무데도 없었다. 그래서 우리는 떠나지 못했다. 나는 대마초를 삼키면 속이 뒤집어지는 것 같아 담배처럼 피웠다.

“그렇게 피우면 안 돼 임마! 연기를 완전히 들여마셔야지.”

“싫어. 막 넘어올려구 해.”

이상했다. 대마초도 담배나 다를 바가 하나도 없는데 대마초를 피운 가수들이 줄줄이 수갑을 찼고 드디어는 영수 형도 고척동에 있는 영등포교도소, 소위 학교를 가고 말았다. 우리는 더 이상 대마초를 피우지 않았다. 나는 대마초보다도 성냥갑처럼 작은 열 개 피짜리 명승이라는 담배를 훨씬 더 좋아했다. 명승은 값도 쌀 뿐더러 보통 담배의 절반 크기여서 책가방이나 몸에 꼬불치기도 좋았다.

고등학교 2학년이 되면서 나는 첫사랑을 앓기 시작했다.

첫사랑을 하면서 나는 밤마다 공부 대신 사랑하는 여인한테 편지를 썼었다. 아침이 오면 우표를 붙이고 꼭 빨간 우체통에 편지를 넣어야지, 맹세를 했건만 큰사당동 버스 정류장에 서 있는 빨간 우체통은 내 편지를 한 번도 담아 보지를 못했다.

나는 다락에 엎드려 부치지 못하는 편지를 쓰느라 수없이 많은 종이를 허비했다. 나는 안데르센 동화에 나오는 인어공주를 읽으며 눈이 퉁퉁 붓도록 울기도 했다. 내 첫사랑도 인어공주의 사랑처럼 파도에 휩쓸려 사라지고 말 것만 같은 비극적인 예감이 들었다. 나는 울면서 또 편지를 썼었다. 편지만 쓴 게 아니라 헌시도 지었다. 지상에서 내가 사랑하는 유일한 그 여자를 위하여 나는 밤마다 유치한 헌시를 누에고치에서 실을 뽑듯 뽑아 내곤 했었다.

“남식아!”

밤도 깊은데 창호 형의 목소리가 들렸다. 나는 쓰다만 편지며 헌시를 부리나케 감췄다.

“들어와요.”

나는 아무렇지도 않은 척 반듯이 누워 명승담배 한 가치를 입에 물고는 다락의 낮은 천장을 바라보았다. 빨간 색과 파란 색의 전선

줄이 뻗어 나와 뒤엉킨 천장은 몹시도 낮았고 루핑이 보여 검었다. 천장이 낮은 만큼 나는 가난했고 외로웠다.

"공부하냐?"

"아니, 담배 피우고 있었어."

"쬐끄만 게 뼈 삭는다 임마."

"뼈가 삭는 것보다 영혼이 삭는 게 더 싫으니까."

"어쭈, 문자를 쓰시는구만, 얌마! 문자솜씨를 발휘해서 편지나 한 통 써 주라."

"무슨 편지? 연애편지?"

"그래."

"우와와! 끝내주는구만."

내가 감탄사를 연발하자 창호 형의 얼굴이 홍시처럼 붉어졌다. 창호 형이 부끄러워 몸둘 바를 몰라하는 것이 처음이라 무척이나 재미있었고 그래서 악동처럼 마구 약을 올렸다.

"낼 아침에 뒷골에다 소문내야겠구만. 동네사람드을, 최창호 선수한테 어여쁜 깔치가 생겼대요, 동네사람드을."

나는 손나팔을 만들어 방송을 하는 흉내를 냈다.

"그러지 마아."

창호 형이 부끄러워하면서도 은근 슬쩍 꽃편지지에다 거북선 한 갑을 내놓았다.

"연애편지 써 주면 얼굴 한번 보여 주는 거야?"

"일단 쓰기나 해, 우선은 꼬시고 봐야지. 한 번밖에 만나지 못했는데."

"알았어. 그런데 어떻게 만났고, 어떻게 생겼는지, 취미나 직업은 뭔지 알아야 쓸 거 아냐?"

"알았어, 알았어. 대신 너, 소문내지 마?"

"알았다니까아? 팍 안 써 줄라 그냥."

"우선 담배나 하나 빨고."

창호 형은 새 거북선을 뜯어 담배를 피우기 시작했다. 심각한 척 표정을 지었지만 얼굴에 잔잔히 번지는 미소는 어쩌지 못했다.

"내가 요새 형 따라서 부평으로 출퇴근하잖아. 전철에서 자주 마주쳤어. 복잡한 퇴근 전철이었는데 책을 읽고 있는 거야. 나는 여대생인 줄 알고 관심도 없었지. 그런데 몇 번인가 전철 안에서 마주쳤어. 아주 우연히. 얼굴은 썩 잘 생기진 않았는데 그런대로 볼 만해. 그래서 하루는 용기를 냈지. 여대생이면 어때. 여자는 어차피 여자인걸. 여대생은 거시기에도 뺏지를 달고 다니나 싶더라고.

커피 한 잔 사겠다니까 좋다는 거야. 이게 웬 떡이냐 싶었지. 그래서 다방엘 가서 커피 한 잔 마시고 헤어졌어. 여대생은 아니고 작년에 여상을 졸업하고 인천에 있는 작은 공장에 경리로 취직을 했대. 나는 대학생처럼 굴었지."

실제로 창호 형은 곱슬머리만 빼면은 영락없는 대학생이었다. 또 창호 형이 애지중지 아끼는 금테안경을 끼고 나서면 누구든지 속을 터였다. 옷매무새도 나쁘지 않아서 낡은 옷이래도 세련되게 입을 줄 알았다.

"나중에 뽀록나면 어쩔라고 대학생 행세를 했어?"

나는 걱정이었다. 알파벳도 제대로 모르는 사람이란 걸 금방 알텐데 눈에 뻔히 보이는 거짓말을 했으니······.

"얌마. 일단 따먹고 난 뒤에 생각하자. 에이 비 씨 모른다고 여자 하나 요리 못할 줄 아냐?"

"근데 대학생이란 건 믿어?"

"커피를 마시러 갔는데 음악다방이었어. 팝송은 내가 또 꽉 잡고 있잖아. 디제이가 틀어 주는 노래 몇 개를 줄줄이 따라 불렀지. 그랬더니 속으로 감탄하는 눈치였어."

"알았어. 대학생이라고 뻥을 쳤다 이거지? 잘했어. 일단 깃발을 꽂는 게 중요하지 뭐. 그럼 뭐라고 노가리를 푸나?”

창호 형이 가져온 꽃편지지를 꺼내어 펼치곤 나는 엎드렸다. 창호 형은 쑥스러운지 다락을 내려갔다. 내가 살고 있던 다락방은 문이 집 밖에 있어서 항상 감시의 눈초리를 늦추지 않는 어머니를 쉽게 속일 수 있었다. 실제로 어머니는 내가 다락에만 있으면 공부를 하는 줄 알고 늘 속는 눈뜬 봉사였다. 국민학교도 제대로 나오지 않았으니 당연했으나 나는 까막눈인 어머니를 자주 속였다.

나는 끙끙거리며 간신히 첫 문장을 생각해 냈다. 창호 형이 대학생이라고 했으니 확실히 속일 필요가 있어서 멋진 영어문장으로 편지의 서두를 장식했다. 내가 창호 형의 꽃편지지에 편지의 서두를 화려하게 장식할 무렵 창호 형이 헐레벌떡 다락으로 올라왔다. 창호 형은 숨도 고르지 않고 품 속에서 두꺼비 한 병과 오징어 한 마리를 꺼내 놓았다. 편지를 잘 부탁한다는 아부였다.

“좀 썼냐?”

“마음에 들지 모르겠어? 한번 들어봐.”

“그래.”

“고통과 기쁨의 밤이 지난 후 나의 모든 영혼은 당신 겁니다. 이게 처음인데 마음에 들어?”

“끝내주는데.”

“뒤에 영어로도 썼어. After a night of please and desolation all my soul belongs to you. 어때 그럴 듯하지?”

“그러다 정말 뽀록나는 거 아니야 이거?”

“걱정 마. 이왕 사기를 칠려면 확실히 치는 거야. 한 개의 거짓말은 열 개의 거짓말을 만들잖아. 한 개의 거짓말을 참말로 위장하기 위해서는 열 개의 거짓말이 필요한 거야.”

실은 나도 편지의 서두는 성문종합영어에서 베낀 거였다. 나는 창호 형한테 그런 사실은 숨기고 턱없이 잘난 척을 해댔다. 한글도 제대로 몰라 꿀리는 게 한두 가지가 아닌 창호 형은 그냥 속는 수밖에 도리가 없었고 나는 온갖 미사여구를 총동원해 편지를 썼었다.

창호 형의 연애는 순조로운 반면 나는 연애편지를 대필하느라 머리가 빠질 지경이었다. 그래도 나는 즐거웠다. 비록 창호 형의 이름으로 부치는 편지지만 꼬박꼬박 오는 답장을 같이 읽으며 킬킬거리는 재미란 이루 말로 다할 수 없었다. 그 여자도 창호 형한테 푹 빠져 있었다. 나는 다른 사람의 내면의 고백을, 실은 약간 유치한 고백이었지만, 엿보는 재미에 푹 빠져 나중에는 연애편지를 대필하는 일이 뿌듯했다.

그러다가 드디어는 큰 일이 벌어지고 말았다. 다방에서 아르바이트로 디제이를 한다는 우리들의 거짓말에 완전히 속아서 창호 형이 나가는 큰사당동의 맥심다방엘 오겠다고 그 여자가 답장을 보내온 거였다.

"얌마, 이젠 끝장이다, 끝장."

창호 형의 얼굴은 완전히 똥색이었다. 나도 입이 열 개라도 할 말이 없었다. 그저 땅 한 번 보고 하늘 한 번 보고 한숨만 쉴 뿐 뾰족한 대책이 서질 않았다. 창호 형과 나는 이틀을 고민했다. 나는 학교에 가서도 그 문제로 머리가 빠개질 듯 아팠다. 그러다 나는 묘안을 생각했다. 아무리 어려운 수학문제도 풀리는 법이었다. 나는 큰사당동 당구장에서 일을 하는 영수 형을 찾아가 삼십 분이라도 좋으니 맥심다방에서 창호 형이 디제이를 볼 수 있도록 힘을 쓰자고 구원을 요청했다.

다행히 영수 형은 다방 주인을 알고 있었다. 털보인 다방 주인은 저간의 사정을 듣고 호탕하게 웃더니 일요일 오후 세 시에 음악실을 비워 둘 테니 마음놓고 쓰라고 했다.

나는 하늘을 나는 기분이었다.

드디어 그날이 왔다. 창호 형은 맥심다방의 음악실에 앉아서 떨리는 목소리로 신청음악을 내보냈다. 더욱이 기분 좋은 것은 스피커를 타고 흘러나오는 목소리가 웬만한 성우는 뺨칠 정도로 물기에 촉촉히 젖어 있어서 내가 듣기에도 반할 지경이었다. 처음 삼십분 정도는 목소리가 떨리더니 나중에는 의외다 싶게 차분하게 낮게 깔려 다방 안을 포근하게 휘감고 돌았다.

음악실의 유리창으로 보는 창호 형은 참으로 멋져 보였다. 시간은 빠르게 흘렀고 나는 음악실 바로 옆에 앉아 드나드는 여자들을 유심히 지켜보았다.

그러다 갑자기 창호 형의 목소리가 심하게 떨리며 더듬거렸다. 나는 재빠르게 입구를 보았다. 거기, 얼굴이 둥글둥글한 여자가 하나 있었다. 그 여자는 다방에 들어서자마자 음악실을 보더니 구석자리에 가 앉았다. 나는 창호 형한테 씨익 웃음을 날렸다.

여자는 늦가을에 맞는 고상한 색조의 옷을 입고 있었고 전체적으로는 통통한 몸매여서 푸근해 보였다. 나는 내가 그 여자를 사랑하는 것처럼 가슴이 두근거려 맥없이 엽차만 축냈다. 가슴이 탔다. 창호 형의 사랑이 이루어지길 간절히 빌었다.

벽 앞에서

우우웅, 녹슨 창살을 할퀴며 바람이 분다.

방과 변소를 나누는 엉성한 나무문의 비닐이 바람에 몸을 떤다. 저 바람이 그치면…… 겨울이다.

지금도 이 방은 몹시도 춥다. 사람의 따뜻한 체온이 그립다. 입을 통해서 나오는 따뜻한 한마디가 가슴을 덥히고 말없이 서로 엉키는 눈동자가 심장을 뛰놀게 하고 마주잡은 손이 온몸의 피를 솟구치게 만드는 그런 사람이 보고 싶다.

나는 벽을 본다.

아래쪽은 짙은 회색이고 위쪽은 흰색인 시멘트벽이다. 이 벽은 인간과 인간을 차단하는 비인간적 벽이다. 누가 이 따위의 벽을 만들어 사람을 가둘 생각을 했을까? 그도 이 벽에 갇혀 보았을까? 단두대를 만든 길로틴은 자신이 만든 단두대에서 목이 잘렸다고 하던데…… 나는 흰벽에 아로새겨진 낙서를 읽는다.

노동해방, 전노협 만세, 반미자주화투쟁 만세 등등 가지가지의 구호들이 단단한 시멘트벽에 새겨져 있다. 그러나 나를 가슴 아프게 하는 낙서도 있다.

'김지하는 우리를 배신했고 문익환 목사님은 구속되었다. 오호, 생명이여! 왜 인텔리인 그는 우리를 배신했을까?' 나는 책을 많이 읽지 않았으니 김지하란 시인의 생명론에 대해서는 잘 모른다. 하지만 농성현장에서 연행되어 막 구치소로 넘어왔을 때 조선일보에 실린 그의 글을 두고 많은 사람들이 분노했다는 건 안다. 나같이 무식한 노동자가 읽어도 김지하는 크게 잘못했다는 느낌이다.

막내딸이 보고 싶다. 작년 겨울에 태어났으니 이제 곧 첫돌을 맞이할 텐데…… 걱정이다. 딸은 아들과 달라서 떡아기 시절부터 키우는 맛이 다르다. 딸은 아내를 쏙 빼닮아 더욱 예쁘다.

딸이 보고 싶은데 벽이 나를 가로막고 있다. 벽은 여기에 있는 게 전부는 아니다. 이 세상에서 가장 큰 벽은 인간의 마음속에 있다. 부자든 가난한 사람이든 가리지 않고 인간은 누구나 저 마다의 벽을 가슴에 쌓고 있다. 나는 그 벽에 갇혀 있는 것이다. 어쩌면 나도 내 가슴의 벽에 갇혀 있는지도 모른다.

만일 벽이 없는 사람이 있다면? 세상만물의 이치를 꿰뚫어 보는 도인(道人)이리라. 아니다. 도인도 도(道)라는 벽에 갇혀 있다. 김지하도 마찬가지다. 그는 엉뚱하게도 생명이라는 아주 고상한 이름의 벽에 갇혀 있다. 아, 모르겠다.

나는 묻고 싶다. 최창호, 나는 무슨 벽을 가슴에 쌓고 있느냐고? 혹시, 노동운동의 벽은 아닌지? 운동? 글쎄다. 나는 운동을 했다기보다는 그저 살기 위해 몸부림친 사람에 불과하다. 다만 동료의 복직에 앞장섰을 뿐이다.

언젠가, 그러니까 피아노 공장에서 민주노조가 생길 때다. 87년 여름이었다. 아내가 울며 당장 눈앞에 닥친 생계를 걱정했다. 그러고 보니 첫 아들 수철이가 막 태어났을 무렵이었다.

"최창호 씨! 당신이 뭘 안다고 노동조합을 만들어요? 노동조합은 다른 사람한테 맡기고 직장이나 열심히 다녀요. 자꾸만 실망을 줄래요?"

아내는 화가 나면 나를 부르는 호칭이 '여보'에서 '최창호'로 바뀌었다. '최창호 씨'라고 부르면 나는 가슴이 덜컥 내려앉는다. 나는 아내한테 꿀리는 게 많았다.

중학교도 제대로 졸업 못한 사람이 대학생이라고 속였다고 아내는 틈만 나면 불퉁거렸다. 그때마다 지은 죄가 있는 나는 꼼짝도 못했다. 직장의 동료들이 나를 공처가라고 마구 놀렸지만 솔직히 나는 공처가가 안 될래야 안 될 수가 없었다.

"다른 사람들이 모두 나서는데 나만 쪼다같이 빠져?"

나는 양보할 수가 없었다.

"노동조합하면 회사도 망하고 금방 해고된대요. 또 거기다가 감옥도 들락거리고 우리 수철이한테 전과자 아빠가 될 거예요? 나는 싫어요."

아직도 산후조리가 안 끝난 아내는 푸석푸석하게 부은 얼굴에 눈물을 주루룩 흘렸다. 나는 아내의 눈물에 몹시도 약한 사람이었다. 아내는 지독한 울보여서 한번 눈물을 흘리면 몇 시간이고 좋았다. 더군다나 빈혈까지 있는 여자가 몸 안의 물기를 다 뽑아 낼 작정으로 눈물을 흘리니 내 속이 빠지직빠지직 타는 느낌이었다.

다음날, 나는 회사로 출근하여 민주노조건설준비위원인 용주한테 조심스럽게 발을 빼겠다고 입을 열었다. 피아노 조율사인 용주의 얼굴이 어두워졌다. 용주는 담배를 꺼내 물더니 피우기 시작했다. 하늘을 향해 고개를 쳐든 용주의 눈동자에는 만지면 손에 묻을 듯한 슬픔이 고여 있었다.

"사람이 많은 것 같은데 사람이 없어. 누구나 회사와 노조에 불만을 가진 사람은 많아. 하지만 불만을 건설적인 일로 바꾸려는 사람은 별로 없어. 다른 사업장의 민주노조를 부러워하면서도 정작 우리 회사에서 민주노조가 생긴다면 겁부터 먹어. 알았어. 다음에 봐."

피아노 건반을 만드는 목공인 나는 아내의 눈물에 떠밀려 민주노조건설준비위원회에 빠졌다. 그러나 고개를 들지 못하고 출퇴근을 해야만 했다. 나는 오랫동안 용주의 눈동자에 고인 슬픔을 잊지 못했다. 용주는 피아노 공장에서 처음 사귄 친구였다. 사당동 뒷골목에서만 우물안 개구리처럼 살다가 부평으로 이사해 처음 취직한 곳이 삼창피아노였고 거기서 나는 용주를 만났다.

늦여름부터 드디어 피아노 공장도 민주노조건설을 위한 파업농성에 들어갔다. 앞에 나서지는 않았지만 나도 열심이었다. 솔직히 겁도 났었다. 어디서 그런 엄청난 힘들이 솟구쳐 나오는지 동료들은 한치도 물러서지 않았고 마침내 민주노조를 건설하고야 말았다. 나는 철야농성을 하는 자리에서 가끔씩 기타를 치며 노래도 불렀다. 팝송만 부르던 내가 '나 태어나 이 강산에 노동자 되어……'를 부를 줄이야. 하지만 나는 노동자라는 사실이 부끄러웠다. 수철이한테 나는 훌륭한 아비이고 싶었다.

만일 아들 수철이가 커서 아비가 노동자에 불과하다는 사실을 알고 기가 죽는다면? 끔찍한 일이었다.

아버지가 공무원도 회사원도 아니고, 하다못해 구멍가게 주인도 아닌 그저 어머니의 뼛골만 빨아먹다가 어머니를 죽인 무능한 방안퉁수에다 바람둥이라는 사실을 알았을 때, 얼마나 부끄러워했던가? 다른 사람들은 모를 것이다. 늙은 과부 앞에서 자랑삼아 아코디언을 켜는 아버지의 한심한 모습에 내가 얼마나 절망하고 있었는지를.

나는 아버지처럼 살고 싶지는 않았다. 늙은 과부들이 던져 주는 박카스며 소주 몇 잔에 해롱거리는 아버지는 나를 중학교에도 못 보내는 금치산자(禁治産者)였다. 나는 형의 뒤꽁무니를 따라다니며 목수 일을 배웠고 드디어는 회사원이 된 거였다. 하지만 관리직이나 사무직이 아니라 생산직 사원이었다. 나는 수철이한테 생산직이었던 사실을 숨길 작정이다. 수철이가 학교에 들어가 가정조사표를 받아오면 아버지의 직업란에 나는 그냥 회사원이라고 쓰리라는 다짐을 해오던 터였다.

그런데 이듬해 봄, 용주를 비롯한 노동조합의 간부들이 임금인상을 요구하며 파업농성을 이끌다가 그만 해고되고 말았다. 물론 파업농성은 경찰의 투입으로 난장판이 되었고 사람들은 언제 파업을 했느냐는 태연한 표정으로 출퇴근을 계속했다.

나는 그럴 수가 없었다.

용주가 회사 정문에서 출근투쟁을 벌이고 있는데 인간으로서의 의리가 있지 모른 척할 수는 없는 노릇이었다. 나는 작업장 안에서 해고된 동료들의 복직을 이야기하며 다녔고 용주가 주는 유인물을 나눠 주기도 했다. 그뿐이었다. 그러다 며칠 뒤, 형이 교통사고를 당해 급하게 사당동으로 가서 뒷처리를 하는 바람에 사흘을 결근하고 말았다. 사흘 뒤 출근을 하는데 정문 게시판에 무단결근으로 해고를 시킨다는 공고가 나붙어 있었다.

그렇게 하여 나는 해고자가 되었고 인천에서는 이력서를 내밀지도 못하는 블랙리스트에 이름이 올라간 불순분자가 되고 말았다. 나도 용주와 함께 복직투쟁을 벌이며 소송을 걸었다. 그러나 일 년 이상 끈 재판에서 판사는 내 손을 들어올려 주지를 않았고 가정생활은 수철이의 우유도 제대로 못 살 지경으로 변하고 말았다. 하는 수 없이 수철이는 독산동의 외갓집으로 가야 했고 아내는 독산동에 있는 봉제공장 시다로 취직을 했다.

"나, 이사간다."

"왜?"

용주와 함께 포장마차에서 소주잔을 기울이다가 불쑥 말을 꺼냈다. 용주는 놀라는 눈치였다.

"미안하다. 미리 귀띔이라도 할 것을. 나는 아무래도 용주 너처럼 철저한 사람이 못 되는갑다. 우유부단하고 멍청하고."

"아니야, 임마. 뭐 그런 걸 갖구 고민을 해. 분명한 건 부평을 떠나더라도 창호 너는 결국 노동자일 수밖에 없다는 거야. 애초부터 몸뚱아리 하나만을 믿고 굴러 먹었으니 또 그렇게 살아야지."

"고맙다."

"고맙긴."

나는 부평을 떠났다. 그 동안 살던 연립주택 지하에서 이삿짐을 싣고 떠날 때 용주가 도와 주었다. 나는 트럭이 떠날 때 손을 흔들어 주던 용주의 쓸쓸한 웃음을 잊지 못했다. 독산동에서 나는 뉴펜슬샤프회사에 취직을 했다.

뉴펜슬샤프회사로 가는 길의 중간 언덕 왼편에는 거대한 도살장이 있고 반대편에는 소갈비집이 끝도 없이 펼쳐져 있었다. 가끔씩 안개라도 자욱한 아침이면 비릿한 피비린내가 낮게 깔려 속을 확 뒤집곤 했었다. 나는 도살장 언덕을 넘어 공장을 다녔다.

나는 사출부 소속이었는데 주로 샤프의 겉을 지탱하는 플라스틱

뼈대를 뽑아 내는 단순작업이었다. 처음에는 일이 손에 익지 않아 고생을 많이 했다. 그러나 일이 손에 익자 곧이어 끝없는 단순작업으로 하루하루를 보내야 했다.

기계 앞에 앉아 있으면 손은 저절로 움직였고 반대로 머리는 여러 가지 생각에 어지러웠다. 내 생각을 지배하는 것은 언제나 사람이었다. 처갓집에서 자라고 있는 아들이며 시다에서 미싱사가 된 아내 그리고 부평을 떠나지 않겠다던 용주가 머리 속에 들어앉아 떠나질 않았다.

내가 다시 공장을 찾게 된 까닭은 오로지 용주 때문이었다. 나는 아파트 건축현장이나 단독주택 내부공사를 하는 내장 목수일을 나가면 회사에서 받는 월급의 두 배 정도는 수입을 올릴 수 있었다. 나는 가난했지만 계속해서 뉴펜슬샤프회사를 다녔고 끝내는 벽에 갇히고 말았다.

지금 나는 입에서 신물이 나도록 일을 하고 싶다. 일을 하고 싶어서 온몸이 근질근질 뒤틀린다. 수입도 중요하지만 그것 때문이 아니다. 몸 속에 흐르는 피가 일을 하라고, 노동을 하라고 요구하기 때문이다.

회사를 다닐 때는 아침에 일어나기가 싫어 아내와 몇 번 다툰 적도 있었다. 아내도 작은 봉제회사에 다니고 있기 때문에 무척이나 지쳐 있었다. 그래도 아내는 나보다 한 시간이나 일찍 일어나 밥을 하고 반찬을 만들어 밥상을 차린다. 그런데 나는 단 오 분이라도 더 누워 있겠다고 이불자락을 잡고 놓지 않았다. 아내는 당연히 바가지를 박박 긁어대고 나는 신경질을 부렸다.

그때는 몰랐다. 육체와 영혼과 노동의 관계를. 물론 지금도 잘 알지는 못한다. 다만 어렴풋이 느낄 뿐이다. 아무튼 육체는 노동을 원하고 노동은 영혼을 살찌운다고 나는 생각한다. 프랑스의 데카르트라는 철학자가 '나는 생각한다. 고로 존재한다.'고 말했다지만 나는 '나는 노동한다. 고로 존재한다.'로 바꾸련다.

내가 이렇게 말한다면 누군가는 무식한 노동자가 유식한 체한다고, 어울리지 않는다고 말할지도 모르겠다. 그러나 분명히 알기를 바란다. 노동자는 지식에 목마른 계급이라는 것을. 김지하의 지식이 아니라 전태일의 지식을.

쓸쓸한 늦가을의 밤에

번쩍. 유리창이 파란 빛으로 훤하다.

번개다. 아이를 간신히 재우고 못다 한 빨래를 하려고 막 일어선다.

쿠르릉, 콰앙── !

일 초도 안 되어 천둥이 유리창을 세차게 흔든다. 하늘이 갈라지는 듯한 엄청난 소리에 그만 주저앉는다.

"아아앙."

천둥소리에 놀랬는지 아이가 자지러지게 울기 시작한다. 나는 급하게 아이를 끌어안는다. 그러나 선잠에서 깬 아이는 입술이 파랗게 질리도록 입만 크게 벌렸다. 울음소리는 목 안으로 잦아든다. 나는 아이를 안고 어쩔 줄을 몰라 발만 동동 굴린다. 아이의 숨이 꺼억꺼억 넘어간다. 나는 아이를 한 손에 안고 급하게 기응환을 찾아 깨알 같은 알약 두 개를 아이의 입 속에 넣는다.

"아아앙, 아아앙."

사지를 비틀며 몸부림을 친 끝에 아이의 울음이 다시 터진다. 후우, 살았다는 한숨이 저절로 나온다. 한번 터진 아이의 울음은 봇물처럼 끝이 없다. 나는 아이를 꼭 껴안고 이름을 부른다.

"미연아, 미연아, 미연아. 울지 마. 제발 울지 마."

아이가 계속해서 울면 정신을 차리기 힘들다. 아이를 달래다 말고 오히려 내가 울 것만 같다. 이럴 때 미연이 아빠가 있다면? 하지만 지금 남편은 없다. 나는 울음을 그칠 때까지 아이를 꼭 껴안고 방안을 서성거렸다. 번개와 천둥은 번갈아 밤하늘을 찢어발겼고 소나기와 바람은 낡은 유리창을 사정없이 뒤흔들었다.

얼마나 오랜 시간이 흘러갔을까? 미연이는 제풀에 지쳐 울음을 그쳤고 곧바로 깊은 잠에 빠져 들었다. 나는 미연이를 자리에 눕히고 미연이 아빠의 베개로 아이의 배를 지그시 눌러 주었다. 아빠의 냄새가 배인 베개가 미연이의 잠과 꿈을 지켜 주리라 믿으면서. 그리고 미연이 곁에 새우처럼 몸을 오그리고 누웠다.

잠이 오지 않았다.

빠개질 듯이 아픈 편두통의 머리보다 더 견딜 수 없는 것은 불면이었다. 벌써 며칠인지도 모른다. 과천에서 뒷골의 남식이를 만난 뒤로 이렇게 잠이 오지 않는 거였다.

남편이 없는 방은 쓸쓸하다.

텔레비전을 켜지 않은 지도 오래고 청소다운 청소를 해 본 지도 오래 됐다. 문 앞 윗목에 말라 비틀어진 걸레며 빨지 않은 양말보다도 오래토록 주인을 잃고 벽에 걸린 곤색 작업복 잠바가 지하의 이 방을 더욱더 썰렁하게 만든다.

남편이 있다면, 그가 벗어 놓은 양말이며 속옷을 빨고 좋아하는 반찬을 만들기 위해 부엌에서 수선스레 움직이고 있을 터였다. 둘이 살다가 혼자가 되니 몸도 마음도 게을러 모든 게 귀찮다. 남편이 두고 간 빈자리는 너무 크다.

때로는 남편을 만나지 않았더라면 이 고생은 안 하고 살았을 거라는 후회를 한 적도 있었다. 잔업에 지쳐 소금에 절인 배추처럼 축처진 몸으로 집엘 들어와 기다리지도 않고 혼자 자고 있는 남편을 보면 속에서 울화가 치민 적이 한두 번이 아니었었다. 그러나 막상 남편이 없으니 너무 썰렁하고 쓸쓸해서 괜히 눈물이 솟구쳤다.

여고를 졸업한 갓스물에 서로 만나 몸을 섞고 아이를 낳으며 울고 웃으며 수많은 세월을 흘려 보냈어도 아직껏 친정에서 사위 대접을 제대로 받지 못하는 남편이다.

어제도 친정에 수철이를 보러 갔다가 눈물바람으로 돌아와야 했다. 나는 남편에게 몸을 허락하고도 한참 동안 남편이 나를 속인 줄을 모르고 지냈다. 하루도 거르지 않고 보내 오는 그의 편지는 나를 사로잡기에 충분했고 다방에서 듣는 그의 목소리는 또 얼마나 낮고 감미로왔던지.

사랑이 깊을 대로 깊을 무렵에서야 나는 남편이 대학생이 아니란 걸 알았다. 울고 짜고 했지만 이미 먼지를 뿌리며 버스는 떠난 뒤였다. 나는 텅빈 신작로에서 홀로 울다가 남편을 잊기로 했다.

연락도 없이 친구집에서 먹고 자며 남편을 피했다. 어쩌다 바람결에 듣는 남편의 소문은 비참했다. 매일 술만 마셨고 툭 하면 시비붙고 싸워 경찰서 유치장에 갇히기 일쑤였고 내 이름을 부르며 홀로 기타를 치며 울고 있다는 소식을 들을 때마다 나는 이를 앙다물고 그를 잊고자 했다. 그러나 사랑은 너무 깊었다. 나는 그를 버릴 수 있지만 내 사랑을 버릴 수는 없었다. 결국 내 쪽에서 먼저 사당동 뒷골을 찾아가고 말았다. 나는 대학생을 사랑한 것이 아니라 그를 사랑했었다. 그래서 집안의 온갖 반대를 뿌리치고 그와 살림을 차렸다.

"얼굴이 완전히 반쪼가리다 반쪼가리여. 애초부터 지애비하고 사는 걸 사생결단하고 말리든가 아니면 내가 저년 앞에서 혀 빼물고 죽었어야 하는데. 쯧쯧, 무슨 팔자가 그 모양이여. 가난은 둘째 치고 감옥에나 가지 말어야지. 이참에 아예 갈라서라. 애들은 내가 키울라니께."

밥상 앞에서 친정어머니가 속을 뒤집어 놓았다. 입 안은 깔깔하고 밥맛은 소태였다. 유치원에서 있었던 일을 또박또박 자랑삼아 늘어놓던 수철이는 어느새 잠에 곯아 떨어져 있었고 친정아버지는 말없이 담배만 뻐끔뻐끔 피웠다. 가시방석이었다. 나는 수저를 놓았다.

친정에 올 때는 그래도 꿈에 부풀어 있었다. 그 동안 모아 놓은 돈과 친정어머니가 모아 놓은 돈을 조금 보태어 떡볶이집을 차리겠다는 야무진 꿈이었다. 어차피 미연이 아빠는 돈 벌기엔 틀린 사람이었다. 두 아이를 공부시키고 목구멍에 풀칠이라도 하려면 아무래도 내가 나서야만 될 것 같았다. 물론 고생은 되겠지만 미연이 아빠가 하는 일도 돕고 싶었다. 그것이 아내의 도리가 아닌가. 미연이 아빠가 뒷골의 깐돌이 아빠처럼 노름쟁이도 아니고 그래도 좋은 일 하겠다는데 돕지 못할 이유는 없었다.

"사람이 그렇게 염치가 없어. 지 주제에 운동권이 뭐야? 허참, 어처구니가 없어서."

친정어머니는 불난 집에 부채질 하는 것도 부족해 거기다가 기름까지 부었다. 나는 도무지 꿀 먹은 벙어리로 앉아 있을 수 없었다.

"미연이 아빠가 어때서요? 못 배우고 가난해서 흠이지 나머지는 좋은 사람이에요. 착하고 성실하고. 너무 그러지 마세요, 엄마."

"착하고 성실해? 아나 성실, 아나 성실. 이년아 정신차려. 두 눈 시퍼렇게 뜨고 있어도 코 베가는 세상이야. 요즘 세상에 성실 찾다가는 병신이 육갑하고 지랄한다고 손가락질 받아 이년아. 그런 줄도 모르고 성시일?"

"여봇!"

보다 못한 친정아버지가 어머니한테 눈을 부릅떴다. 아버지가 역성을 들자 갑자기 서러움이 북받쳐 올라 닭똥 같은 눈물이 투두둑 떨어졌다. 나는 수철이 곁에서 자고 있는 미연이를 들쳐 업고 친정을 뛰쳐나왔다.

예전의 친정어머니는 저러질 않았다. 가난할 때는 인정 많고 수더분한 촌아낙이었다. 그러다가 부평 중동에 있는 몇 마지기 안 되는 논이 주택단지로 지정되면서 급작스럽게 부자가 된 친정어머니는 그때부터 사람이 달라지기 시작했다. 서울 월곡동의 언덕배기에서 근근히 살다가 논을 판 돈으로 아파트를 사고 팔더니 독산동에 이층짜리 단독주택을 마련했다. 지금은 부동산 경기가 주춤하자 동네에서 일수를 비롯한 돈놀이를 했다.

돈놀이를 하면서부터 어머니는 더 빨리 변하기 시작했다. 그래도 전에는 미연이 아빠를 대놓고 나무라지는 않았다. 그런데 반장 아줌마와 친하게 지내고 통장댁과 함께 계꾼이 되면서 갑자기 열렬한 민자당편이 되어서 틈만 나면 미연이 아빠를 헐뜯었다.

하지만 나는 미연이 아빠를 믿는다. 미연이 아빠는 아무리 힘들어도 친정에 가서 일 원짜리 한 장 빌려오라는 소리를 하지 않는 사람이었다. 친정이 이층짜리 단독주택을 마련하면서 지하실 방에서 이사나와 친정의 이층으로 오라고 해도 미연이 아빠는 정중하게 거절했다. 나는 그것이 그렇게 고마울 수가 없었다.

이 밤이 다 새도록 천둥과 번개, 소나기와 바람은 그치지 않을 모양이다. 나는 미연이를 꼭 끌어안는다. 아마 남편도 천둥과 번개에 잠을 설치고 소나기와 바람에 가슴이 저미리라. 남편이 못 견디게 보고 싶어진다. 나는 벽에 걸린 남편의 작업복 잠바를 본다. 어쩌면 남편은 평생토록 저 잠바를 입지 못할지도 모른다.

띠리리리, 띠리리리, 띠리리리.

텔레비전 옆에서 전화가 운다. 겁이 더럭 난다. 요새는 전화로 이상한 짓을 하는 사람이 많다는데 혹시 그런 전화라면 어쩌나?

욕을 해주고 당장 끊어야지.

"여보세요?"

"미연이네 집이죠?"

"예. 그런데요?"

"안녕하세요, 형수님. 저 남식입니다."

"아, 예에. 어쩐 일이세요."

"그냥요. 형수님은 좀 어떠세요?"

"저야 그저 그렇지요."

"형은요?"

"미연이 아빠도 잘 있어요."

"면회는 언제 가세요? 저도 같이 가게요."

"모레 갈 거예요."

"그러면 제가 내일 저녁에 또 전화하든지 아니면 지금 약속을 정하든지요?"

"내일은 제가 일이 있으니까요 모레 아침 열 시에 사당동 네거리 버스 정류장에서 만나요."

"예. 알았습니다. 그럼 형수님 그때 봐요. 끊습니다."

"예."

전화를 끊은 나는 남식이를 생각한다. 미연이 아빠를 대학생이라고 믿게 만든 장본인이었다. 얼마나 능청스럽게 거짓말을 잘 하든지 정말이지 그때는 깜박 속았었다. 미연이 아빠한테 영어와 수학을 배운다느니 기타를 배운다느니 하면서 둘러치는데 속지 않을 수가 없었다.

그리고 세월이 많이 흐른 후에 만나니 반가웠다. 더군다나 미연이 아빠와 비슷한 일을 하고 있다니. 나는 사당동 뒷골의 아름다웠던 풍경과 사람들을 떠올리며 잠에 빠져 들려고 무진 애를 썼지만 좀체로 잠은 오지 않았다.

　미싱사를 하면서 미연이 아빠 몰래 들었던 적금 이백만 원과 친정아버지가 어머니 몰래 준 돈 삼백만 원을 합쳐 작은 떡볶이집이라도 내야만 한다는 생각에 수없이 많은 떡볶이집을 짓고 헐었다. 만리장성을 쌓았다가 아방궁도 지으면서 상상의 실타래가 끝없이 풀려 나갔다.

　수철이와 미연이를 공부시키며 어떻게든 살아야 했다. 미연이까지 친정에 두고 공장엘 나갈 수는 없는 노릇이었다. 하늘이 무너져도 솟아날 구멍은 있는 법이었다. 면회를 다니며 전해 듣기로는 어떤 여자는 무려 십오 년을 기다려 결혼을 했다던데…… 닥쳐봐야 알겠지만 솔직히 그럴 자신은 없다. 하지만 지하의 이 방에서 자식을 먹여 살리고 가르치면서 지상의 방 한 칸으로 나갈 자신은 있다. 얼마나 오랜 세월이 흘러야 그것이 가능한지는 모르겠지만.

속절 없이 어둠이 깊으면

　잠든 아내의 머리맡으로 바퀴벌레가 한 마리 기어간다.

　배가 통통하게 불러 뒤뚱거리며 기는 모양이 아무래도 암놈인 듯싶다. 나는 서둘러 신문지를 찢어 그 놈의 배를 찍어 누르려다 말고 참는다.

　죽여야 하나 말아야 하나? 죽이자니 너무 잔인한 것 같고 살리자니 알을 깨고 나올 수많은 바퀴벌레가 징그럽고…… 어쩌나?

　잠시 고민을 하는 사이에 바퀴벌레는 생명의 위협을 느꼈는지 어디론가로 달아나고 없다. 더 이상 고민할 필요가 없어진 나는 신문지 쪼가리를 구겨 버린다.

　어둠이 깊을 대로 깊은데 잠이 오지 않는다. 나는 이부자리에서 빠져 나와 베갯머리에 있는 담뱃갑을 집어든다. 나는 벌이에 있어서는 무능력자다. 담배 한 개비마저도 아내가 돈을 주지 않으면 마음대로 피울 수가 없다. 이런 나를 두고 친구들은 등처가나 마등족이라고 부른다. 마누라 등처먹고 산다는 농담이었다. 하지만 그 농담은 언제나 비수가 되어 내 가슴에 꽂혔다.

대기업에 근무하면서 과장 진급의 꿈에 부풀어 있거나 이미 과장 자리를 차지하고 앉아 있는 친구들을 보고 있으면 나는 과연 무엇을 했는가라는 자괴심에 빠지곤 했다. 그 녀석들도 요새는 나를 직장도 없고 돈도 못 버는 사람으로 여기고 있는 눈치였다. 내가 수배와 투옥과 제적을 번갈아가며 되풀이하고 있을 때 녀석들은 토플과 입사용 상식책을 들고 도서관에 앉아 있었다.

이것이 사는 것인가? 이대로 살아야 하는 것인가? 어머니는 아내가 생계를 책임지고 있는 것이 못마땅하다. 하지만 어쩔 것인가? 나는 가야 할 길이 있는 것을.

다른 동료들에 비하면 나는 행복한지도 모른다. 그래도 가족들의 생계는 걱정하지 않으니까. 다른 동료들은 일체의 수입이 없으면서도 버팅기고 있다. 물론 떠나는 사람들도 많다. 떠나는 사람들은 떠날 만큼의 절박한 이유가 있다. 그것을 인정하지 않을 수가 없다. 한 달에 오만 원은 교통비에도 못 미친다.

문득 명동성당에서의 패배가 떠오른다. 문익환 목사님이 구속되면서 나는 이 싸움이 패배로 끝나리라는 것을 예감했다. 백악관의 윤허 없이는 청와대 단독으로 문익환 목사님을 재구속하지는 않을 터였다. 그런데 문익환 목사님의 야윈 손목에 쇠고랑을 채웠다. 대탄압의 신호탄이었다.

그리고 유서를 대필했다는 어처구니없는 구실로 우리들의 도덕성에 치명타를 가하며 저들은 승리했다. 나는 농성이 계속되던 명동성당엘 자주 갔었다. 사람들은 여기저기서 아무렇게나 굴러 다니며 대낮에도 잠을 자고 있었다. 규율이라고는 눈꼽만큼도 없는 오합지졸도 이보다는 나을 터였다. 우리는 이미 이길 수 없는 조건을 충분히 갖추고 있었고 추풍낙엽처럼 스러졌다.

아내의 얼굴을 보면 밀란 쿤데라의 소설 제목처럼 '참을 수 없는 존재의 가벼움'을 느낀다. 미안하다. 사랑 하나만을 믿고 기나긴 연애시절을 거쳐 변함없이 나를 지켜 주는 유일한 여자가 바로 아내다. 그런데 나는 아내를 지켜 주지 못하고 있다. 오히려 아내의 피와 땀을 빨아먹고 사는지도 몰랐다. 아내는 나 때문에 전교조에도 가입하지 않았다.

집안 살림을 하랴 학교에 나가 아이들을 가르치고 몇 푼 안 되는 돈을 벌랴 아내는 정말 몸이 두 개라도 모자랄 판이다. 학교를 다닐 때는 그래도 꽤 건강했는데 지금은 몸이 반쪽이다.

나는 아내의 얼굴을 가만히 들여다본다. 눈 밑에 주름살도 많고 기미도 깨알처럼 보인다. 나를 만나지 않았으면 아내를 죽자사자 따라 다니던 의대생한테 시집을 가서 의사부인으로 살 사람이었다. 의사부인으로 산다고 해서 무조건 행복한 것은 아니겠지만 적어도 나를 만난 것보다는 낫겠거니 싶다.

"내가 언제까지 시집 먹여 살려야 해요?"

며칠 전 퇴근길에 친정을 들렀다 온 아내가 심각하고 무거운 얼굴로 따지고 들었다. 친정에서 무슨 말을 들은 모양이었다.

"……"

나는 꿀 먹은 벙어리로 앉아 있었다. 빈대도 낯짝이 있다는데 나는 그 낯짝마저도 없는 사람이었다. 아무리 고단하고 힘이 들어도 좀체로 불평불만을 내비치지 않는 아내가 뜬금없이 따지고 드니 무슨 좋지 못한 일이 있는가 싶어 걱정이 되기도 했지만 말문을 열 처지가 아니었다.

어머니는 언젠가는 이런 일이 있을 터이니 하루빨리 직장을 잡으라고 성화가 대단했다. 어머니는 며느리가 벌어오는 수입으로 밥을 먹자니 도무지 목구멍에서 넘어가지 않는다는 말을 해왔다. 나도 어머니의 말에 전적으로 동감이다. 그러나 어쩔 것인가? 모두들 힘들고 가파른 고갯길을 힘들게 올라가고 있는 터에, 더군다나 하나씩하나씩 떠나가고 있는 판국에 그나마 사정이 낫다는 나마저 고갯길을 포기하고 떠날 순 없는 노릇이었다.

"미안해요. 엄마가 아프데요. 오른쪽으로 계속해서 마비증세가 온다는 거예요. 요새는 오른팔이 퉁퉁 붓고 저려서 부엌일도 제대로 못하고 누워 있어요. 그런데 당신은 전화 한 통도 없구. 웬만하면 이런 말 안 할려구 했는데…… 미안해요. 처갓집에 신경 쓸 만큼 여유가 없는 당신한테 괜히 이야길 꺼냈나 봐요."

그랬구나. 장모님이 많이 아픈데 안부전화 한 통 안 한다고 서운했구나. 나는 몸둘 바를 몰랐다.

"미안해. 요새 정신적으로 조금 쫓겼어."

"당신은 항상 쫓기잖아요."

아내는 눈을 흘기더니 자리를 깔고 누워 등을 돌려 버렸다. 화가 난 상태에서 그냥 재울 수도 없어서 나는 궁여지책으로 아내의 잠옷 속으로 손을 밀어 넣었다. 그러나 아내는 슬그머니 내 손을 뿌리쳤다. 화가 단단히 난 모양이었다. 나는 몇 번 더 찝적거리다가 포기하고 말았다.

솔직히 고백하자면 나도 목하 고민중이었다. 전선운동을 그만두고 생계를 꾸리면서 운동도 계속하는 자리를 찾아 볼 요량이었다. 하지만 그런 자리는 없었다. 생계를 꾸리기 위해 취직을 하자면 운동을 포기해야만 했다. 출판사 편집위원이나 기획위원으로 나간다고 해도 월급을 받는 만큼 출판사에 이윤을 남길려면 그만큼 일을 해야 하는 게 도리였고 자본의 법칙이었다. 하물며 다른 직장이야 오죽하랴. 가장 좋은 건 공장에 들어가는 거였다. 그것은 꿈이었

다. 기술도 없고 하다못해 운전면허증도 없는 사람을 누가 고용한
단 말인가?

다음날, 그러니까 오늘 아침 일찍 처갓집에 전화를 했다. 다행히
막 제대한 처남이 전화를 받았다. 처남은 복학을 기다리고 있는 중
이었는데 집안사정 때문에 일 년 더 휴학을 하고 싶은 눈치였다.

"장모님이 많이 아프시다면서?"

"예. 그렇습니다."

"병원엔 갔다 왔어? 그 병은 침을 맞아야 할 것 같은데?"

처남한테 장모님의 병세를 물으면서 나는 빈말을 하고 있다는
자책감에 얼굴이 뜨거워졌다.

"아닙니다."

"그래에. 병원을 가서야 할 텐데. 걱정이구만."

"……."

"별일은 없지?"

나는 제발 별다른 일이 없기를 바라면서 물었다.

"예. 괜찮습니다."

"알았어. 또 전화하께."

"들어가십시오."

후우——. 아직도 군대의 말투가 남아 있는 처남의 딱딱한 대답
을 듣고서 나도 모르게 안도의 한숨이 나왔다.

그런데 어제 아내가 풀이 죽은 모습으로 좀 늦게 퇴근을 했다.
필시 무언가 좋지 못한 일이 있었다. 나는 아내에게 조용히 뭔 일
인가를 물었다.

"전세계약이 끝났는데 주인집에서 재계약을 할려면 삼백을 더
내라고 한데요."

"요새 부동산경기가 안정됐다던데 왜 그 집만 전세값을 올려?"

"나도 몰라요."

아내는 말을 피해 버렸다. 나는 아직 돌도 안 된 아들을 안고 하염없이 방안을 서성거렸다. 갑자기 그 큰 돈을 어디서 구해야 할지 막막했다. 조금 먹고 산다는 사람한테 삼백만 원은 하루저녁 술값에도 못 미치는 푼돈일지는 몰라도 나한테는 한 번도 손에 쥐어 본 적이 없는 엄청난 돈이었다. 나는 사무실로 출근도 않고 하루 종일 거리를 헤매고 다녔다.

내 머리 속엔 취직과 돈만 가득했다. 아직도 머리가 녹슬지 않았다면, 두어 달만 공부를 하면 영어회화는 충분히 가능하리라는 자신감도 있었다. 더군다나 소위 일류대학을 나왔으니 동문이나 동창들도 많아 업무나 승진에도 도움이 될 터였다. 내가 졸업한 대학의 선후배들은 이 나라의 정치·경제·사회·문화 전 분야에 걸쳐 요직에서부터 말단까지 자리를 잡고 있으니 직장에서도 소외될 걱정은 없었다. 나도 고등학교 시절에는 천재 소리를 듣던 사람이어서 마음만 먹으면 뭐든지 가능하다는 자부심도 마음 한구석에 자리잡고 있었다.

세종문화회관을 돌아 새로 지은 빌딩의 7층에 친구의 사무실이 있었다. 친구는 고등학교 동창인데 대기업에서 근무하다가 독립하여 무역회사를 경영하고 있었다. 7층으로 올라가는 엘리베이터를 기다리는데 긴장감 때문인지 소변이 마려웠다. 미리 전화라도 하고 올 것을…… 후회를 씹으며 화장실을 찾았다.

20층이 넘는 빌딩의 바닥 장식재는 이탈리아에서 수입해 온 적갈색의 대리석이 깔려 한 발자국 걸을 때마다 삐익 삑, 소리를 냈다. 나는 적갈색의 대리석을 무심히 바라보았다. 초라한 한 사내의 그림자가 짙게 드리울 정도로 광택이 났고 먼지 하나 없을 정도로 깨끗하게 청소를 하여 방바닥처럼 말끔했다.

큼큼한 구린내도 없었고 휴지 한 장 굴러다니지 않는 화장실은 깨끗하고 넓었다. 나는 소변기 앞에 서서 바지춤을 내리려다가 말

고 가만히 서 있었다. 바로 옆의 소변기를 청소하는 아주머니 때문
이었다. 잿빛의 작업복을 입고 빨간 고무장갑을 낀 손으로 소변기
를 닦는 아주머니의 모습에서 불현듯 어머니 남원댁이 떠올랐다.

어머니는 화장실에서 점심을 먹으며 나를 대학까지 공부시켰다.
내가 삼수 끝에 우리 나라에서 제일 좋다는 대학에 들어갔을 때
사당동 뒷골은 완전히 잔치 분위기였다. 어머니는 아낌없이 돈을
내어 돼지 한 마리와 막걸리를 사서 나의 대학 입학을 축하했다.

내가 대학생이 된 뒤로도 어머니는 여전히 화장실에서 차디찬
도시락을 먹으며 돈을 벌어 생계를 꾸렸고 나를 공부시켰다. 그러
나 나는 어머니의 작은 희망을 부수고 말았다. 내가 서대문 현저동
의 구치소에 갇히면서였다. 아니 절망의 시대에 희망을 가슴에 품
은 그 순간부터였다. 어머니의 희망과 나의 희망은 본질적으로는
같았지만 희망으로 가는 길이 달랐다.

새치가 하얗게 머리를 덮어 가고 있는 퍼머머리의 그 아주머니
는 남자들이 화장실에서 용변을 보든 말든 자기 일을 묵묵히 했
다. 다른 남자들과 달리 나는 쉽게 용변을 볼 수 없어서 세면대 앞
에 우두커니 서서 기다렸다. 오래지 않아 아주머니는 청소를 끝내
고 허리를 쭈욱 펴며 화장실을 나갔다. 아주머니가 빨간 고무장갑
을 낀 채로 양손을 허리에 얹고 몸 전체를 꼿꼿이 펴자 관절 마디
마디에서 비명소리가 들리는 듯했다.

뼈마디가 툭툭 부러지는 그 소리가 실제로 들린 것은 아니었지
만 내 가슴 깊은 곳에서는 천둥처럼 울렸고, 비명소리는 수많은 바
늘이 되어 내 가슴에 깊이 박혔다. 민중. 그랬다. 저 아주머니가 책
에서 수없이 보았던 관념의 단어, 민중이었다.

나는 망치로 뒷머리를 강타당한 듯 어지럼증을 느끼며 7층으로
올라가는 엘리베이터를 탔고, 친구의 사무실 문 앞에 섰다. '올림피
아 상사'라는 친구의 사무실 문 앞에 서서 나는 머뭇거렸다. 사무

실 문은 독거방의 철문을 연상시켰고 나는 땀을 줄줄 흘렸다. 하지만 여기까지 와서 그냥 돌아갈 수는 없었다.

똑똑똑.

오랜 망설임 끝에 용기를 내어 문을 두드리고는 귀를 곤두세웠다.

사무실 안에서 무어라 웅얼거리는 소리가 들리는 느낌에 손잡이를 비틀어 문을 열고 사무실로 들어갔다.

"어디서 오셨어요?"

젊고 예쁜 아가씨가 고개를 바짝 쳐들고 사무적으로 물었다.

"저어, 조태준이라고 있습니까? 저는 김남식이라고 합니다만."

실수를 하지 않으려고 애를 쓴 탓인지 손바닥이 축축해졌다. 나는 손바닥을 바지에 문질러 닦았다.

"예. 사장님요. 잠시만 기다리세요."

아가씨는 발딱 일어서더니 사무실 안의 또 다른 문으로 들어갔다가 나왔다.

"들어가세요."

나는 조심스럽게 아가씨가 가리키는 문으로 들어섰다. 소위 사장실이었다.

"어이쿠, 우리 독립군께서 웬일이신가? 이렇게 누추한 곳을 친히 찾아오시고."

태준이는 두 손을 크게 벌려 환하게 웃으며 나를 반겨 주었다. 고등학교 시절에 너나없이 친하게 지냈었고 대학은 달랐지만 가끔씩 동창회에서 만나면 항상 독립군이라고 부르며 특별한 대우를 해주던 태준이었다.

"오랜만이다. 신수가 훤해졌구나."

나는 손을 내밀었다. 태준이가 내 손을 굳게 쥐었다. 역시 친구는 불알 친구요, 동창은 고등학교 동창이었다. 태준이는 나를 진심으로 반겨 주었다. 나는 돈을 빌리러 갔지만 혀끝에서 뱅뱅 돌 뿐 말이 나오지 않았다.

"요새 사는 건 어때? 허긴 너는 여전히 독립군이겠지만. 나는 이렇게 산다. 니들이 싫어하는 외국물건 마구잡이로 수입하고 우리 물건 헐값에 수출하면서."

"직원이 별로 안 보이네?"

"응. 나까지 네 명인데 둘은 세관이다 현장이다 해서 바쁘고 나는 바이어들이랑 상담 준비하고 있었어. 요새는 바이어들도 약아 빠져서 값은 싸고 물건은 고급만 찾아. 어디 그런 게 있나? 더구나 우리 상품의 국제경쟁력이 약해져서 탈이야. 더구나 중공산 싸구려 물건들이 시장에 쏟아져 나오면서 가격경쟁에서도 뒤지고 대만에 비해서 제품경쟁에서도 뒤지는 편이야. 말 마라 말 마. 돈은 딸리지 수출은 안 되지. 결국 수입에 의존하는 수밖에 없더라고. 엔간한 물건은 세관을 통과하는 즉시 날개 돋힌 듯이 팔리니까 이윤도 짭짤하고. 강남의 갤러리아백화점 같은 데는 말이야 싸구려는 아예 팔리지가 않아. 똑같은 물건이라도 가격이 비싸면 나가고 싸면 쳐다보지도 않아. 거기에는 여자 속옷도 외제만 팔려."

"……"

나는 아무런 할말이 없었다. 태준이가 마구잡이로 외제를 수입하는 업자라고 무조건 욕할 수도 없었다. 내 머리 속에는 삼백만 원이 들어 있어서 나는 태준이의 말을 진지하게 듣지를 못하고 흘려 들었다. 흘려 듣는다고 해서 말을 듣지 않는 건 아니고 나는 태준이의 말을 들으며 착잡했다. 나는 태준이 앞에서 좀더 당당하고 싶었다.

"그렇다고 꼭 수입을 해야만 하냐? 요새 과소비 때문에 말들이 많더만."

"글쎄. 분명한 건 말이야, 나는 장사꾼이야. 장사꾼은 물건이 팔리면 그 물건을 계속해서 파는 것이고 팔리지 않으면 아무리 이윤이 많이 남아도 팔지 않아. 그런데 수입을 해 오면, 하다못해 이쑤시개라도 팔린단 말이야. 니가 볼 때는 이해가 안 되겠지만 말이야. 보릿고개나 새마을운동이란 옛날 고려적 이야기야. 밥 먹었냐?"

"……."

나는 대답 대신 고개를 끄덕였다. 그때 아가씨가 차를 들고 들어왔다.

"차 드세요."

"고맙습니다."

아가씨가 빈 쟁반을 들고 나가자 태준이는 차를 들라는 표시로 손을 내밀었다. 나는 찻잔을 들고 입으로 가져갔다. 커피였다. 나는 입술에 커피를 적셨다. 생전 처음 맛보는 커피맛이었다. 아무래도 국산은 아닌 듯싶었다.

"이 커피 맛이 독특한데?"

"응, 헤이슬럿이라고 원두커피 전문점에 많이 나가는 거지. 요새 아메리칸 스타일이 유행하잖아. 너는 잘 모르겠지만."

"그래. 어쩐지?"

커피를 마시는 동안 침묵이 이어졌다. 나는 커피를 마시며 태준이의 작은 사무실을 둘러봤다. 사무실 진열장에는 이쑤시개, 주전자, 손수건, 밥솥, 보온물병, 골프채, 비디오, 카메라, 옷 등이 차려져 있었고 팩시밀리와 복사기, 컴퓨터가 태준이의 책상 옆에 놓여 있었다. 사무실은 손님 맞이 가죽소파를 제외하고는 검소한 편이었다. 태준이도 검소했는데 곤색잠바를 입고 있었다. 태준이는 살집이 올라 몰라볼 정도였으며 머리도 조금씩 빠지고 있었다.

"나가서 쐬주나 한잔 할까?"

"대낮인데?"

"뭐 어때? 오랜만에 친구를 만났으니 술 한잔이 없으면 서운해서 되겠냐?"

"좋아."

나는 고개를 끄덕였다. 태준이와 나는 사무실을 나와 빌딩 지하에 있는 레스토랑으로 갔다.

썩 내키지 않는 마음으로 술을 마셔서 그런지 맥주 한 잔에 벌써 얼굴이 달아올랐다. 나는 삼백만 원을 생각하고 있었고 태준이는 살기가 힘들다면서 우리 나라의 경제전반에 걸쳐 비판 아닌 비판을 마구잡이로 해댔다.

끝내 삼백만 원은 혀끝에서만 맴돌다가 사라져 버렸고 나는 태준이와 헤어져 거리로 나왔다. 광화문 네거리는 수없는 차량의 물결로 붐볐고 나는 갈 곳이 없었다.

나는 스스로에게 몹시 화가 났다. 왜 태준이한테 좀더 당당하지 못했던가? 아무리 돈을 꾸러 갔다고는 했지만 그렇게까지 주눅이 들 필요는 없었다. 아니 솔직히 하자면 그것 때문에 화가 난 건 아니었다. 오히려 돈을 꾸러 비실비실 친구를 찾았던 내 처지 때문이었다.

세종문화회관을 하릴없이 빙글빙글 돌다가 나는 크라운 베이커리 앞의 공중전화통으로 들어갔다. 수첩을 뒤져 출판사를 경영하는 선배들한테 전화를 걸었고 몇 사람은 직접 찾아가기도 했다. 그러나 끝내 삼백만 원도, 취직도 얘기하지 못하고 커피나 소주 한잔에 만족하고 돌아섰다.

"야, 이 녀석들아! 조용히 햇!"

아내가 잠꼬대를 한다. 몹시도 고단한 모양이다. 아내는 심하게 몸부림을 치며 이불을 차버린다. 나는 이불을 끌어다 아내의 배위에 덮어 준다. 아내는 끄응 돌아눕는다. 아내의 잠꼬대를 보며 나는 빙그레 웃는다.

대학 이학년 시절이었다. 아내를 비롯한 우리 동아리 회원들은 합숙훈련을 떠났다. 겨울방학이었는데 모두들 대천으로 가자고 우기는 바람에 충남 대천해수욕장으로 떠났다.

동아리 회원들은 겨울 바닷가를 거닐면서 환호성을 질렀고 몇몇 감수성이 예민한 아이들은 밀려오고 밀려가는 파도와 짙은 남색의 바다에 넋을 잃고 있었다. 밤이 되어 고사를 지내고 노래와 춤으로 첫날을 맞이했다. 그리고 새벽 네 시가 되어서야 잠이 들었다. 후배들이 곯아 떨어지자 나는 동아리 회장과 운동에 대한 이야기를 하며 남아 있던 양파깡을 안주로 소주를 마시고 있었다. 그때였다.

"엉엉엉엉, 흑흑흑."

누군가가 소리내어 흐느꼈다. 동아리 회장이 누군가 하고 살펴보더니 내게로 왔다.

"형, 민해가 우는데요? 가 봐요."

나는 회장의 손에 등을 떠밀려 못 이기는 체 민해에게로 갔다. 민해는 눈물을 철철 흘리며 울고 있었다. 나는 민해를 흔들어 깨웠다.

"민해야, 민해야. 무슨 일이야?"

"끄응."

민해가 눈을 뜨고 몸을 일으켰다. 그리고 나를 보더니 "으앙, 혀엉!" 하고 울음을 터뜨리며 내 품에 안겼다. 나는 얼른 주변을 돌아보면서 민해를 꼭 껴안았다.

"무슨 일이야?"

민해가 진정되기를 기다려 물었다.

"응. 광화문에서 무장투쟁을 하고 있었어. 우리 동아리 사람들이 총을 들고 세종문화회관 쪽으로 가고 있는데 갑자기 공수부대와 미군이 탱크를 몰고 나타나 마구잡이로 죽이는 거야. 형도 죽고, 회장도 죽고 나만 간신히 살아남아 서대문 쪽으로 막 도망을 치고 있었어.”

“그랬구나아? 바보처럼, 근다고 울어?”

“형은 그런 꿈 꾼 적 없어?”

“왜 없어? 나도 무장투쟁하는 꿈을 자주 꾸었어. 막 학습을 하면서 운동을 하겠다고 마음을 먹으니 자주 무장투쟁하는 꿈이 꾸어지더라구. 꿈이란 인간의 의식을 그대로 반영하는 것 같기도 하고 터무니없는 개꿈은 인간의 의식을 반영하지 않는 것도 같구. 프로이드도 제대로 해석하기가 힘든 게 개꿈이잖아.”

“그럼 내 꿈이 개꿈이란 말이야?”

“아니. 어서 자. 내일 여섯 시에 기상인데.”

“형은?”

“나는? 아침밥 해야지.”

“내가 도울까?”

“됐습니다. 자 주무십시오, 사모님.”

나는 동아리 회장이 보든 말든 재빠르게 입을 맞추었다. 민해는 내 손등을 꼬집고는 다시 잠을 잤다.

그때의 어린 민해가 지금의 아내다. 아내는 다시 몸을 돌린다. 나는 아내의 푸석푸석한 얼굴에, 갈라터져 상채기가 난 입술에 가만히 입맞춤을 한다.

해 뜨는 집

사당동 네거리에서 버스를 기다린다. 버스는 여전히 좀체로 오지 않았고 바람은 쌀쌀했다. 형수님은 아이를 업고 코트로 폭 뒤집어씌웠다. 요즈음 아이들한테 감기몸살이 유행이라 그런 모양이었다. 나는 버스를 기다리며 나름대로의 생각에 빠져 있었다.

내가 기다리는 버스는 끝내 오지 않을 것인지. 그러나 버스는 오고야 말 것이다. 사람들을 가득 태우고 내 앞에 와 멈출 것이다. 나는 뛰어 가서 버스를 타고 과천으로, 혹은 역사 속으로 떠날 것이다.

이 길의 버스 정류장에 서면 언제나 역사가 떠오른다. 손에 잡히는 것도 없고 눈에 보이는 것도 없는, 비록 길을 감추고 있긴 하지만 안개는 보이기라도 한다. 역사는 안개보다도 못하다. 그런데도 끝없이 머리 속을 지배한다.

형수는 손으로 아이의 엉덩이를 추키며 고개를 내밀고 버스를 기다린다. 내가 기다리는 버스는 오지 않을지 몰라도 형수가 기다리는 버스는 분명히 올 터였다. 지금 오고 있는 버스가 고장이 나 멈춰서서 오지 않는다면 조금은 늦더라도 다음 버스가 올 것이다.

버스를 기다리며 형수도 역사를 생각할까? 아닐 것이다. 형수는 창호 형을 생각할 것이다. 나는 어제 취직자리도, 돈도 구하지 못하고 오늘 이 자리에 서 있다. 창호 형을 면회하고 다시 서울의 거리로 나가 취직자리와 돈을 구하려고 짐승처럼 쏘다닐지도 모른다. 아니 분명히 돌아다닐 것이다. 나는 지쳤다.

많은 사람들이 택시를 타고 떠나건만 나는 그럴 수도 없다. 아침에 출근을 서두르는 아내한테 용돈을 달라고 손을 내밀기가 죽기보다도 싫었지만 어쩌는 도리없이 손을 내밀었고 아내는 아무렇지도 않게 만 원짜리 한 장을 손에 쥐어줬다. 비참했고 서러웠고 슬펐고 눈물이 났다. 이 돈으로 택시를 탈 수는 없다.

버스가 왔다. 나는 내 슬픔의 근원을 생각한다. 페레스트로이카, 동구 사회주의권의 몰락, 소련의 실패, 공산당의 불법화 그리고 태풍처럼 휘몰아치는 반공주의와 자본주의의 위대한 승리를 타전하는 방송과 언론을 들으며 스스로 위대한 승리자가 되어 버린 착각에 빠진 이 나라의 재벌과 권력과 신중산층들이 내 슬픔의 근원은 아닌지. 그래서 서둘러 투항의 백기를 내면으로부터 준비하고 있는 것은 아닌지.

면회를 기다리면서 나는 잠에서 깬 창호 형의 딸 미연이를 얼르며 놀았다. 미연이는 젖을 달라고 보챘고 형수는 사람들의 수많은 시선을 부끄러워하며 옷 속에 감춘 젖가슴을 꺼내 미연이한테 물렸다. 나는 몇 발자국 떨어져 담배를 피웠다. 저만치 가을이 깊어가고 있었다.

"어제는 어디를 갔었어요?"

미연이가 젖을 먹고 다시 꿈나라로 여행을 가자 나는 형수한테 다가가 괜히 말을 걸었다.

"독산동 시장에요. 떡볶이집이라도 해 볼까 해서요."

형수는 떡볶이집을 하는 게 무슨 큰 수치나 되는 것처럼 낮은 목소리로 대답했다.

"떡볶이집이요?"

"예. 먹고 살아야지요."

"그래 가게는 구했어요?"

나는 '먹고 살아야지요'란 말을 되뇌이며 궁색하게 되물었다.

"세 평짜리예요. 손바닥만해요."

"임대료는요?"

"작은 것치고는 비싸요. 보증금 삼백에 월세가 이십이에요."

"전세로 치자면 거의 천만 원인데요."

"그래도 목이 좋아요."

"다행입니다."

다시 말문이 막혔다. 나는 담배를 피웠다. 먹고 사는 게 모두의 문제였다. 나는 형수한테 은근한 감동을 받아 형수의 얼굴을 물끄러미 쳐다본다. 연애시절의 어여쁘고 생기발랄한 모습은 간데없고 세월과 풍파에 씻기운 어른의 얼굴이다. 처녀에서 여자로 다시 어머니로 바뀐 형수의 얼굴은 그러나 까칠하고 외로워 보였다.

"옛날에 나 원망했지요, 속였다고?"

"그래요."

형수가 환히 웃으며 솔직히 대답했다. 나는 창호 형을 위해 심부름도 많이 다녔고 형수를 속이는 데 있어서 선봉장이었다. 창호 형이 속된 말로 형수한테 깃발을 꽂고 돌아왔다고 자랑을 할 때 나도 얼마나 자랑스러웠는지.

낡은 스피커에서 187번 가족을 불렀고 우리는 창호 형을 만나러 기나긴 복도를 걸어 접견실로 들어갔다. 접견실에는 푸른 옷을 입은 창호 형이 우리를 기다렸다. 나는 형한테 꾸뻑 인사를 했다.

"어서 와라. 아이쿠 우리 공주님도 오셨는가?"

"미연아, 아빠다."

형수가 미연이를 높이 쳐들자 나는 뒤로 한 발자국 돌아섰다. 가족의 만남을 방해하고 싶지 않아서였다. 미연이는 까르륵까르륵 꽈리가 터지듯 웃었고, 나는 슬펐다. 창호 형은 얼마나 미연이를 온몸으로 껴안고 얼굴을 부비고 싶을까? 그런데 저 유리벽이 아버지와 어린 딸을 가로막고 있으니.

"나 떡볶이집을 할려고 해요."

"돈이 어딨어?"

"당신 몰래 모아둔 돈이 있어요."

"그래……."

창호 형은 침묵하고 있다. 형수가 떡볶이집을 한다는 게 마음에 걸리는 모양이었다. 창호 형은 눈을 감고 고개를 쳐들고 한참을 서 있었다. 나는 창호 형의 고통을 이해할 수 있을 것만 같았다.

"당신 나와도 어차피 돈은 벌지 못할 거구. 나라도 벌어야 먹고 살지요. 애들도 가르치고."

"쯧 하기는…… 후우———."

"한숨쉬지 말아요. 당신이 하는 일 돕지는 못해도 방해하지는 않을께요."

"당신한테 미안하구만."

"나는 괜찮아요. 나는 당신이 우리 아이들한테 자랑스런 아빠가 되었으면 좋겠어요. 너무 걱정하지 말고 건강이나 잘 지켜요."

"알았어. 당신이 너무 고생하는구만."

"나하고만 얘기할 거예요? 남식 씨도 왔는데."

"아, 나는 됐어요. 마음껏 이야기하세요."

"일루 와, 임마."

창호 형이 손짓을 했다. 형수가 뒤로 물러나고 내가 유리벽의 구멍 앞으로 갔다.

"몸은 어때요?"

"보시다시피 좋아. 너는 어떠냐?"

"쯧 그저 그렇지요 뭐."

정말 할말이 없었다. 유리벽을 사이에 두고 옛 추억을 씹을 수도 없거니와 쑥대밭이 되버린 내 마음을 드러내고 싶지도 않았다. 창호 형은 내가 생각했던 것보다는 훨씬 몸도 마음도 건강해 보였다. 그것이 나를 적잖이 안심시켰다.

"시간됐습니다."

접견담당이 모자를 쓰며 일어서더니 창호 형의 팔을 잡았다. 마땅한 말이 없어 입을 다물고 있던 내게는 다행이었다.

"또 올께요."

"떡볶이집 하면 바쁠 텐데 자주 오지 마. 너도 잘 가고."

그리고 형은 유리벽 저편으로 손을 흔들며 사라졌다. 우리는 구치소를 나왔다. 내 가슴엔 묵직한 바윗덩이가 들어 있었다. 배가 고팠지만 밥 생각이 전혀 없었다.

"점심 먹어야지요?"

"생각없는데."

점심값도 변변치 않고 밥 생각도 없어서 나는 정중하게 거절했다.

"가요. 밥은 먹어야지요. 내가 살께요."

우리는 구치소를 걸어나와 사당동행 버스를 기다렸다. 형수님은 자주 구치소를 돌아봤다. 가슴이 아팠다.

"떡볶이집 이름은 지었어요?"

문득 생각난 것이 있었다.

"어제 계약했는데요 뭐. 그리고 무슨 떡볶이집에 간판이 있어요?"

"왜요? 제가 지어 드릴께요. '해 뜨는 집' 어때요?"

"해 뜨는 집이요?"

"예."

"괜찮은데요."

"전화하세요. 제가 가서 간판도 만들어 주고 일도 좀 도와드릴께요. 정 도울 일이 없으면 미연이하고 놀구요."

"고마워요."

멀리서 사당동행 버스가 가을날 오후의 햇살을 가득 싣고 청계산 자락을 돌아 오고 있었다. 형수와 나는 버스에 올랐다.

時間의 傷處

지난 시절의 사진을 태울 때 문득 어떤 신비와 만난다. 사진이 타고, 사진 속의 사람이 타고, 그 뒤의 풍경이 탈 때…… 엄숙하게도 시간도 타는 걸 경험한다. 시간이 한줌 재로 스러져 갈 때 황홀하게 찾아오는 자살에의 충동. 그러나 인간은 죽음으로도 완성되지 않는다. 우리들의 사랑이 영원히 미완성인 것처럼.

겨울이었다.

대학입시도 끝났다. 남은 것은 형식적인 졸업식뿐이었다. 규섭은 누구나 부러워하는 한국 최고의 대학 국문학과에 수석으로 합격하였다. 규섭의 합격을 축하하는 현수막이 영등포 소주공장 뒤에 있는 장백고등학교의 정문 위에서 바람에 펄럭이고 있었다.

"씨발 나는 해군에 지원할 거야."

예비고사에도 떨어진 문경이가 담배꽁초를 질근질근 씹으며 절망적으로 한마디를 했다. 곱슬머리에 외꺼풀의 눈이 옆으로 찢어진 문경의 얼굴에 파르라니 오기가 서렸다. 가뜩이나 눈이 작아 심술궂게 보이는 얼굴에 오기까지 서렸으니 은근히 살벌했다.

규섭은 문경이한테 몹시도 미안했다. 사실은 미안할 이유가 없었다. 규섭이가 그렇게 공부를 하라고 타일렀는데도 문경이는 당구장으로 술집으로 혹은 양담배를 사러 남대문시장으로 쏘다녔다.

문경이가 남대문의 도깨비시장에서 사온 영국제 던힐은 학교에서 최고로 인기가 있는 담배였다.

"나도 지원이나 하까? 이거 쪽 팔려서, 쓰벌."

문경이와 어울려 다니던 재철이도 덩달아 맞장구를 쳤다. 예비고사에는 간신히 합격했으나 본고사에서 낙동강 오리알 신세를 면하지 못한 영수는 입을 꾹 다물고 묵묵히 술잔만 기울였다. 작달만한 키에 떡 벌어진 어깨가 믿음직스러운 영수는 친구들의 이야기에 가끔씩 고개를 끄덕일 뿐이었다.

"재수하면 되잖아아! 대학 한 번 떨어졌다고 죽냐?"

규섭이 못지 않은 일류대학에 합격한 근호가 꽥 소리를 질렀다. 근호도 3학년 2반에서 꽤 날린 친구였다. 모범생은 아니었지만 공부는 열심히 했다. 나팔바지를 입고 다니다 체육 선생한테 숱하게 터지기도 했다. 근호는 차분하면서도 괄괄했다. 오똑한 콧날과 훤한 이마가 한눈에 미남으로 보였다.

"맘 편한 소리 하덜 말아라. 난 지원할 거다. 좆도 기분 나쁘면 콱 말뚝이나 박지 뭐."

문경이가 씹던 담배꽁초를 툭 내뱉는다. 시간이 흐를수록 학교 앞 술집 안의 분위기는 묘하게 변해 갔다. 사당동, 방배동, 반포, 흑석동에서 140번이나 111번을 타고 영등포로 통학하던 절친한 친구들의 술자리였지만 툭하면 깽판을 칠 자세로 앉아 있는 문경이 때문에 모두들 어서 자리를 작파하고 일어섰으면 하는 눈치였다.

"우리 졸업하고도 계속 만나자. 한 달에 한 번씩, 어때?"

뭔가 모임을 만들길 좋아하는 세영이가 나섰다. 세영이는 근호와 같은 연신대학교의 무역학과에 합격했다. 반곱슬에 키가 작은 세영이는 눈치가 빨라 분위기를 바꿀 줄 아는 친구였다.

"너나 많이 만나. 난 지원할 거니까."

문경이가 퉁명스럽게 맞받았다. 그러자 문경이 앞에 앉아 있던 괄괄한 성격의 재철이가 희죽 웃었다. 재철은 배알이 꼴리면 희죽 희죽 웃다가 자신의 감정을 폭탄처럼 터뜨렸다. 그러니까 희죽 웃는 것은 뇌관이 작동하고 있다는 신호였다.

"문경아, 너무 그러지 마."

재철이가 자주 희죽거리면 사건이 터진다는 걸 누구보다도 잘 알고 있는 건우가 조용히 앉아 있다가 비로소 입을 열었다. 건우는 좀체로 나서는 성격이 아니었지만 빠지지도 않은 성격이었다. 세수만 간단히 하는 버릇 때문에 항시 모가지에 때가 더덕더덕 붙어 있는 건우는 무난한 성격이었다.

"너도 백제대학에 붙었잖아 임마. 너무 잘난 체하지 마!"

기어이 문경이는 좌충우돌할 기세다. 재철이가 연달아 희죽거렸다. 건우는 재빨리 재철의 옆구리를 쑤셨다.

"거, 씨발놈이네. 너만 떨어졌냐 새끼야? 나도 떨어졌다. 왜 긁어 임마!"

"재철이 너 씨벌놈. 개길래?"

"니가 뭔데 내가 못 개겨, 짜식아!"

재철이가 손바닥으로 술상을 쓸어 버리자 와장창, 쨍그랑 술잔과 술병이 떨어져 박살이 났다.

"나 갈래."

한강대 영문학과에 합격한 경수가 하얗게 질린 얼굴로 일어섰다. 규섭은 이 모두가 자신에게서 비롯된 일이라는 생각에 고개를 푹 숙이고 앉아 있었다.

"조금만 기다려 경수야."

"언제까지?"

"모임 얘기 끝내고 가도 되잖아?"

"후우―. 그러자 경수야."

한숨을 푹 내쉬며 규섭이가 고개를 들었다. 규섭의 눈가에는 이

슬이 맺혀 있었다. 혀를 차며 경수가 주저앉았다. 세영이는 담배를 피우기 시작했다. 뻐끔 담배였다. 그 사이에 건우는 재철이를 데리고 밖으로 나갔고 근호와 영수는 문경이를 데리고 밖으로 나갔다.

"오늘 헤어지면 어쩌면 영영 만나지 못할지도 몰라. 졸업식을 하고 나가는 순간, 각자 자기 앞에 있는 길만을 걷게 될 거야. 그리 되면 만나기가 쉬울 것 같애?"

세영이가 차분하게 경수를 설득했다. 어찌 보면 경수는 이 모임에 어울리지가 않았다. 아직 담배도 배우지 못했을 뿐만 아니라 술도 한 잔 제대로 마시질 못했다. 백지장처럼 허연 얼굴에 누가 보아도 모범생이었다.

스스로 머리가 나쁘다고 믿는 경수는 오직 공부만 했다. 가끔 반에서 일등을 하는 규섭이가 모가지를 끌고 나오면 하는 수 없이 자리를 채우긴 했다. 하지만 스스로 모임에 나온 적이 없었다.

"어차피 동창생 모두를 만날 수는 없잖아?"

"그러니까 끼리끼리 만나는 거라니까? 지난 3년 동안 우리 여덟 명은 반이 바뀌어도 계속 만났잖아. 다행히 3학년에 올라와서 한 반이 되었고."

"알았어. 나오께."

졸업식을 코앞에 둔 술자리는 뒷끝이 개운치가 못했다. 결국 문경이는 해군에 지원을 했고 재철이는 끝내 졸업식에 나타나지 않았다. 한 달에 한 번씩 세영이가 총대를 메고 일일이 전화를 하지 않으면 아예 모임 자체가 불가능했다. 칠십구년이 시작되는 겨울이었다.

그리고 세월은 속절없이 흘렀다.

흐르는 것이 어찌 강물뿐이랴. 세월도

흐르고 사람도 흐르고 역사도 흘러간다.
상처 없는 영혼이 없듯이 고통 없는 역
사 또한 없다. 역사의 뒤안길에는 슬픔과
고통과 고독의 발자국들이 무수히 찍혀
있었다. 나는 그 발자국 중에 하나를 가
만히 손바닥 위에 올려 놓는다.

마감시간의 신문사 편집실은 새벽의 남대문시장처럼 왁자지껄하다. 건우는 시장바닥의 한가운데에 앉아 빠른 속도로 기사를 휘갈렸다. 앞으로의 정국에 대한 기획기사다. 한 치 앞을 내다볼 수 없는 초겨울이었다.

손톱을 깨물며 첫 문장을 고민하던 건우는 엄 부장을 흘깃 쳐다보았다. 마감 전에 도착한 원고를 바라보며 엄 부장은 가위질이 한창이다. 아직 여유는 있었다.

나이보다 흰 머리가 먼저 나기 시작한 엄 부장은 네모꼴의 돋보기 안경을 연신 추커세우며 빨간 싸인펜을 부지런히 놀리고 있다. 오십줄에 들어선 나이답지 않게 신경질적으로 마른 몸매다. 하지만 작은 바가지를 엎어놓은 것처럼 아랫배가 불룩했다.

껑충한 키에 불룩한 아랫배에 엄 부장은 뭔가를 조용히 그러나 초조히 기다리고 있다. 엄 부장은 장학생이다. 지난번 사회부의 김 부장이 상도동으로 입성한 뒤로 엄 부장의 기다림은 한결 더 간절해졌다. 건우는 그것을 알고 있었다.

건우뿐만이 아니다. 정치부의 다른 기자들도 엄 부장의 기다림을 알고 있다. 지난 시절 엄 부장은 깐깐한 기자였다. 평기자 시절부터 쌓아 올린 그의 기자정신은 후배 기자들의 귀감이 되고도 충분했다. 그 귀감이 항시 문제였다.

"나도 다 해 봤어."

　너무 까불지들 말란 뜻이다. 정의를 위하여 부정부패에 대항하여 정론직필을 휘둘러 봤어도 남는 게 없으니 오늘도 무사히 신문을 만들자는 압력이다. 지난번 총선거때, 엄 부장은 노골적으로 기다림을 드러냈다.

　"김영철이!"
　엄 부장이 영철이를 조용히 불렀다. 걸려들었군. 건우는 영철이의 자리를 보았다. 영철의 자리는 비어 있었다. 엄 부장의 코 밑에 앉아 있던 박 차장이 수화기를 들었다. 아마 삐삐를 칠 것이다.
　건우는 어린 시절 송아지의 코를 뚫는 걸 본 적이 있었다. 뒤안의 감나무 우듬지에 매인 송아지가 길길이 날뛰며 발광을 했건만 사람의 힘에는 당할 도리가 없었다. 중송아지였는데 불에 달군 쇠꼬챙이로 코를 뚫자 구슬피 울었다. 건우는 그 광경을 보면서 송아지가 너무 불쌍해 눈물을 흘렸다.
　송아지의 코에는 피가 흘렀지만 사람들은 그 구멍에 나무로 만들어진 뚜레를 꿰었다. 그리하여 송아지는 영원히 코뚜레로부터 자유로울 수 없었다. 신문기자들에게도 코뚜레가 하나씩 있다. 허리에 차고 있는 삐삐였다.
　아마도 영철이는 신문사 내에 있다가 부리나케 달려올 것이다. 속으로는 연신 욕설을 퍼부으며 건우는 엄 부장의 얼굴을 보았다. 무엇이 엄 부장을 화나게 했을까? 영철이가 소설을 썼을까? 오래지 않아 영철이가 엄 부장 앞에 섰다. 건우는 손톱을 깨물며 부장 뒤에 선 박 차장과 앞에 서서 원고를 건너보는 영철이를 보았다. 시큰둥한 영철이의 표정이 재미있었다.
　"자네 운동권 출신이야?"
　요즈음에는 이 말이 욕설이었다. 엄 부장 스스로도 6·3세대라고 자랑하면서 은근히 운동권 출신이라는 걸 내세운 적이 있었다. 그

때는 물론 민자당이 등장하기 전이었고 직책은 차장이었다.

"……."

영철이의 양미간이 꿈틀 움직였다. 되지도 않는 질문은 무시하겠다는 태도였다.

"이봐. 사진 밑에 설명까지 친절하게 달아 준 건 좋아. 그런데 말이야 이게 뭐야, 응?"

"뭐가요? 제가 보기엔 잘못된 것이 없는데요?"

"자네 눈엔 안 보이지만 내 눈엔 보여."

영철은 다시 한 번 엄 부장의 책상 위로 고개를 숙였다. 건우는 엄 부장 책상으로 가고픈 충동을 간신히 눌렀다. 가 봤자 손해였다. 건우는 귀를 바짝 세웠다. 영철이의 퉁명스런 대꾸가 마음에 들었기 때문이다.

"잘못된…… 점이 없는데요? 사진도 선명하고."

"자네 입사한 지 얼마나 되나?"

엄 부장의 전매특허인 질문이 드디어 나왔다. 입사 경력을 묻는 것으로 시작하여 신문기자론을 강의할 태세였다. 오늘은 영철이가 걸린 셈이었다. 건우는 관심을 거두고 자료를 뒤적였다.

"일 년찹니다."

어이없는 질문에 배알이 뒤틀린 듯한 퉁명스런 대답이 들렸다. 건우는 영철이가 기특하다고 생각했다. 일 년차다운 패기가 있어 좋았다. 요즈음은 그런 패기마저 버린 속창아리 없는 애들도 종종 있었다. 아예 까놓고 편하게 살겠다는 데 웬 간섭이냐는 투였다. '난 속물입니다.' 스스로 속물이라는 데 입을 다물 수밖에 없었다.

"그래. 일 년씩이나 신문사에서 밥을 처먹고도 사진 밑에 설명 하나 제대로 못 달아. 이게 뭐야? 유세장 뒷편에서 돈을 주고 받는 민자당원?"

엄 부장의 목소리가 높았다. 건우는 반쯤 채운 원고를 찢어 버렸다. 총선거에 투입된 기자들에게 들으라는 소리가 분명했다. '교활하기는', 건우는 속엣말로 엄 부장을 욕하고는 한숨을 포옥 내쉬었다.

"사실대로 설명을 했는데요?"

"사실이라고 해도 민자당이 뭐야? 왜 직접적으로 토를 다는 거야? 이거 고쳐!"

"민주당이나 국민당으로 고칠까요?"

"이봐! 나를 비웃는 거야?"

"김 기자!"

뒤에 선 박 차장이 은근한 목소리로 영철이를 얼렀다. 건우는 민자당이라고 썼던 표현을 모조리 '모당'으로 고친다. 여기서 고치지 않아도 엄 부장이 빨간 싸인펜으로 고칠 게 뻔했다. 그러니 미리 알아서 쓰라고 엄 부장이 시위를 하고 있는 게 분명했다.

"나는 못 고칩니다."

영철이는 돌아섰다. 그래도 젊은 놈이 개길 줄 알았다. 건우는 영철이에게서 자신의 과거를 보았다. 누구나 밥그릇 숫자가 조금일 때는 개겼다. 하지만 밥그릇 수가 늘어나고 또 그만큼 아랫배가 나오면 개기는 것도 끝이었다. 알아서 기었다. 부장이 좋아하는 입맛대로.

엄 부장은 여당도 야당도, 민자당도 민주당도 좋아하지 않았다. 다만 모당을 좋아할 뿐이었다. 아니 야당이 무슨 잘못을 범하면 모당은 사라지고 당명을 꼭 밝혔다.

엄 부장과 영철이의 한바탕 힘겨루기는 끝났다. 부장이 이겼다. 영철이는 퇴장했고 엄 부장은 빨간 싸인펜을 가지고 있으니까. 곧 인쇄될 신문에는 모당만이 존재할 것이다.

건우는 선거부정에 대한 여러 자료를 뒤적거려 기사를 작성했다. 무용지물의 휴지 위에 낙서를 하는 기분이었다. 갓 입사했을 때에는 열정과 사명감이 있었건만 세월이 흐르면서 모조리 사라져 버리고 말았다. 건우는 빠른 속도로 원고지를 메꿔 부장한테로 갔다. 그리고 영철은 총선거가 끝나자마자 정치부에서 편집부로 자리를 옮겨야 했다. 엄 부장이 물을 먹인 것이었다. 엄 부장의 뒤에는 편집국장이 있다. 엄 부장뿐만이 아니다. 낮에는 사우나엘 가서 전날 마신 술독을 풀었고, 신문사에서는 느긋하게 앉아 바둑을 두거나 책을 읽다가 마감시간이면 책상을 지키고 앉아 기사를 입맛에 맞게 바꾸는 그들의 교활함이 바로 언론의 에이즈, 즉 후천성면역결핍증이었다.

고민을 많이 하면 할수록 원고는 부장 말대로 개판이 되고 만다. 당신 소설가야 뭐야로 시작되는 엄 부장의 기자론에는 이제 신물이 났다. 건우는 되도록이면 마감을 훨씬 넘겨 원고를 건네 준다. 부장이 트집잡을 시간을 빼앗는 방법이다. 이것이 기자 세월 오 년에 터득한 건우의 기사 쓰기였다.

이제 신문이 나오면 간단한 합평회를 하고 퇴근이다. 팔목시계를 보았다. 여섯 시가 조금 넘었다. 신문이 나오려면 한 시간은 넘게 기다려야 한다. 거기다가 다른 신문의 초판까지 받아다가 낙종 기사가 있나 없나를 살펴보자면 두 시간은 더 있어야 지긋지긋한 신문사에서 나갈 수 있다.

'오늘은 껀수가 없나?'

문득 소주 생각이 간절했다. 삼겹살에 소주 한잔은 오래 전부터 하루를 마감한다는 건우의 의식이었다. 촌지사건이 터지기 전에는 주머니가 두둑해서 소주 한잔을 우습게 생각했다.

주머니 사정이 여의치 않으니 소주 한잔 걸치기도 쉽지 않았다. 경제부는 그래도 주머니 사정이 좋을지 몰랐다. 건설회사 사장들이란 기자를 무서워 하니까.

건우는 입 안이 씁쓸해서 편집실을 나갔다. 엘리베이터 옆에 있는 커피 자판기에서 커피라도 한 잔 뽑아 먹을 요량이었다. 자판기에는 두어 발치 떨어져서 영철이가 왼손에는 종이컵을 들고 오른손에는 담배를 들고 창 밖을 바라보고 있었다. 건우는 말없이 자판기에 동전을 집어 넣었다.

복도에서 창 밖을 내다보니 어느덧 어둠이 내리고 있었다. 건우는 커피를 뽑아 들고 창 밖의 어둠 앞에 섰다. 네온싸인이 휘황찬란하다. 그리고 반딧불처럼 불을 켠 자동차들의 행렬이 이어지고 있었다. 불빛 사이에 언뜻언뜻 보이는 키 작은 가로수와 일개미처럼 종종걸음을 치는 퇴근길의 사람들이 보였다. 씁쓸했다. 가을이 깊어 가고 있었다. 곧 추위가 몰려오면…….

도대체 이것이 사는 것인지…… 일개미의 삶과 인간의 삶은 어떻게 다를까…… 에이, 이따위 생각을 하면 뭐하나? 술이나 한 잔 마시면 그만인 것을.

건우는 불쑥 치미는 상념을 무참히 짓밟고서 영철이를 보았다. 영철이는 담배꽁초를 종이컵에 푹 쑤셔 박았다. 건우는 영철이의 어깨를 툭 건드렸다.

"어, 선배님."

영철이가 코 끝에 걸린 안경을 밀어 올렸다. 안경 속에서 영철의 선한 눈동자가 동그랗게 커졌다.

"뭐해?"

"그냥요."

"다 그런 거야. 쐬주나 한잔, 어때?"

"조오치요."

"교정지 보고 같이 나가세."

"예."

이렇게 해서 오늘도 소주를 마시게 될 약속을 해버린 건우였다.

맹숭맹숭한 정신으로 집구석에 기어들어 가기는 정말 싫다. 약간 취기가 돌아야 비로소 살아 있다는 기분을 느끼게 된 건 기나긴 총각시절 탓이었다. 변변한 연애도 못하고 수십 번의 중매 끝에 결혼을 해서 그런지 아직도 소주를 걸쳐야 귀가를 하는 기분이 났다.

따지고 보면 기자의 아내란 불행한 존재였다. 남편을 신문사에 빼앗기고 하루종일 기다리다가 지쳐 잠들어야 하므로. 기자의 가정이란, 물론 사람에 따라 다르지만 건우에게는 여인숙처럼 느껴졌다. 밤늦게 이불 속으로 기어들어 갔다가 아침이면 몸만 빠져 나오는 생활의 연속이었다.

출근하지 않는 일요일에는 하루종일 잠을 잤다. 마치 잠하고 원수를 진 사람처럼 일요일 낮을 보내고 밤을 맞아 부시시 일어나면 아내가 꽁당거렸다. 건우는 아내와 열렬한 연애시절을 가지지 않은 게 다행스럽다. 사랑이란 얼마나 귀찮은 것인가.

만일 연애를 했다면, 친구들이나 다른 기자들의 불평을 분석해 보면, 일요일 날 낮잠을 잘 수 없다는 것이다. 낮잠을 자도록 그냥 두지 않는 아내가 지긋지긋하다는 것이다.

"자네 애인 있어?"

"아니, 없어요. 지난번에 마담뚜가 소개를 해서 선을 봤는데 기자라니까 싫데요."

"그 여자 똑똑하군."

"이러다 장가도 못 가겠습니다."

"가게 되겠지."

건우는 영철의 어깨를 어루만지고는 책상 앞으로 돌아왔다. 아까와는 달리 사무실은 한산했다. 다른 기자들은 교정지를 기다리면서 바둑을 두거나 텔레비전을 보고 있었다. 건우는 책상을 정리하다가 육십 자 원고지에 휘갈겨진 메모를 발견했다.

─동기생 정세영한테 급한 전화. 꼭 연락 바람.

무슨 일일까? 한잔 꺽자는 건데…… 급하다니? 무슨 부탁이 있나? 그 녀석이 나한테 부탁할 일이 없는데…… 대낮부터 음주운전으로 걸린 건 아닐 테고. 이런저런 생각을 하면서 건우는 정세영이한테 전화를 했다. 뛰뛰뛰뛰. 통화중이다. 건우는 잠시 뜸을 들였다가 또 전화를 걸었다. 여전히 통화중이었다.

아주 지독한 통화중이었다. 건우는 정세영이가 과장이 되기 전의 전화번호를 찾아내 다시 전화를 했다. 다행히 경쾌한 신호음이 갔다. 딸칵, 아리따운 여직원의 목소리가 상큼했다.

"과장님 좀 부탁합니다."

"통화중이신데 기다리시겠어요?"

"예."

여직원이 친절을 베풀어 멜로디 단추를 눌렀는지 단조롭고 지루한 멜로디가 들리기 시작했다. 멜로디는 끝없이 반복을 해댔고 나중에는 귀청이 떨어져 나갈 지경이었다. 생각 같아서는 수화기를 내려놓고 싶었다. 하지만 세영이가 꼭 연락을 바란다고 했으니 참아야 했다.

"여보세요. 정세영입니다."

"야, 새꺄. 무슨 통화가 그리 길어, 명 짧은 놈 죽겠다 죽어."

"누구?"

"신문쟁이다."

"응, 건우구나. 후우──."

"뭐가 그리 바뻐, 과장나으리?"

"나 농담할 기분 아니다."

"안 좋은 일 있냐?…… 뭐?"

하마터면 수화기를 놓칠 뻔했다. 건우는 수화기를 고쳐 잡았다. 금새 손바닥 가득 땀이 차올랐다.

"정말이야?…… 심장마비?"

목소리가 높았던지 주변의 기자들이 흘끔거렸다. 건우는 목소리를 낮추었다.

"…… 신문에도 났다고?…… 알았어. 보께…… 니네 회사로 갈 테니까 함께 가자…… 끊어."

일주일 전만 하더라도 펄펄 살아 있던 친구가 죽었다니. 건우는 의자에 털썩 앉았다. 갑자기 강렬한 흡연욕이 일었다. 간이 나쁜지 담배를 피우면 구역질이 나서 두어 달 전에 독한 마음으로 담배를 끊었는데, 지금은 도저히 참을 수가 없었다.

피우다 만 담배가 있을까 싶어 서랍을 뒤졌다. 담배는 없고 자주 가는 술집의 성냥만 나왔다. 건우는 성냥을 만지작거리다가 멀리 지나가는 영철이를 손짓으로 불렀다.

"담배 하나만 줘라."

"끊으셨다면서요?"

"줘."

영철이가 담배 한 개비를 내밀었다. 건우는 서둘러 성냥을 켰다. 피지지직, 유황냄새를 풍기며 불이 붙었다. 첫 모금을 깊숙이 마셨다 내뿜는다. 영철이가 돌아섰다.

"야, 영철아."

"예."

"오늘 술 약속 취소다."

"……"

말없이 쳐다보는 영철의 눈을 피해 건우는 격렬하게 담배를 빨았다.

"알았어요."

이유를 모르면서 알았다는 대답을 하곤 영철은 자기 자리로 갔다. 건우는 꽁초를 끄고 일어섰다. 교정지가 나오기 전에 자리를 비울 수 없는 게 이 바닥의 불문율이었다. 건우는 엄 부장을 힐끗 처다보았다. 엄 부장은 의자를 돌려 텔레비전을 보고 있었다. 건우는 양복 윗도리를 들고 그냥 나왔다.

서울역 앞에 있는 세영이네 회사로 가면서 의외로 담담한 자신을 발견하고서 건우는 흠칫 놀랐다. 친구의 죽음이 너무 어처구니가 없어서인지 아니면 그대로의 사실로 받아들이겠다는 건지, 알수 없었다. 그저 평소처럼 세영이를 만나러 가는 느낌이었다.

건우는 서울역 앞의 지하도를 건너면서 개미떼처럼 몰린 연변사람들을 보았다. 사회주의 국가에서 자본주의 국가로 돈을 벌러 온 사람들이었다. 연변사람들이 허탈해 보이는 얼굴과 끊임없이 눈동자를 굴려 돈 벌 거리를 찾는 모습을 무덤덤하게 스쳐 지나갔다. 지하도는 후덥지근했다. 탁한 공기뿐만이 아니라 좌판을 벌이고 앉아 있는 사람들이 뿜어내는 삶의 입김 때문일 수도 있었다. 만원짜리 지폐를 확대복사해 파는 좌판을 지나갔다. 일종의 부적일 수도 있었고 욕망이나 혹은 돈에 대한 포원의 다른 표현일 수도 있었다.

"인생의 내용을 결정하는 게 뭔지 알아?"

건설부를 출입할 때 만난 건설회사 회장님의 물음이었다. 사회를 뒤흔들 만한 택지 부정을 일으키고도 당당했던 교활한 늙은이의 대접을 받으며 건우는 아득한 벽을 느꼈다.

"글쎄요."

"돈이야. 돈이 인생의 내용을 결정하지. 그래서 난 돈을 버는 거구."

그날, 회장은 건우의 주머니에 흰 봉투를 찔러 넣었다. 한 장의 수표였고 거금이었다. 건우는 회장의 고민과 삶에 대한 기사를 썼다. 비리를 폭로하는 것은 다른 기자의 몫이었다.

지하도를 빠져 나오면서 죽어 버린 친구의 얼굴 대신에 사기죄로 교도소에 있는 그 늙은이의 얼굴이 생생하게 떠올랐다. 바늘로 찔러도 피 한 방울 나오지 않을 노랭이였다. 물론 정치자금은 수백 억을 뿌렸다. 그 때문에 단순사기죄로 기소되었고. 한숨이 나왔다. 산다는 것이 무언지? 이렇게 살아도 과연 사는 것인지? 건우는 대우빌딩 지하의 미로 앞에 잠시 서 있었다.

지하다방에서 전화를 걸자 곧 세영이가 나왔다. 결혼을 하기 전보다 두 배는 살이 찐 피둥피둥한 모습으로 그러나 비감에 찬 굳은 표정으로 다가와 손을 내밀었다.

세영의 손을 짧게 잡았다가 놓았다. 집채만한 바위가 가슴을 짓누르는 듯한 답답함이 몰려왔다. 건우는 서둘러 담배를 꺼내 물었다. 그러나 불은 붙이지 않았다.

세영이는 말없이 신문을 내밀었다. 저녁 신문이었다. 신문쟁이니까 건우도 봤을 신문이었다. 세영은 손가락으로 사회면의 한 토막짜리 기사를 가리켰다.

건우가 기사에 눈을 박고 있는 동안 세영은 침묵했다. 건우가 눈을 떼고 신문을 접었다.

"아까 그냥 스쳐 지나갔던 기사야. 해직교사 심장마비로 사망 어쩌구 쓰였길래 그런가 보다 했지."

변명처럼 건우가 말했다.

"가자."

세영이는 주문하러 온 아가씨를 물리치고 일어섰다. 세영이는 건우를 밖으로 내보내고 주차빌딩으로 가서 자동차를 몰고 나왔다. 퇴근길의 거리는 세영이의 복잡한 머리만큼이나 뒤엉켜 있었다.

기계적으로 앞차의 뒤꽁무니를 따라가며 세영은 죽음의 의미를 생각했다. 한창 나이에. 그것도 두 살박이 아들까지 하나 있는 사람이 갑자기 죽으면 어쩌나 싶었다.

"야, 임마!"

건우의 비명이 들리는 순간 세영은 브레이크 페달을 있는 힘껏 밟았다. 끼이이익. 바퀴가 타는 냄새를 피우며 차는 미끄러졌다. 그러나 이미 늦었다. 쿵, 앞차를 들이박고 자동차는 멈췄다. 세영은 사이드 브레이크를 올리고 눈을 감았다.

빵빵빵빵. 뒷차들이 경적을 요란하게 울리며 피해 갔다. 아주 짧은 순간이었다. 하지만 세영이에겐 영원처럼 느껴졌다.

"괜찮아?"

건우가 안전벨트를 풀며 물었다.

"그래. 너는?"

세영은 담배를 찾아 물었다. 연기를 내뿜으며 주위를 둘러보니 삼각지 로터리가 보였다.

"야, 개새끼야. 뒈질라고 환장했어? 뒈질라면 혼자나 죽지?"

뒷범퍼가 부서진 차주인이 나와 낭자하게 욕설을 퍼붓기 시작했다. 세영은 가만히 운전석에 앉아 있었다.

"죄송합니다."

대신 건우가 연신 허리를 조아리며 사죄를 했다. 세영은 사죄를 하는 건우를 물끄러미 보았다. 사고를 당한 차주인도 양복차림이었다. 그러나 차림에 걸맞지 않게 끝없이 욕설이 흘러 나왔다. 운전을 하다 보면 누구나 성깔이 더러워지기 마련이었다. 자칫 잘못하면 사고로 비명횡사를 당하기 때문이었다.

교통순경이 와서 흰 스프레이로 사고지점을 표시하고서야 도로 한가운데에서 자동차를 뽑아냈다. 세영은 면허증을 건우한테 줬다. 노련한 신문기자답게 건우는 사고를 신속하게 처리했다. 세영은 운전석에 앉아 눈을 감았다. 캄캄한 벽이 다가왔다. 전에는 거의 느껴본 적이 없는, 막다른 골목 끝에 서 있는 기분이었다.

"괜찮아?"

사고처리를 끝낸 건우가 옆좌석에 앉으며 물었다.

"그래. 너는?"

담배를 입에 물었다. 라이타불이 심하게 떨려 담배에 불을 붙이기가 힘들었다. 친구는 제 스스로 명줄을 끊고 말았는데 안부를 주고 받다니, 그것이 싫었다.

"운전할 수 있겠어?"

걱정스러운 낯빛으로 건우가 쳐다보았다. 세영은 고개를 끄덕였다. 하지만 죄책감으로 손이 떨려 운전을 제대로 할 수 있을지 몰랐다.

"그러지 말고 주차를 해 놓고 택시를 타자."

"……."

세영은 긍정도 부정도 않고 앉아 담배만 뻑뻑 피웠다. 담배를 다 피울 때까지 건우는 기다렸다. 세영은 침묵을 지켜 준 건우가 고마웠다. 꽁초를 유리창 밖으로 버리자 건우가 차에서 내렸다.

"내려. 택시 타자."

"우선 타."

세영이가 부르릉 시동을 걸었다. 혀를 끌끌 차며 건우는 차에 올랐다. 세영은 자동차를 가까운 정비공장에 집어넣고 나왔다. 택시는 좀체로 잡히지 않았다. 결국 낙성대까지 두 배의 요금을 주기로 하고 세영과 건우는 택시를 잡았다. 두 사람은 침묵했다. 입을 열기가 귀찮았다. 그보다는 말이 필요치 않았다.

창녀는 원하지 않는 정사를 한다. 정사가 아니라 장사다. 진정으로 살을 섞기를 원한다면 어찌 돈을 받겠는가. 인간은 애정도 없이 돈을 주고 받으며 살을 섞는

다. 인간은 누구나 원하지 않는 일을 해
야 하는 경우를 만난다. 그때의 비정함이
란.

　남산에서 아스토리아 호텔 쪽으로 차를 몰고 나온 근호는 빽빽
히 밀린 자동차의 행렬 속에 끼여들고자 좌회전 깜박이를 넣었다.
그러나 뒤편에서 밀려오는 차들은 좀체로 틈을 주지 않았다.
　근호는 운전석 옆에 파란 색으로 반짝이는 디지탈 시계를 보았
다. 약속 시간에 맞춰 도착하기는 애당초 그른 시간이었다. 엔간하
면 일찍 퇴근해서 잠이나 푹 자고 싶었지만 모임을 두 번이나 빠
져 그럴 수도 없었다. 더군다나 낮에는 세영이가 직접 전화를 걸어
오기도 했다.
　"너 얼굴 보기가 점점 힘들더라? 높은 데 있다고 잘난 척하는
거니"
　"나만 빠지는 거 아니잖아?"
　근호는 규섭이를 염두에 두고 되물었다.
　"규섭이는 못 오는 거지만 너는 안 오는 거잖아?"
　세영이의 말이 가슴을 쿡 찔렀다. 사실 규섭이는 모임에 못 오는
거였다. 하지만 섭섭했다.
　"알았어, 임마. 가면 될 거 아니야?"
　그리곤 거칠게 전화를 끊었다. 생각하면 할수록 화가 났다. 고등
학교를 다닐 때만 하더라도 규섭이와 제일로 친하게 지낸 사람은
자신이었다. 규섭이는 삼 년 내내 같은 반이었다.
　근호가 규섭이를 좋아하게 된 것은 공부를 잘하는 다른 애들과
달리 의리가 있다는 점이었다. 일학년때 규섭이가 중간고사를 보
다 문경이를 위하여 부정행위를 하는 바람에 유기정학을 당했다.
　공부를 못하는 문경이한테 작은 종이에 답을 적어 전달한 것이

그만 걸리고 만 거였다. 그러나 규섭은 얼굴색 하나 변하지 않고 흔쾌히 징계를 받아 들였다. 조금은 작다 싶은 키며 외꺼풀의 날카로운 눈매가 이조시대의 딸깍발이 선비를 연상시켰다. 그러나 단호한 옹고집의 표정 뒤에는 풀잎처럼 여린 마음이 숨어 있었다.

근호는 라디오를 켜 교통방송의 주파수를 찾았다. 입심 좋은 성우들이 퇴근시간의 거리 상황을 조잘조잘 지껄여대고 있었다. 어디에나 길은 막혀 있었다. 돌아갈 길도 없었다. 근호는 주파수를 바꿔 버렸다. 흘러간 유행가가 가슴을 파고 들었다.

하얀 제복을 입고 첫 휴가를 나와 뻐기던 문경이를 다시 만난 것은 동작동 국립묘지에서였다. 문경이는 배에 깔려 죽었다. 구축함에서 작은 배로 옮겨 타고 바다 한복판에서 잠수훈련을 하다가 기량 부족으로 바다 밑 해류에 휩쓸렸다는 것이다. 결국 문경은 배 밑으로 들어가게 되었는데 운동장 크기만한 구축함의 부력 때문에 빠져 나오질 못하고 스무 살 그 젊은 나이로 세상을 떠나고 말았다.

문경이가 국립묘지에 묻히던 날, 가장 많이 눈물을 흘린 사람이 규섭이와 재철이었다. 다른 친구들은 코만 석자로 빠뜨리고 묵념만 올렸을 뿐이었다.

그날, 재철이는 술을 몽땅 마시고 지나가던 사람과 시비가 붙어 큰 싸움이 벌어졌다. 술에 취해 몸을 가누지 못하던 재철이가 전봇대 밑둥에다 오줌을 싸다가 옆에서 오줌을 싸던 멀쩡한 사람 바짓가랑이에 그만 실례를 하고 말았다.

당연히 싸움이 벌어졌고 술집에서 재철이가 오기만을 기다리던 규섭이가 재철이를 찾아나섰다가 얻어 터지고 있는 재철이를 발견하고 황급히 달려왔다.

"야! 재철이가 깨지고 있어!"

"어떤 개새끼가 재철이를!"

건우가 소리를 질렀고 모두들 우루루 뛰어나갔다. 결국 대판 패싸움이 벌어졌고 주인공인 재철이는 어느새 도망을 치고 말았다. 나중에 순경과 방범대원이 뛰어와 규섭이와 세영이와 근호와 영수는 터지고 깨진 몰골로 끌려갔다.

본서로 넘기니 어쩌니 하는 판국에 치료비와 합의금으로 수중에 지니고 있던 규섭이와 세영이의 등록금을 날리고 말았다. 중고등학생들을 가르치는 과외도 금지되었던 때라 후에 등록금을 벌려고 모두들 눈알이 빠져라 막노동을 했었다.

자동차는 조금씩 앞으로 밀려가고 있었다. 가다가 섰고, 한참 동안을 섰다가 거북이 걸음으로 몇 바퀴 굴러가다가 또 멈췄다. 울화통이 터졌지만 참아야 했다. 서울에서의 운전은 그저 참고 기다리는 수밖에 없었다. 잠시 잠깐을 기다리지 못하고 조급하게 운전을 하면 필시 사고가 났다.

근호는 백밀러를 보았다. 아까부터 따라오던 선글라스를 낀 미모의 아가씨 얼굴이 불빛에 가려 보이지 않았다. 어쩐지 서운했다. 근호는 차창을 내리고 담배를 피웠다. 이렇게 도로가 꽉꽉 막힐 때는 마음을 느긋하게 먹는 게 오히려 편했다.

바로 옆에 서 있는 자동차의 운전수도 담배를 피우려는지 차창을 내렸다. 근호는 무심히 그 사내를 봤다. 아! 가슴속 깊은 곳에서 짧은 비명이 터져 나왔다. 안경을 쓴 사내의 모습이 영수를 완전히 빼닮았던 거였다.

갑자기 등줄기로 식은 땀이 흐르면서 소름이 쫙 끼쳤다. 더벅머리에 통통한 얼굴, 게다가 조금 작아 보이는 안경까지 완전히 영수가 분명했다.

생각해 보면 악연이었다. 그때 공장 옥상에서 보았던 불꽃을 근호는 영영 지울 수가 없었다. 잊을 만하면 불에 타버려 그을리고 문드러진 모습의 영수가 눈에 선하게 밟혔다.

지난 과거는, 특히 친구들 사이에 얽힌 과거를 잊으려 무진 애를 쓰면서 살아온 근호였다. 정말이지 과거는 생각하지 않기로 했다. 오로지 앞만 보고 달려갈 생각이었다. 누가 뭐라고 해도 자신은 규섭이와 분명히, 그리고 확연히 달랐다.

세영이는 그걸 인정하려 들지 않았다. 살아가는 길이 다른 데도 친구라는 이유 하나만으로 싸잡아 취급했다. 세영이에 비하면 건우는 여유가 있었다. 역시 세상 물정을 아는 신문쟁이였다. 가끔씩 기사를 보면 섬뜩할 정도로 비판적인 구석이 있어서 못내 걱정이었지만 그 정도의 비판의식도 없이 기자생활을 하기란 어려울 거라고 짐작하고 있었다.

첫눈이 언제 오려나?

올해는 예년과 달리 유난히 추울 거라는 기상대의 예보가 있었다. 십일월이지만 첫눈을 기대할 만도 했다. 살풋 고샅길을 얼리는 살얼음을 구경하기가 힘든 서울살이지만 그래도 가끔은 펑펑 쏟아지는 함박눈이 보고 싶었다.

그런 날이면 꼼장어에 소주 한잔을 걸치면서 이런 저런 생각에 잠겨 보는 것도 꽤 운치가 있을 터였다. 화덕에서 올라온 연탄가스와 똥집이나 꼼장어를 굽는 연기에 눈 아파하고 숨 막혀 하면서도 소주잔을 기울이는 겨울 밤의 풍경이 그리웠다. 생각하면 뒤돌아 볼 겨를도 없이 여기까지 달려온 셈이었다. 세영이한테 노골적으로 욕을 얻어먹어 가며 말이다.

하지만 후회는 없다. 아니 오히려 자랑스럽다. 소련이 무너지는 날에도 함박눈이 펑펑 내렸다. 그날 직원들과 함께 술을 마시면서 고르바초프와 옐친은 영웅이라고 추켜세우지 않았던가? 정말 오랜만에 호탕하게 술을 마셨다. 그러나 한편으로는 허탈하기도 했다. 사회주의의 종주국이 그토록 싱겁게 무너질 줄은 몰랐다. 근호는 규섭을 생각했다. 거리를 하얗게 뒤덮으며 내리는 함박눈과 소련을 두고 규섭이가 무슨 생각을 하고 있는지 궁금했다.

거북이 걸음으로 밀리다 보니 어느새 한남대교였다. 조금만 가면 신사동이다. 근호는 아내를 생각했다. 아내는 지금 입덧이 한창이었다. 언제 아이가 들어섰는지 기억조차도 없는데 불쑥 임신이라는 말을 전했다. 기분이 묘했다.

첫아이를 가졌을 때의 황홀했던 기쁨은 없어지고 그저 무덤덤했다. 낳아야지, 고개를 끄덕이며 아내의 손을 꼭 쥐는 것으로 간단한 축하를 했다.

"원래 내년쯤 가지려고 했는데…… 나도 일을 더하고 싶고…… 은행융자도 많이 남았고, 전세도 오르면 이살 해야 하고…… 병원에 가서 수술해 버릴까?"

아내는 많이 섭섭했던 모양이었다. 짜증이 솟구쳤지만 참았다. 괜히 긁어 부스름을 만들 필요는 없었다.

"뭐 먹고 싶어?"

아이를 가지면 입덧을 하면서도 마구 입맛을 하는 게 여자였다. 잠을 못 잘 정도로 토악질을 하다가도 먹고 싶은 것을 먹으면 또 말짱했다. 근호는 그걸 첫아이 때의 경험으로 알고 있었다.

"피자."

갈비나 과일 종류를 말할 줄 알았는데 아내는 엉뚱한 음식을 주문했다.

"당신 피자 싫어 하잖아?"

"몰라. 그냥 먹고 싶어."

"알았어. 내일 퇴근할 때 사갖고 오께."

"싫어. 지금 당장."

"당장?"

"그래."

"도대체 지금이 몇 신데?"

"먹고 싶은 걸 어떡해?"

"내일 먹어 응."

"그래. 알아봤어."

"미안해."

"맨날 미안해, 미안해…… 그 소리 좀 안 할 수 없어?"

"알았어, 미안해."

"또?"

"버릇인가봐."

"참. 아까 초저녁에 문희한테 전화했었다."

"문희 씨한테 전화는 왜?"

"왜긴? 우리끼리 안부전화지. 왜 하면 안 돼? 뭔가 찔리는 거 있어, 왜 그래 당신?"

"관두자 관둬."

문희는 아내의 절친한 친구다. 근호한테 아내 윤숙이를 소개시켜 준 사람이 바로 문희였다. 문희를 생각하면 근호의 가슴도 저릿하게 무거워졌다. 문희는 규섭의 아내다.

열 길 물 속은 알아도 한 길 사람 속은 모른다더니, 문희가 꼭 그 짝이었다. 자그마한 키에 터무니없이 크고 예쁜 눈을 가진 여자가, 살짝만 건드려도 눈물이 묻을 것 같은 여자가 그토록 당당할 수 있다니…… 남편과 관계된 일이라면 결코 물러서는 법이 없는 여자가 문희였다. 근호는 때때로 윤숙을 보면서, 윤숙도 문희처럼 변할 수 있을까를 생각하곤 했었다. 그것은 부러움이라기보다는 차라리 아픔이었다. 이제 영원히 옛날로 돌아갈 순 없다. 네 사람이 만나 즐겁게 웃고 떠들고 마시고 노래하고 토라지고 싸우는 일은 정녕코 없을 것이다. 그러고 보니 벌써 십 년 전의 일이었다.

근호는 추억 따위는 되씹지 않았다. 추억을 되씹기에는 이제 겨우 서른셋이었다. 늙지도 젊지도 않은 나이, 그러나 자신의 나이를 책임져야만 하는 부담스러운 나이가 삼십대 초반이 아닌가 싶었다.

자동차를 운전하다 보면 언제나 푸른 신호이기를 기대했다. 정지를 알리는 빨간 신호는 생리적으로 싫었다. 근호는 푸른 신호인데도 불구하고 빨간 신호처럼 멈칫거리는 자동차의 행렬 속에서 오늘, 얼굴을 마주칠 친구들 이름을 떠올렸다.

살아가는 방법들이 모두 다르다 보니 생각하는 것도 저마다 달랐다. 그것을 인정해야 했다. 그러나 친구들은 어린 시절의 우정으로만 만나길 원했다. 그것은 옳았다. 하지만 옳다고 그대로 되는 세상은 아니었다. 나이를 한 살씩 먹어 가면서 근호는 그것을 뼈저리게 알았다.

사회에 첫발을 내딛자마자 부닥친 엄청난 시련과 충격에서 벗어나기 위해 근호는 거의 삼 년이란 세월을 소비했다. 만일 윤숙이가 업보를 지고 쓰러지지 않았다면 근호는 다시 일어서기 어려웠을 것이다.

그때 근호는 품 속에 불에 탄 영수의 사진을 가지고 다녔다. 왜 그랬는지는 아직도 잘 몰랐다. 분신 직후의 영수 사진이 과장의 책상 위에 있는 걸 우연히 봤고 그걸 주머니에 넣었을 뿐이다. 대학을 졸업하고 대공형사로 사회에 첫발을 내딛었을 때 영수의 분신과 정면에서 마주쳤다. 물론 근호가 사건과 직접 관련이 있지는 않았다. 본청에서 지원을 나가 보니 영수가 공장 옥상에서 온몸에 석유를 붓고 있었다.

영수가 노동운동을 하고 있었고 자신은 형사라는 게 실감이 나지 않았다. 친한 친구임에도 불구하고 직업 때문에 아주 낯설게 느껴졌다. 근호는 가끔씩 영수의 사진을 보았다. 얼굴과 머리가 분간되지 않을 정도로 타버렸건만 눈과 이빨만큼은 무사했다. 눈동자가 살짝 내려온 영수의 사진을 근호는 오래토록 지갑에 넣고 다녔다. 그 흉칙한 사진을 왜 몸에 지니고 다녔는지는 근호 자신도 잘 몰랐다. 그러던 어느 날 아내 윤숙이가 빨래를 하려고 잠바를 꺼내다가 떨어진 지갑을 펼쳐 보고 비명을 질렀다.

"아악!"

"왜 그래 당신?"

"이, 이 사진 뭐예요?"

"그거 영수 사진이야. 당신도 알잖아. 우리 결혼식에도 왔었고 그 전에도 가끔 어울렸으니까. 노동운동하다가 분신자살했어."

"이 사람이 정말 영수 씨란 말이예요?"

"그래. 일루 줘."

"아, 배야."

갑자기 배가 아프다며 아랫배를 움켜쥐더니 아내는 선 채로 하염없이 피를 쏟았다. 엄청난 하혈이었고 유산이었다. 첫아이는 그렇게 핏덩이로 어미의 자궁을 떠났다, 영원히. 밤마다 윤숙은 헛소리를 했고 열에 들떴다. 끝내는 근호도 알아보지 못했다. 미친다는 것이 그토록 쉬울 줄은 정말 몰랐다. 정신병동에 입원을 시키기 위해 집을 나오던 근호는 그만 돌아섰다. 병원에 입원하는 순간, 영원한 이별의 시작이라는 예감이 들어서 발길이 떨어지지 않았다.

"그래. 끝까지, 지옥이라도 함께 가자, 윤숙아."

근호는 입술에 피가 배이도록 이를 악물고 곁에서 윤숙을 지켰다. 발작이 심한 날에는 피눈물을 쏟으며 윤숙을 묶었다. 입에 재갈을 물고 사지가 모두 묶인 채 윤숙은 발버둥을 쳤으며 지쳐 잠들곤 했다. 하루하루가 지옥이었다.

장모는 하루가 멀다 하고 무당집으로 절간으로 혹은 깊은 산 속으로 다니며 굿을 했다. 비용도 엄청나게 들었건만 장모는 근호 앞에서 죄인처럼 굴었다. 근호는 그때 맹세했다. 어떤 일이 있어도 윤숙의 곁을 떠나지 않겠다고.

흔하디흔한 말로 죽도록 사랑해서가 아니라 윤숙이가 너무 불쌍해서였다. 근호가 져야 할 영수의 업보를 지고 고통스러워하는 윤숙이를 버린다는 건 상상도 하지 않았다. 근호는 아무에게도 알리지 않고 윤숙의 곁에서 일 년을 버티었다.

지성이면 감천이라고 했던가. 윤숙은 조금씩 나았다. 머리는 갓 태어난 아기처럼 백치였다. 근호는 윤숙에게 말을 가르쳤고 글을 가르쳤다. 윤숙은 근호를 오빠라고 불렀다. 남편의 의미가 뭔지도 몰랐다. 온갖 약을 다 썼고 치료에 최선을 다했다. 다시 일 년이 흐른 뒤 근호는 윤숙에게 커피 타는 법을 가르쳤다.

가르친 지 일 주일 만에 윤숙은 커피 두 잔을 탔다. 윤숙이가 타 온 커피를 앞에 두고 근호는 생전 처음 펑펑 눈물을 쏟았다. 근호는 다시 시험을 봐서 남산엘 들어갔다.

지금도 근호는 그때를 잊지 못했다. 그건 영원히 간직할 재산과도 같은 것이었다. 근호는 신사동에서 사당동 쪽으로 방향을 틀었다.

> 온갖 노래 다 듣고, 온갖 노래 다 불러
> 보아도 마음속에 떨어진 그대, 견딜 수가
> 없네. 마음속에 불 붙은 그대 눈동자 지
> 울 수가 없네.
>
> —이성복의 시

규섭은 창문을 닫고 다시 고독의 침묵 속으로 빠져들었다. 넘실거리는 파도, 모래 위에 부서지는 태양의 작은 입자들, 한 척의 폐선, 끼룩끼룩 끼끼룩 울며 날아가는 갈매기, 그리고 수영복을 입은 여자의 사진 아래에 가지런히 숫자가 찍혀 있다. 저 여자는 왜 저

바닷가에서, 아니 저 달력에서 혼자 웃고 있을까? 규섭은 여자의 가지런하고 쌔하얀 이빨을, 풍선처럼 탱탱한 젖가슴을, 하구(河口)에서 만나는 삼각주의 유혹을, 바람에 날리는 머리카락을 꼼꼼히 뜯어보았다.

왜 저 여자는……? 부질없는 질문을 수없이 던지다가 규섭은 그제서야 시효가 지난 달력임을 발견했다. 그러고 보니 철 지난 지난 여름의 풍경이었다. 규섭은 달력을 넘겼다. 시월의 풍경 속에도 여자는 존재하고 있었다. 얼굴이 다른 여자였지만 비슷했다. 너무 흔한 풍경과 여자였다. 규섭은 달력의 숫자를 읽었다.

시월의 마지막 토요일과 시월의 마지막 날이 우연하게도 일치하고 있었다. 틱, 틱, 틱, 틱, 전자 벽시계의 단조로운 초침소리가 유난히도 크게 들렸다. 오후 세 시가 조금 지나고 있었다. 규섭은 신문지 위에 올려뒀던 라면 냄비를 윗목으로 밀치고 재떨이를 끄집어당겼다.

양반다리로 앉아 서로 떨어져 있는 재떨이와 담뱃갑과 불티나 라이타를 번갈아 바라보았다. 어쩐지 무척 낯설어 보이는 물건들이었다. 규섭은 손을 뻗어 담뱃갑을 집었다. 재떨이는 꽁초가 수북해서 더럽기 짝이 없었다.

비워야 한다고 몇 번이나 마음을 먹었지만 속시원히 재떨이를 쓰레기통에 털어 버리질 못하고 며칠째 버티고 있는 중이었다. 만사가 귀찮아지면 손가락 하나 까닥하기 싫은 법이었다. 담배연기는 낮은 천정 아래를 천천히, 유영하듯이 떠다녔다. 눈 앞이 침침했다. 그때 언젠가 책에서 보았던 그림 한 점이 머리에 떠올랐다.

호세 데 리베라의 '머리를 쥐어뜯으며 절망하는 여인'이 내지르는 고함과 절규가 귀에 쟁쟁했다. 그리고 한 쪽 끝으로 몰린 눈동자가 내뿜는 초조한 증오가 침침한 방 안에서 홀로 빛나는 담뱃불처럼 규섭의 눈을 찔렀다.

그랬다. 초조한 증오였다. 언뜻 보면 분노였지만 머리를 쥐어뜯으며 절망을 하는 여인에게 분노란 이미 지나가 버린 시간에 불과한 건지도 몰랐다. 분노보다는 증오가 훨씬 더 깊다. 그러나 그 증오마저도 초조하다.

하필이면 화가의 이름에 리베라가 들어 있을까? '리베라'라는 이름은 '자유' 혹은 '자유인'이기보다는 '자유를 위해 버둥거리는 몸부림'으로 느껴졌다.

서서히 그림도 사라지고 담뱃불도 꺼졌다. 남은 것은 후회처럼 탁한 공기였다. 규섭은 요지부동으로 앉아 허공을 물끄러미 바라보았다. 물, 끄, 러, 미.

시인이 되고 싶었다. 검은 옷을 즐겨 입고 흐트러진 장발의 머리로 꿈을 꾸는…… 그리하여 '사랑하다가 죽었노라'의 한 구절만을 묘비에 새기고 싶었다. 사랑하다가…… 유신세대의 막내가 되어 대학에 들어가 맨처음 맞닥뜨린 것은 불안한 눈동자였다. 대통령이 총에 맞아 죽은 것은 서막이었다.

감옥엘 끌려갔고, 제적을 당했고 군대에 보내져 보안대의 막막한 지하실에서 한 계절을 보냈다. 고문 따위는 이야기하고 싶지 않다. 육체는 황폐해졌지만 가까스로 영혼은 지켜냈기 때문이다. 아니다. 이건 거짓말이다. 그때 문희가 없었더라면 나는 과연 존재했을까? 문희의 얼굴과 눈동자와 입술과 젖가슴을 떠올리면서 규섭은 고통의 시간을 견뎠다. 규섭은 화두처럼 한마디를 간직했다. 지금도 그 화두는 유효하다.

사랑에서 존재로…….

다시 복학을 하고 또 감옥엘 갔고, 제적을 당했다. 왜 그랬는가에 대해선 묻지도 답하지도 않았다. 뒤를 돌아보지 않은 것은 아니었지만 후회할 겨를도 없이 싸웠고 사랑했고 쫓겼고 살았다. 그리고 지금도 여전히 쫓기고 있다.

규섭은 쫓는 사람의 얼굴을 알지 못했다. 알지 못하는 건 아주 당연한 일이다. 그들은 한 사람이 아니므로. 그러나 때때로는 그 얼굴을 구체적으로 보고 싶기도 했다. 그것은 무한정의 외로움 때문인지도 몰랐다. 규섭은 서른세 살이 되어서야 비로소 투쟁과 사랑의 가장 밑바닥에는 고독의 바다가 존재한다는 걸 알았다. 아아아, 고독, 그 지긋지긋한.

처음으로 문희와 몸을 섞던 때가 흑백영화처럼 조잡한 꽃그림의 벽지 위에서 흘러갔다. 규섭은 장면 하나하나를 놓치지 않으려고 바짝 몸을 긴장했다.

비가 오려고 날씨가 꾸무레해지면 골목 가득 꾸린내가 질펀히 깔리는 가난한 봉천동 언덕배기에 방이 하나 있었다. 석유곤로가 녹이 슬어 가는 부엌이며 문을 열면 지독한 연탄가스 냄새에 아득해지곤 하던 작은 방이었다.

햇빛이 한 오라기도 들지 않는 작은 창문이 있었고, 오랫동안 기다려야 간신히 켜지는 형광등이 있었고, 때에 절은 이불과 요와 담배꽁초가 가득 든 소주병과 음식 찌꺼기가 테두리에 붙은 새까만 냄비와 시집 몇 권이 뒹굴고 있었고, 스물이 갓 넘은 남자와 여자가 있었다.

짧은 퍼머머리를 만지작거리던 남자가 여자의 눈동자를 가만히 들여다보았다. 거기, 바다가 있었다. 포효하는 파도와 끼룩끼룩 끼끼룩 울어예는 갈매기와 붉은 노을이 광활하게 펼쳐지고 있었다. 오랫동안 참았던 성욕이 솟구쳤다.

남자는 여자의 안경을 벗기고 입술에 입술을 포개었다. 까칠하게 메마른 입술이었다. 남자는 서둘러 때에 절은 요를 폈고 여자를 눕혔다. 여자는 석고상처럼 굳어 있었고 남자는 뭐가 그리도 급했는지……

여자는 손 하나 까딱 않고 누워 있었고 남자는 허둥거렸다. 남자와 여자는 서로의 육체에 대해 너무 무지했다. 그러나 배우지 않았어도 일은 치루었다. 아주 짧은 순간이었고 허무했다. 남자는 담배를 피웠다. 영화의 한 장면처럼. 여자는 울지 않았다.

"지금, 몹시도, 고독해."

남자는 성냥개비를 부러뜨리듯이 단절적인 목소리를 냈다.

"나두 담배 하나 줘."

까마득한 절벽 밑에서 외치긴 하지만 위쪽에서는 간신히 들리는 그런 목소리로 여자가 말했다. 남자는 담배를 주고 불을 붙여 줬다. 어두침침한 방 안에 두 개의 불빛이 빨갛게 타 들어가고 있었다. 여자가 먼저 담배를 소주병 속에 집어 넣었다.

"내가 있는데 왜 고독해야 하지?"

누운 채 옷을 입으며 여자가 조용히 따졌다. 남자는 담배를 격렬하게 빨았다. 피지직, 필터가 탔고 손가락이 따끔, 뜨거웠다. 꽁초를 버렸다.

"……"

아무런 할말이 없었다. 그리고 시간이 흘렀다. 시간이 강물처럼 흐르면 사람들은 그것을 세월이라고 불렀다. 남자는 규섭이었고, 여자는 문희였다.

문희도 서른셋이 되었으니 고독을 알 만한 나이가 되었다고 규섭은 씁쓰레 웃었다. 손가락을 꼽아 보니 문희를 만나지 못한 지도 벌써 여섯 달이 넘었다. 하기는 긴 이별 짧은 만남에 익숙해진 문희였다. 이제 고독한 사람은 규섭이가 아니라 오히려 문희일지도 몰랐다. 그 작은 여자의 몸으로 세상과 마주 선 문희는 무명의 위대한 인간이었다. 규섭은 문희가 그리웠다. 때때로 그리움은 서러움으로 변하기도 했다. 서로의 감정과 의지와 달리 어떤 힘에 밀려 강요당하는 이별이 어찌 서럽지 않으랴. 여섯 달이라는 시간을 느끼자마자 아랫도리가 뻣뻣해지며 성욕이 일었다. 이것은 아주 좋은 징조다. 감옥의 독방에서도 그것을 느꼈다. 새벽마다 혹은 시도 때도 없이 솟구치는 성욕은 고독한 남자에게 있어 존재의 의미를 부여하는 훌륭한 길동무였다.

규섭은 양반다리를 풀고 일어섰다. 막무가내로 정신을 비집고 들어온 성욕을 자위행위로 해소시키고 싶진 않았다. 그러자니 딱히 할 일이 있는 것도 아니어서 기지개를 켜고 맨손체조를 했다. 움츠리고 있던 관절들이 우두둑우두둑 소리를 냈다. 다시 달력을 쳐다보았다. 한 달에 한 번 친구들이 모이는 날이었다. 그리운 친구들이었다. 규섭은 손수건만한 거울에 얼굴을 비춰 보았다.

거울 속의 남자가 무척이나 낯설었다. 턱을 덮은 까칠한 수염이며 퀭하니 쑥 들어간 눈자위며 살이 빠져 홀쭉해진 볼과 약간은 냉소적인 웃음기가 맴도는 입 주변이 타인처럼 느껴졌다.

"야, 한규섭! 이게 과연 너냐?"

규섭은 나직하게 거울 속의 사내한테 물었다. 대답이 없다. 손바닥으로 턱을 쓰다듬었다. 꺼칠꺼칠한 느낌이 불쾌했다. 수염을 깎으면 기분전환이 될지도 모른다는 생각에 방문을 열고 나왔다.

도망을 다니면서도 끝없이 일을 해야 하는 게 수배자의 삶이다. 무조건 도망치기로만 한다면 한평생 잡히지 않을 자신도 있다. 하지만 도피보다 일이 더 중요했다.

녹이 슨 일회용 면도기로 억지로 수염을 깎다가 기어이 피를 보고 말았다. 많이 베었는지 피는 좀체로 멈추질 않았다. 규섭은 수건으로 벤 자국을 연신 누르며 방으로 들어왔다. 작은 방이었다. 작은…… 방은…… 감옥이었다.

마음 놓고 사람을 만날 수 없다면 세상 어디에나 감옥은 존재하는 법이었다. 어쩌자고 인간은 인간을 가두는 감옥을 생각하고 만들었는지…… 그리하여 인간은 마음 한구석에도 감옥을 만들어 놓고 스스로 갇히기도 했다. 규섭은 스스로 갇혔다는 느낌에서 빠져 나올 수가 없었다.

자갈 채취를 위해 산을 뭉터기뭉터기로 갉아먹어 나중에는 휑덩그레한 바위만 보이는 채석장 풍경처럼 마음속에 감옥을 가진 영혼도 얼마든지 황폐해질 수 있었다. 그것은 인간이 인간에게 저지를 수 있는 잔인한 범죄 중의 하나였다. 규섭은 그런 범죄에 상처를 받지 않으려고 몸부림을 쳤다.

문득 이 방을 빠져 나가야 한다는 강박관념이 찾아들었다. 아주 강렬한 충동이었다. 오늘 밤마저 이 방에서 홀로 지낸다면 아마 '머리를 쥐어뜯으며 절망'할지도 몰랐다. 혹은 감지 않아 뒤엉킨 머리카락에 손가락을 쑤셔 박고 벽을 쿵쿵 찧을지도…… 규섭은 알았다. 많은 사람들이 자신을 훌륭한 운동가로 인정하는 것을.

그러나 훌륭하다는 건 역설적으로 비극적일 수도 있다. 말 그대로 혼자가 되었을 때도 훌륭해야만 했다. 물론 사람은 혼자일 때 자기 자신을 지켜 내야 했다. 그렇지 않으면 속절없이 무너져 내렸다. 그것을 옛 사람들은 신독(愼獨)이라고 이름 지었다. 신독은 홀로 있을 때에도 도리에 어긋남이 없이 몸을 삼가야 한다는 뜻이었다. 규섭은 체포도 고문도 감옥도 두렵지 않았다. 페레스트로이카가 있었고 동구라파의 여러 나라들이 서둘러 자신들을 지탱해 온 이데올로기를 폐기처분했고 소련이 지도상에서 사라졌어도 두렵지 않았다. 정녕 두려운 것은 소리 없이 무너져 내리는 거였다.

규섭은 무너지지 않기 위해서 사람들을 만나기로 작정했다. 체포되는 것보다 홀로 무너질까봐 무서웠다. 문희가 보고 싶었다. 전화를 할 수도 편지를 할 수도 없다. 두 살박이 아들 하나를 데리고 어찌 살아가는지 궁금하고 그리웠지만 현재의 규섭은 무기력했다.

규섭이가 무기력한 만큼 문희는 두 배의 짐을 져야 했다. 남편으로서, 한 아이의 아버지로서 책임을 피하고 싶은 생각은 추호도 없었다. 그렇다고 운동을 한다는 명분으로 모든 것을 나 몰라라 하는 것도 죄악이라고 규섭은 생각했다. 하지만 지금 당장은 할 수 있는 일이 아무것도 없었다. 정말이지, 아, 무, 것, 도.

늦가을의 거리는 쌀쌀했고 밝았다. 수많은 사람들이 걸어가고 있었고, 자동차들도 여전히 꼬리에 꼬리를 물고 천천히 움직이고 있었다. 가로수가 옷을 많이 벗어 버린 것 외에는 거리의 풍경은 그대로였으나 실은 몹시도 낯설었다. 엉뚱한 곳에 혼자 방치된 그런 느낌이었다.

'사람들은 여전히 그대로 살아가고 있구나…… 이 도시엔 다시 겨울이 찾아왔고…… 이제 곧 어둠이 내리고 추위가 유행하겠지.'

쓸쓸했다. 규섭은 동전을 만지작거리다 세영이한테 전화를 걸었다. 세영이의 목소리는 언제나 밝고 활달하다. 고등학교 시절 연좌제 때문에 얼마나 아파했던 세영이던가. 아버지와 어머니 두 분 모두 빨치산이었다. 세영이는 날개를 달고 비상하고 싶어했다. 어린 시절 내내 그림자처럼 따라다니던 가난을 싫어했다. 그러나 막상 부모 때문에 날개를 달 수 없다는 걸 확인한 순간, 세영이는 방황했다. 겉으로는 여전히 명랑했지만 속으로는 울고 있었다.

'많이 웃는 사람일수록 슬픔도 크단다.'

세영은 언제나 웃었다. 약간은 허풍을 섞어서 얘기를 했고, 허풍에 걸맞는 실천을 하고자 애를 썼다. 대학을 다닐 때 세영이는 시위현장 주변에는 얼씬거리지도 않았다. 규섭은 착각했다. 적어도 세영이라면 아주 열심히 운동을 하리라고 생각했던 것이 바가지 깨어지듯 어긋나고 말았다.

규섭은 지하철 역을 찾아 천천히 걸었다. 아직 시간은 충분했다. 그것이 무엇을 위한 시간이든 스스로 무너지지만 않는다면…… 그리고 문희가 보고 싶었다. 그리고 술을 몽땅 마시고 싶었다. 그리고, 그리고…….

남자는 눈을 감고 있었고 여자는 떠났
다. 남자는 돌아오기를 기다렸고 여자는
따라오기를 기대했다. 남자는 찻집에 앉
아 허공을 바라보고 있었고 여자는 자주
뒤를 돌아보며 하염없이 걸었다.

　재철은 골목에 차를 주차시키고 초원다방으로 들어갔다. 초원다
방도 세월의 흐름에 따라 변해가고 있었다. 고등학교를 다닐 때만
하더라도 주변의 다방 중에서 최고로 좋은 시설과 예쁜 아가씨들
이 있던 곳이었다.
　지금은 마흔 줄의 마담과 더 늙은 주방 아줌마와 배달을 다니는
삼십대의 아가씨만이 초원다방을 지키고 있다. 다방 안에는 중늙
은이들이 담배를 피우며 심각하게 앉아 있거나 마담을 옆자리에
앉히고 농담 따먹기를 하고 있었다.
　"여기다."
　모임의 회장격인 세영이가 구석자리에서 손을 번쩍 들었다. 재
철은 희죽 웃으며 팔자걸음으로 다가갔다.
　"혼자냐?"
　"아니. 건우는 전화하고 있어."
　"딴 새끼들은?"
　"금방 오겠지. 토요일은 특히 많이 막히잖아?"
　"그러게 전쟁이 나야 된다니까. 사람도 반쯤은 죽고, 자동차도
반쯤은 사라지고, 집도 반쯤은 부서져야 먹고 살지. 이거 되겠어?"
　"재철이 너는 툭하면 전쟁이더라?"
　"너도 노가다해 봐라?"
　"재철이 왔냐?"

건우가 수화기를 내려놓고 돌아서서 손을 내밀었다.

"애인한테 전화했냐?"

건우의 손을 잡고 재철이가 개구장이처럼 웃으며 물었다.

"애인이었으면 조오컸다. 부장 새끼가 시도 때도 없이 삐삐를 쳐대니 죽겠다. 야, 이러다 노이로제 걸리겠어."

"삐삐를 끄면 되지! 뭘 고민해?"

"그게 맘대로 되면."

"아이구 그래서 난 네꼬다이 매곤 못 살아. 노가다가 체질에 꼭 맞아."

"야, 그래도 노가다가 중형차만 끌고 다니더라."

푹 꺼진 의자에 몸을 던지듯이 앉으며 건우가 은근히 비꼬았다. 재철은 건우를 보고 희죽 웃었다.

"얌마, 노가다도 요샌 바뻐. 현장이 분당이었다가 평촌이었다가 여주였다가 동두천에 널려 있어. 언제 전철 타고 버스 타냐? 솔직히 사무실에 처박혀 있는 세영이가 자동차를 모는 게 과소비다. 애는 출퇴근만 하고 종일토록 회사 주차장에 모셔 놓기만 하니까."

"왜 하루종일 주차만 해둬? 거래처 갈 때는 몰고 가."

세영이가 변명을 했다.

"니미랄, 일 주일에 한 번씩!"

갑자기 속이 배배 꼴린 재철이다. 이러고 싶은 마음이 없는데도 때때로 심술이 났다.

"됐다, 됐어."

건우가 등을 치며 말렸다. 사실 재철은 세영이한테 악감정이 있는 건 아니었다. 그냥 짜증이 났고 목소리가 높아졌을 뿐이었다. 재철은 앞에 놓인 성냥개비를 입에 물었다.

"그래. 사소한 것에 목숨 걸 필요없지."

조금 비꼬았다고 목숨까지 들먹이는 세영이가 은근히 미웠다.

재철은 한 귀로 듣고 한 귀로 흘려 버렸다.

"규섭이 새끼는 못 올 거고, 근호 새끼는 높으신 양반이니까 튕길 거고, 경수 새끼는 부지런히 오고 있을 거고, 문경이는 뒈졌고, 영수도 사망했고…… 쓰벌. 니네 최근에 국립묘지 간 적 있어? 없지? 바쁘니까. 내가 갔다 왔다. 비 오는 날이 노가다 노는 날이라 쐬주 한 병 차고 문경이한테 갔다. 니들 안부도 대신 전했고…… 모두들 잘 살고 있다고…… 새끼도 까고, 자가용도 사고, 직장도 가지고, 한 달에 한 번씩 모이기도 하면서 잘들 살고 있다고…… 규섭이 소식은 못 전했다. 문경이가 아파할까 봐. 문경이가 그러더라. 영수랑 잘 지내고 있다고. 니들한테 안부 전하래."

아직 술도 마시지 않았는데 울컥, 가슴속에서 치밀어 오르는 것이 있었다. 고등학교를 졸업한 지 14년이란 세월이 흘렀다. 초원다방도 부숴진 판잣집 꼬락서니였다. 한때는 가슴 아픈 사랑이 있던 곳이었다.

영수는 군대를 갔고 나머지는 모두 대학을 다닐 때였다. 혼자 빈둥거리다가 하릴없이 초원다방에 앉아 성냥개비를 쌓았다가 무너뜨렸고 똑똑 분지르기도 했다. 아버지나 동네 어른들을 따라 노가다를 다니기는 정말 싫었다. 물론 공부하기도 싫었다. 공부는 체질에 맞지 않았다. 그때 초원다방에 미스 김이 있었다.

눈 주위에 주근깨가 있었지만 예뻤고 나이는 스물일곱이었다. 재철은 스물하나였다. 국립묘지에 문경이를 묻고 돌아온 재철은 홀로 초원다방으로 돌아와 하염없이 울었다. 배 밑에 깔려 죽어 버린 문경이 때문이 아니라 할 일이 없어 언제나 빈 손인 자신이 미워서였다.

다방의 한 쪽 구석자리에 앉아 질질 짜고 있는데 시키지도 않은 차를 가지고 왔다. 미스 김이었다.

"마셔!"

미스 김은 짧은 한마디를 남기고 돌아섰다. 사내자식이 울고 있다는 부끄러움 때문에 재철은 미스 김을 쳐다보지 못했다. 다만 바닥에 질질 끌리는 슬리퍼를 보았을 뿐이었다. 재철은 커피려니 하고 무의식중에 잔을 입술로 가져갔다. 아, 입 안을 독한 향기로 채워주는 소주였다. 재철은 미스 김을 찾아 두리번거렸다. 어떤 중년의 사내 옆에 앉아 까르륵 깔깔 웃는 미스 김의 뒷모습이 눈길에 잡혔다. 어깨까지 내려오는 긴 퍼머머리에 가슴이 덜커덩 내려앉았다. 첫사랑의 시작이었다.

재철은 미스 김을 김 누나라고 불렀다. 김 누나는 재철을 친동생처럼 따뜻하게 대해 줬다. 재철은 그게 싫었다. 동생이 아니라 여자 앞의 남자로 서고 싶었다. 하지만 김 누나는 그것을 허용하지 않았다.

"공부하기 싫으면 기술을 배워. 나는 재철이가 낮에도 다방에 오는 게 싫더라. 놈팽이처럼 빈둥거리고 있다는 증거잖아. 낮에는 일을 하고, 일이 끝나면 잠시 휴식을 취하거나, 약속이 있어 차를 마시러 오면 훨씬 보기 좋을 거야."

"예."

그때부터 재철은 동네 어른을 따라다녔다. 아버지가 하는 기와 일은 배우고 싶지 않았다. 만일 아버지를 따라다니면 담배도 마음대로 못 피우고 술도 마음 놓고 못 마실 뿐 아니라 삥땅도 못 치고 초원에도 오기가 힘들 터였다. 아버지가 무섭다기보다는 끊임없는 잔소리가 귀찮았다.

재철은 보일러를 배웠다. 주로 새마을 보일러를 놓는 일이었다. 그러다가 아파트 공사를 들어가면 비닐파이프가 아닌 동파이프나 쇠파이프로 공사를 했다. 뒷일을 보는 데모도로 이 년을 따라다니다가 기술자가 되었다.

지방공사가 아니고, 집에서 출퇴근을 하는 경우에는 일이 끝나면 반드시 초원다방을 들렀다. 김 누나는 언제나 그 모습 그대로 재철을 맞이했다.

초원다방의 단골 중에는 외팔이가 있었다. 재철은 그 외팔이가 미워 죽을 지경이었다. 김 누나는 외팔이만 보면 벌벌 떨었다. 얼굴도 잘 생겼고, 몸매도 괜찮고, 따뜻하고 착한 김 누나가 무엇이 부족해서 외팔이한테만은 고양이 앞의 쥐처럼 설설 기는지 이유를 몰랐다. 얼굴도 콩알이 박힌 것처럼 얽었고, 팔이 없어 저 혼자 펄럭거리는 빈 소매가 몹시도 기분 나쁜데다가 눈알도 끝없이 휘번득거렸다.

외팔이가 나타나면 김 누나는 재철이한테 한마디의 말도 붙이지 않았다. 외팔이가 없을 때하고 있을 때하고 사람이 백팔십 도로 달랐다. 재철은 그게 불만이었다. 아니 외팔이에 대한 질투였다. 재철은 한 달에 두 번, 다방의 정기휴일때마다 데이트를 신청했지만 번번히 거절을 당했다. 그러나 딱 한 번 음력 초파일에 수원에 있는 딸기농장으로 놀러 갔다. 그때 재철은 생전 처음 양복을 입고 땀을 엄청나게 뻘뻘 흘렸다. 김 누나는 웃으며 손수건으로 이마에 흐르는 땀을 닦아 주었다. 손수건에서 풍기던 아찔한 여자 냄새에 취했고 김 누나가 팔짱을 끼자 너무 황홀해 재철은 허둥거리다 실수도 많이 저질렀다.

그러던 어느 날이었다. 재철은 규섭이와 함께 술을 마셨다. 규섭이가 막 학교에서 쫓겨나고 도망을 다니던 때였다. 재철은 왜 그랬냐고 규섭을 나무랐다. 규섭은 열을 올려가며 설명을 했다. 재철은 규섭의 설명을 이해하지 못했다. 다만 자신의 경우에 비추어 보아 학교에서 짤린다는 건 무조건 나쁜 일이었다. 좋은 일을 한 학생을 자르는 학교를 본 적도 들은 적도 없는 재철이었다.

학교에서 제적당한 주제에도 규섭은 당당했다. 그리고 엉망으로 술을 마셨다. 결국에는 술값이 모자라 시계까지 맡기고 술집을 나왔다. 통금이 바로 코 앞이라 사당동 텍사스촌의 길 건너편에 있는 태양여인숙으로 기어들었다. 방값이 없어 규섭이의 손목시계를 풀었다. 태양여인숙 옆에는 간판에 목욕탕 표시와 텔레비전 표시를 한 새로 생긴 사당장여관이 있었다.

아침 일찍 재철은 일을 가기 위해 여인숙을 나서다가 그만 못 볼 것을 보고 말았다. 김 누나가 외팔이와 함께 여관문을 나오고 있었던 거였다. 방금 감았는지 퍼머머리에서 하얀 김이 실오라기처럼 피어나고 있었다. 외팔이는 담배를 꼬나 물고 김 누나의 허리에 손을 뱀처럼 휘감고 있었다. 재철은 장승처럼 서서 두 사람의 뒷모습을 이글이글 타는 증오의 눈길로 뒤쫓다가 미친 듯이 달리기 시작했다.

며칠 동안 일도 나가지 않고 술만 무진장 퍼마셨다. 그러다가 말짱한 정신으로 김 누나를 만나러 초원다방엘 갔다. 김 누나는 보이지 않았다. 배달을 서너 번도 더 갔다 왔을 시간이 흘러도 김 누나는 없었고 새로 들어온 레지 아가씨가 바쁘게 차를 나르고 있었다.

"김 누나 어디 갔어요?"

한복을 입은 마담이 지나갈 때 용기를 내어 물었다. 마담이 앞자리에 앉아 팔짱을 끼고 다리를 꼬았다.

"시집갔어."

"시집? 거짓말 마세요."

"정말이야. 시집갔어."

"아니 언제 시집을 갔단 말이예요?"

"그저께 갔다니까. 왜 그래?"

"그 외팔이하고요?"

"외팔이?"

"그래요. 외팔이."

"외팔이를 알아?"

"예. 봤어요."

"그래. 그렇다면…… 아니까 얘길해 주지. 미스 김 그년 아주 불쌍한 년이야. 계모 밑에서 자랐어. 고등학교는 어찌어찌해서 간신히 마치고 공장엘 들어갔어. 거기서 남자를 만났지. 결혼도 않고 동거를 시작했어. 아이를 하나 낳았어. 그때가 스물셋이었어. 그런데 남자가 도망을 친 거야. 미스 김은 아이를 고아원에 주고. 버렸는지 어떻게 알아? 줬다니까 준 줄 아는 거지."

"간호원이 아니었어요?"

"간호원? 미스 김이? 재철이도 참 순진해. 미스 김의 말을 곧이곧대로 믿었어? 거짓말한 거야."

"아무튼 그래서요?"

"식당엘 취직을 했어. 그 식당 주인이 바로 외팔이야. 외팔이가 미스 김을 따먹은 거지. 내가 생각해도 그 외팔이는 지독한 놈이야. 미스 김이 도망치려고 하면 아무데서고 죽인다고 칼을 들이댄다는 거야. 도망을 친 적도 있었지. 도망을 쳐도 소용이 없어. 외팔이가 기어이 찾아내니까."

"죽일 놈의 새끼."

"말하자면 우리 다방에도 도망을 쳐서 온 거야. 그런데 외팔이가 따라왔어. 일 주일에 두세 번은 꼭 나타났지 아마. 그때마다 미스 김은 외팔이를 따라 여관을 가야 했어. 미스 김은 외팔이한테서 벗어나는 것이 평생 소원이었어. 외팔이한테는 의처증 같은 게 있었어. 미스 김이 조금만 거부하는 기색이 보이면 인정사정 없이 개패듯 패는 거야. 나도 봤어. 아주 무지막지한 놈이야."

"개쌔끼."

재철은 담배를 뻑뻑 피웠고, 마담도 담배를 피웠다. 마담의 담배 필터에 찍힌 루즈 자국이 마치 피처럼 보였다. 김 누나가 외팔이라는 독거미한테 물려 흘리는 끔찍한 핏방울이었다.

"미스 김을 아주 좋아하는 남자가 생겼어. 마누라가 죽었는데 애까지 딸린 남자였지. 미스 김도 은근히 좋아하는 눈치였어. 외팔이가 그 낌새를 느꼈나 봐. 여관에서 아주 죽인다고 하더래. 담배로 젖꼭지를 지졌다며 울더라고. 불쌍한 년이야. 약국을 갔다 오더니 갑자기 간다며 가버렸어. 받을 돈도 있는데. 어디로 갔는지 나도 몰라. 외팔이도 새로 생긴 남자도 자주 찾아와 미스 김의 행방을 묻는 걸 보니 이번에야말로 외팔이를 완전히 떼버릴 결심을 했나 봐. 저기 방에 물건도 그대로 있어. 아무튼 더럽게도 불쌍한 년이야."

초원다방에서 미스 김은 그렇게 바람처럼 사라졌다. 재철은 그 후로도 오랫동안 미스 김을 그리워했다. 그것은 친구들도 마찬가지였다. 술을 마시다 술값도 떨어지고 잡힐 물건도 없으면 초원다방으로 달려가 미스 김을 찾았다. 미스 김은 흔쾌히 돈을 빌려 주었다. 물론 그 돈을 갚지는 못했다.

당구장이나 술집에 맡긴 시계와 학생증을 되찾기에도 바빴으니까. 하지만 무엇보다도 재철은 미스 김을 사랑했다. 비록 사랑한다는 말도 없이 끝난 짝사랑이었고 허무한 첫사랑이었지만 그때 재철은 무척이나 행복했다. 그 후로 재철은 다시는 미스 김을 만나지 못했다. 가끔 꿈길에서 만난 것을 제외하고는.

"경수야, 여기!"

두툼한 잠바를 걸친 경수가 도착했다. 재철은 미스 김의 추억에서 깨어나 경수를 맞이했다.

"꼰대 노릇하기 재밌냐?"

"그저 그렇지 뭐. 어후, 힘들다. 지하철이 아니라 완전히 지옥철이다. 숨맥혀 죽는 줄 알았어. 날씨도 꽤 추워졌어."

경수는 손을 싹싹 비비며 앉더니 엽차로 새파랗게 질린 입술을 축였다. 경수는 전교조에 가입했다가 해직을 당했다. 한동안은 잘 버티더니 지금은 입시학원에 나가는 모양이었다.

"얼음물이네. 따뜻한 거 없나?"

허여멀건한 얼굴에 소심해 보이는 눈동자, 구부정한 몸짓의 경수를 보며 재철은 혀를 끌끌 찼다.

"따뜻한 물 주까?"

재철이가 물었다.

"그래."

손만 비비고 있던 경수의 얼굴이 확 펴졌다. 재철은 그런 경수가 무척이나 재미있다.

"마담 아줌마! 마담 아줌마! 얼래? 아줌마라고 했더니 삐쳤나? 마담 언니이. 마담 언니이!"

재철은 바람에 흔들리는 느티나무 가지처럼 간드러진 목소리로 마담 언니를 불렀다.

"예에."

마담의 목소리에 애교가 진득하게 묻어 있다.

"아따 언니라고 하니까 대답을 하는구만. 여기 뜨끈뜨끈한 엽차 한 잔."

"알았습니다. 젊은 오빠아."

하하하하. 세영이와 건우가 너털웃음을 터뜨렸다. 경수는 빙그레 웃을 뿐이었다.

"야, 김경수!"

"뭐?"

"너 젊어 보인다?"

"내가?"

경수가 손가락으로 자신을 가리키며 눈을 동그랗게 떴다. 정말이냐는 투였다. 재철은 그게 더 재미있다. 재철은 경수를 놀려 먹을 심사였다. 경수는 종종 농담과 진담도 구별 못했다. 재철은 거만하게 몸을 뒤로 젖히고 담배를 꼬나 물었다.

"맨날 영계들 틈에서 사니까 안 젊어지고 배기겠어?"

"뭐?"

경수가 어리둥절한 표정으로 되물었다.

"아, 저 형광등."

경수와 재철이를 쳐다보고 있던 건우가 기어이 손바닥으로 머리를 쳤다.

"뭐가 형광등이야?"

얼굴을 살짝 찌푸리며 경수는 건우를 쳐다봤다. 모르겠으니 가르쳐 달라는 표정이었다.

"경수 너 영어 선생님이지?"

드디어 재철은 본격적으로 경수를 놀릴 심사였다.

"그걸 인제 알았냐?"

시덥잖은 말이나 하고 있는 재철이가 한심하다는 투로 경수가 대답했다.

"너 솔직히 말해!"

"뭐를?"

"묻는 말에 솔직히 대답만 하면 돼. 알았지?"

"물어 봐."

"니 제자들 몇 명이나 따먹었어?"

"뭐라고?"

"야가 보청길 사줘야 허나. 몇 명이나 따먹었냐고?"

"학생들이 무슨 과일이냐 따먹게? 그러고 보니 재철이 너 나쁜 생각하고 있지? 요런 도적놈!"

도적놈은 경수의 유일한 욕이었다. 하하하하. 세영과 건우가 배꼽을 잡고 웃었다. 경수는 언제나 재철의 밥이었다. 입이 흠하기로 소문난 재철이와 세상 물정을 모르는 정도가 백치에 가까운 경수였으니 당연했다. 경수는 학교와 가정을 다람쥐 쳇바퀴 돌 듯이 돌면서 살아가는 것에 만족하고 있었다.

세영이와 함께 입사를 했지만 끝내 대기업의 생리를 견디지 못하고 영어 교사가 된 경수는 평생 교단을 지키는 게 꿈이라고 했다. 넓은 평수의 아파트와 중형 자동차를 소망하지도 않았다. 모두들 비현실적이라고 나무랬지만 경수는 고집을 피웠다.

그러다가 전교조가 생기자 조용히 가입을 했고 뒤편에서 묵묵히 활동을 했었다. 명동성당의 단식농성에는 참가하지 않았지만 탈퇴도 하지 않았고 해직을 선택했다. 탈퇴를 했다면 해직까지는 가지 않았을 텐데 경수는 특유의 고집을 앞세워 버팅겼다. 물론 참교육에 대한 열망이 너무 큰 탓이었다.

재철은 경수의 그런 고집을 좋아했으면서도 한편으로는 고집을 꺾어 보겠다고 공공연히 말했다. 아직까지 재철은 경수의 고집을 꺾지 못했다. 경수는 한번 안 한다고 하면 절대로 하지 않았다. 반대로 하고자 하는 일은 하늘이 두 쪽 나도 밀어붙였다. 그것이 너무 단순해서 때때로 엄청난 손해를 보기도 했다.

재철이와 친하게 지내던 친구 중에 행실이 나쁘고 거짓말 잘하기로 소문난 현배가 있었다. 허우대는 멀쩡하게 잘생긴 친구였는데 똥구멍이 찢어지도록 가난했다. 모임에 종종 현배도 끼었다. 나오지 말라고 눈치를 줘도 막무가내로 나왔다. 정기적인 모임에도 얼굴을 내미는 정도였으니 술자리에 끼는 건 너무도 당연했다. 결국 현배는 모두와 친해지게 되었다. 어느 날이었다.

"나 결혼해. 가시내가 떨떨해서 임신을 했는데 애를 못 지우겠다는 거야. 어쩌나 데리고 살아야지. 근데 니들도 아다시피 똥구멍이 찢어지는 판국인데 걱정이다. 수중에 한푼도 없고. 스발, 미치고 폴짝 뛰겠어."

현배는 한숨을 푹푹 내쉬었다. 땅이 꺼질 지경이었다. 친구들이라고 해도 대개가 학생이었고 돈을 버는 사람은 재철이와 영수뿐이었다. 영수는 공장에 다니고 있으니 월급이 손금 보듯 뻔했다. 그렇다고 돈을 융통할 만큼의 부자들도 없었다.

"가구점 아들 상우 있지? 걔가 그저께 백만 원이나 꿔 주더라고. 그걸로 일단 예식장 예약하고 신부 드레스는 맞췄어. 우리 집에서 어떻게 좀 했으면 싶은데, 나 잡아 잡쑤우, 하고 손 놓고 있고. 이거 태어날 때부터 금숟갈을 주둥아리에 물고 나왔어야 하는데, 스발."

지나가는 소리로 상우가 백만 원이나 되는 거금을 내놓았다며 은근히 굴레를 씌웠다. 그랬다. 현배는 친구들한테 헤어날 수 없는 굴레를 씌웠다. 현배가 떠나고 친구들은 최소한 백만 원은 모아야 하지 않겠냐며 머리를 굴렸다.

며칠 후 현배는 청첩장을 가지고 왔다. 종로 5가에 있는 예식장 약도까지 자세히 그려진 청첩장이었다. 결혼식은 불과 일주일밖에 남지 않았다. 현배는 청첩장을 전해 주면서 마치 죄 지은 놈처럼 불쌍하게 굴었다.

돈을 모았다. 용돈을 모두 털었고, 카세트, 카메라, 시계 등등 돈이 될 만한 것은 모조리 전당포에 잡혔다. 간신히 백만 원을 만들어 재철이가 현배한테 돈을 전했다. 그리고 결혼식 당일에 종로 5가에 있는 원앙예식장으로 갔다.

예식장에 현배는 없었다. 나중에 알았지만 애인도, 임신도, 결혼식도 모두 사기였다. 현배는 주변 사람들을 철저히 속이며 사기를 쳤다. 친구들은 더 이상 현배한테 속지 않았다. 그러다 경수가 다시 걸려 들었다. 경수는 너무 착했다.

칠팔 년이 흐른 어느 날 현배는 로얄 싸롱을 직접 몰고 경수 앞에 나타났다. 베이지색 바지에 금빛 단추가 반짝이는 곤색 콤비를 입은 현배가 전교조 지부 사무실에서 퇴근하는 경수를 우연히 만나게 되어 붙들었다. 경수는 어딘가 허황해 보이는 현배가 싫었다. 저녁을 먹자는 걸 속이 안 좋다며 간신히 거절했다. 경수가 제일로 힘들어 하는 것이 거절이었다.

"그러면 커피나 한 잔 하자. 저기 다방 있네."

가까운 다방에서 커피 한 잔 하자는 것마저도 거절할 수가 없었다. 다방에서 현배가 내민 범진건설 총무부장이라는 어마어마한 직함이 찍힌 명함을 받아들고 경수는 반신반의했다. 그러나 현배의 입이 열렸다.

"이번에 짓는 민영아파트는 완전히 주택공사 아파트처럼 짓기 때문에 실평수가 아주 넓어. 거기다가 주택조합 아파트거든. 나도 조합원으로 가입을 했지. 내 앞으로 아파트 한 채가 떨어진다구."

"넌 좋겠다. 나이 서른에 벌써 아파트를 장만하고."

사실이든 아니든 경수는 현배가 부러웠다. 현배의 처세술이 부러운 건 아니었다. 다만 아파트가 부러웠을 뿐이었다.

"개포동에 아파트가 있어. 서른두 평짜린데 전세를 줬지. 처음 그걸 샀을 때 돈이 없어서 사천에 전세를 준 거야. 그리고 아직까지 나도 전세방 신세를 못 면하고 있고."

"돈이 없어서 못 들어갔구나?"

"그럼. 헌데, 이제 거의 다 모아가. 적금 부은 거 낼 모레 사이에 타고, 마누라가 계 들어간 거 타면 삼천오백은 돼. 그래서 이번에 떨어지는 아파트를 아예 팔려구 그래. 나야 어차피 아파트가 있으니까. 경수 너는 주택부금이라도 붓냐?"

"집사람이 붓는 것 같은 눈친데 난 잘 몰라."

"이런 기회는 평생에 한 번뿐인데…… 아파트 장만하는 거 의외로 간단하다, 너. 지금 짓고 있는 아파트가 스물다섯 평인데 시가로 따지자면 일억이천은 될 걸 아마?"

“우와 일억이천이나? 꿈도 못 꾸겠다.”

“일억이천! 그거 별거 아니야. 일억이천짜리 아파트니까 잘만 하면 장기융자 삼천은 받지. 거기다가 단기로 한 이천 받으면 벌써 오천이야. 스물다섯 평짜리 독채로 전셀 주면 오천에서 육천이지. 합치면 일억이잖아.”

“계산은 참 쉽다.”

“계산만 그런 게 아니라 실제가 그래. 투기하는 사람들이 모두 제 돈 갖고 하는 줄 아냐? 천만에 말씀. 모조리 은행돈이야. 은행은 처음이 어렵지 한 번 구멍을 뚫어 놓으면 그 담부터는 만사가 땡이야. 아무튼 나는 지금 오백이 필요하거든. 그래서 현찰로 오백만 주면 아파트 등기를 이전해 줄 생각이야. 경수 너 주변에 아파트 살 사람 있으면 소개 좀 해라. 나도 오랜만에 좋은 일 좀 해야지. 꼬마시절엔 친구들한테 사기나 쳤으니. 웬만하면 니가 사고.”

“못 사. 돈 없어.”

그리고 헤어졌다. 경수는 일억이천을 아주 쉽게 계산하는 현배의 뛰어난 머리에 감탄했다. 경수는 집으로 돌아와 아내한테 현배가 했던 말을 그대로 되풀이했다. 아내의 눈이 반짝거렸다.

다음날 퇴근을 해서 돌아오니 아내가 명함에 있는 전화번호로 전화를 했더니 현배가 정말로 건설회사 총무부장이라는 말을 했다. 믿을 수 없었지만 전화로 확인까지 했다니 믿지 않을 수가 없었다. 하지만 경수는 현배를 잊기로 했다.

일요일이었다. 어떻게 집을 알았는지 현배가 찾아와 자동차에 타라는 거였다. 갈비를 한 짝 들고 온 탓에 모른 척할 수도 없었다. 그런데 현배는 아내도 차에 타라는 거였다.

현배는 아파트 건설현장으로 차를 몰았다. 현장사무소엘 가서 간단히 브리핑을 들었고 현장을 둘러보았다. 일꾼들이 현배한테 꾸벅꾸벅 인사를 했다. 아내는 입을 다물지 못했다. 당신 같은 사람이 언제 저런 좋은 친구를 사귀었냐며 좋아라 했다. 아내는 아파트를 사겠다고 말했다. 현배는 돈을 받기 전에 등기소에 가서 명의이전을 하자고 했다. 그러면서도 정작 등기소에는 가지 않았다. 그러나 아내는 부금을 해약하고 빚까지 얻어서 돈을 건네주고 말았다.

경수가 사기를 당했다는 말을 듣고 재철은 화가 머리 끝가지 솟구쳤다. 당장 현배를 찾아다녔다. 꼬리가 길면 잡히는 법이었다. 재철은 경수를 데리고 나갔다. 현배를 만나자마자 재철은 맥주병으로 머리를 까버렸다. 현배는 피를 철철 흘리며 나가 떨어졌다. 재철은 현배를 짓밟았다.

"야 개쌔끼야. 꼭 친구한테 사기를 쳐야 먹고 사냐, 씨벌놈아!"

"나보고 어쩌란 말야? 다른 사람한테 사기를 치면 당장 쇠고랑을 차는데. 니들은 적어도 내 손에 쇠고랑은 안 채우잖아, 새끼야."

현배가 울면서 말했다. 재철은 할말을 잊었다. 듣고 보니 맞는 말이었다. 하지만 경수한테까지 사기를 친다는 건 용서할 수 없었다.

"경수 돈 오백 내놔!"

"없어."

"재철아 됐어. 나 그 돈 잃어버린 셈 칠란다. 가자."

경수가 재철의 손을 잡아 끌었다. 벌써 삼 년 전의 사건이었다. 아마 경수가 입시학원의 강사로 나가게 된 것도 순전히 그때 진 빚을 갚기 위해서였다.

"경수야. 너 현배 생각나냐?"

재철은 그때를 떠올리며 경수한테 물었다.

"왜? 요새는 뭐하니 걔?"

경수는 담담하게 되물었다. 재철은 그런 경수를 보면서 세상에는 꼭 법이 있어야 된다고 생각했다. 경수는 법이 보호를 해줘야 하는 그런 사람이었다.

"그 새끼 얘기는 왜 꺼내? 기분 잡치게."

오히려 건우가 화를 버럭 냈다. 재철은 건우를 보고 희죽 웃었다.

"메모해 놓고 자리를 옮기자. 나중에 오는 놈들은 메모 보고 찾아오겠지. 노가달 뛰었더니 내 곱창이 비었다고 난리법석이다."

> 여기에 당신의 모습이 보인다. 가슴에 기대어 수줍던 그 모습이. 세월이 흘러서 당신은 떠나고 남겨진 마음에 눈물이 흐르는데. 아, 당신은 이 마음 몰라…… 세월이 흐르면 당신을 잊을까. 눈물이 마르면 당신이 잊혀질까.……
>
> 사람들은 종종 유행가를 부르며 지난 시절을 추억한다. 추억은 아름답지만 또 그만큼 고통스럽다.

맥주를 두어 잔만 마셔도 얼굴이 홍당무처럼 빨개지는 경수다. 경수는 자꾸만 술잔을 돌리는 재철이 때문에 미칠 지경이었다. 시간은 빠르게 흘러 열한 시가 넘어서고 있었다. 매운탕집에서 소주를 마셨고, 스텐드바에서 양주를 마셨고, 지금은 호프집에서 맥주로 입가심을 하는 중이었다.

그 동안에 규섭이가 도착했고 오래지 않아 근호도 왔다. 경수는 규섭이와 근호의 사이에 앉았다. 맞은편에는 재철이가 앉았다. 규섭이가 왔을 때는 떠들썩했다. 죽은 줄 알았다느니, 잘 살았느니 안부를 물었고 손을 내밀어 뜨겁게 잡기도 했다.

건우도 세영이도 기분 좋게 술을 마셨다. 그러나 근호가 오자 의례적인 안부만을 물었고 곧 침묵 속으로 빠져 들었다. 수배자와 기관원 사이에 앉은 경수는 마치 바늘방석에 앉은 기분이었다. 어쩌면 친구들도 마찬가지 심정인지 몰랐다.

침묵을 깬 것은 재철이었다. 경수는 재철이의 말도 안 되는 말들이 그렇게 좋을 수가 없었다.

"나는 노태우보다 전두환이 훨씬 좋더라. 왜 그런 줄 아냐, 근호야?"

"글쎄."

"그것도 모르면서 남산에 있다니. 쯧쯧 하산해라 하산해."

재철이가 유일하게 비꼬지 않은 사람이 있다면 규섭이 하나였다. 경수는 재철의 말을 듣고 왜 노태우보다 전두환이 나은지 곰곰히 머리를 굴려 보았다. 전두환이 더 귀여워서? 아주 웃기는 생각이었다.

"세영이 너는?"

"나도 재철이 니 말에 동감이다. 전두환이 시절에 증권에 투자해서 짭짤하게 수입을 올렸는데 노태우 시절엔 그 두 배로 손해를 봤거든."

역시 세영이 다웠다. 경수는 말없이 세영의 말에 고개를 끄덕이며 재철을 봤다. 재철은 시덥잖다는 투로 콧구멍을 쑤시고 있었다. 그 모습을 가만히 보고 있자니 가관이었다. 코딱지나 코털을 뽑아 세영이한테 후우 불고 있었다.

"기자양반 너는?"

"대머리나 노가리나 그놈이 그놈이지 뭐."

언제나 건우는 명확한 대답을 피했다. 기자답게 날카로운 대답을 기대하던 경수는 흐리멍텅한 건우한테 실망을 했다. 그러는 와중에서도 술잔은 돌고 돌았다. 경수의 얼굴은 빨개졌다가 점점 창

백해지고 있었다. 재철은 건우를 향해서도 코털을 불었다. 경수는 재철의 코털을 피하려 미리 대답을 궁리했다.

"규섭이 너는?"

"……."

대답 대신 규섭은 맥주를 단숨에 들이켰다. 그리곤 빈 잔을 재철이한테 내밀었다.

"잔이나 받아."

콧구멍을 쑤시던 손가락을 바지에 쓱쓱 닦고 재철은 술잔을 받았다. 규섭이가 거품이 넘치도록 술을 따랐다. 재철은 단숨에 잔을 비우곤 근호한테 내밀었다.

"마시고 규섭이한테 줘라."

"고맙다."

"경수 너는?"

근호한테 술을 따르면서 재철이가 슬쩍 쳐다보았다. 경수는 준비했던 대답을 꺼냈다.

"전두환이가 새끼양을 잡아 먹으려다 뱃속에 돌멩이를 잔뜩 채운 늑대라면 노태우는 저 포도는 시다며 그냥 갔다가 몰래 포도를 따먹는 여우가 아닐까 싶은데. 띨띨한 늑대와 교활한 여우라고나 할까?"

"그래서?"

재철이가 또 콧구멍을 쑤시고 있었다. 경수는 녀석이 무슨 말로 꼬투리를 잡을지 몰라 망설였다.

"그래도 여우보다는 순진한 늑대가 좋지 않을까?"

순간, 코털이 날라왔다. 재철이가 요구했던 대답이 아닌 모양이었다.

"지랄 댄스를 하고 있어요. 뭔 대답이 그렇게 어렵냐? 좀 쉬우면 안 돼. 무식한 노가다가 알아들을 수 있어야지 짜식들아아! 난 노태우보다 전두환이가 좋아. 왜냐면 일단 자정이 넘으면 술을 못 마시게 하는 게 노태우야. 또 전두환 시절엔 아무 술집이나 가면 홀딱쇼를 하는 가시내들이 수두룩 빽빽이었어. 어우동쑈, 일본 기생쑈, 뱀쑈, 수중쑈, 얼마나 쑈가 많았냐. 노태우 시절엔 그런 쑈들이 없어졌어요. 고로 난 노태우보다 전두환이 좋다 이거야.”

재철이는 새끼 손가락에 묻은 코딱지를 엄지로 툭툭 튕기며 말을 마쳤다.

“그래, 그래. 재철이 니 똥 굵다 굵어.”

건우가 기어이 한마디를 했다. 재철이가 희죽 웃었다. 오늘따라 재철은 너무 자주 웃었다. 뭔가 기분 나쁜 일이 있는 모양이었다. 경수는 빨리 집으로 돌아가고 싶었다.

“시간도 됐고, 우리 이제 그만 가자.”

“남은 술이나 마시고 일어서자 경수야.”

세영이가 자기 앞의 술잔을 쭉 비우곤 잔을 내밀었다. 더 마시고 싶은 마음이 없었지만 술을 빨리 비운다는 의미에서 잔을 받았다.

“이거 혀 꼬부라지는 소리가 안 들리네? 혀가 꼬부라지지도 않았는데 집엘 간다 이거지? 나는 못 간다. 선생님들은 가셔. 노가다는 남아 더 마셔야 되것다.”

술을 마셨다 하면 뿌리를 뽑아야 일어서는 재철인지라 경수는 혼자라도 일어설 요량이었다. 재철은 자작을 하기 시작했다. 옆에서 술잔이나 병을 잡으면 탁탁 뿌리쳤다. 술이 떨어지자 재철은 마지막이라며 다섯 병을 더 시켰다.

“문경이 새끼는 국립묘지에 있고, 영수 새끼는 바람 속에 있다. 새끼들아. 니들이 그렇게 잘났어? 명절 전에 문경이네 집에, 영수네 집에 가본 새끼 있어? 집도 모르지? 더런 새끼들. 그러면서 뭐 친구라고? 웃기지 마, 새끼들아.”

구구절절이 재철의 말은 옳았다. 재철이만 빼놓고 모두들 침묵

214

속으로 빠져 들었다. 경수는 괴로워서 죽을 지경이었다. 밤길을 걷다가 웅덩이에 빠졌는데 그 발을 빼지 못하고 서 있는 그런 꼬락서니였다. 규섭이가 담배를 피우자 너도 나도 따라서 담배를 피워 댔다.

"나 먼저 간다."

근호가 일어섰다. 경수는 근호가 부러웠다. 언제나 먼저 일어서서 가는 용기를 가진 친구는 근호밖에 없었다. 경수는 미적거리다가 때를 놓치기 일쑤였다. 세영이와 건우는 재철이와 함께 문을 닫고서 영업을 계속하는 술집을 찾아 나서곤 했다. 근호가 일어서자 재철이가 희죽 웃었다. 팽팽한 긴장감이 감돌았다. 근호가 지갑을 꺼냈다. 술값을 낼 모양이었다.

"앉아 새끼야! 남산 높은 곳에 있으니 나 같은 노가다는 우습다 이거지?"

"……"

근호는 말없이 서서 재철을 노려보았다. 재철은 콧구멍을 파더니 코털을 후우 불었다. 코털은 근호를 향해 날라갔다.

"재철아, 그만해!"

규섭이가 근호를 도왔다. 재철은 술을 마시고는 빈 잔을 만지작거렸다. 경수는 겁이 더럭 났다. 혹시라도 싶어 탁자 위에 놓인 빈 술병들을 바닥으로 내려놓았다.

"규섭이 너도 잘난 놈이지?"

"재철아, 기분 좋게 술 마시고 왜 그래?"

세영이가 재철의 손을 잡았다. 재철은 가만히 세영의 손을 뿌리쳤다.

"난 기분 나쁘게 마셨다, 왜? 내 입에서 험한 소리 나오기 전에 근호 너 앉아!"

"나한테 뭘 어쩌자는 거야, 재철아. 정말 이러면 다음부턴 안 나올 거야, 나.”

근호도 지지 않았다. 재철이가 근호를 올려보았다. 우는 것 같기도 했고 혹은 광기가 서린 것 같기도 했다. 경수의 마음이 조마조마했다.

“오늘도 나오지 말지? 언제는 니가 잘 나오기나 했냐, 새끼야!”

“나 정말 더러워서.”

근호가 도로 앉았다. 경수는 안도감에 가슴을 쓸어내렸다. 이제 재철이는 진정될 터였다. 경수는 재철이의 마음을 알고 있었다. 영수 때문이었다. 어쩌면 재철이는 영수의 이름을 소리쳐 부르고 싶어하는 건지도 몰랐다. 영수는 우리들 모두의 상처였다. 문경이가 죽은 것은 어쩔 수가 없었다. 그러나 영수는 달랐다.

영수는 말이 없고 우직했다. 황소처럼 눈을 꿈벅거리며 조용히 뒷전에 앉아 있던 친구였다. 어렵고 힘든 일은 재철이와 함께 도맡아 하지 않았던가?

그런 영수가 노동운동을 할 줄은 아무도 몰랐다. 심지어 규섭이까지도 모르고 있었다. 근호가 학교를 졸업하고 대공과 형사가 되었을 때 영수는 은밀히 노동조합을 띄울 준비를 하고 있었다. 규섭이가 제적을 당해 가리봉동의 민중교회에서 간사를 하고 있을 때 영수를 만났다.

영수는 이미 협진제강에서 해직된 경험이 있었고 당시는 샤프펜슬을 생산하는 부흥정밀에 근무하고 있었다. 부흥정밀은 노동조건이 나쁘고 사업주도 약독하기로 독산동과 시흥 일대에서 소문난 사업장이었다.

그때만 하더라도 드러내 놓고 노동운동을 할 시절은 아니었다. 워낙에 탄압이 심했기 때문이었다. 봄이 왔고 춘투가 시작되었다. 겨우내 숨을 죽이고 있던 새싹들이 파릇파릇 움을 틔웠고 개나리 진달래 백목련이 한창이었다.

구로동과 그 주변에 있는 크고 작은 공장에도 꽃들이 앞다투어 피어났다. 그러나 영수가 다니던 부흥정밀은 그 꽃을 피울 준비가 되어 있질 않았다.

규섭도 근호도 그것을 알고 있었다.

파업이 시작되었다. 근호는 촉각을 곤두세웠다. 아무리 자신이 형사라고 해도 어쨌든 영수는 친구였다. 불행 중 다행인 것은 관할 지역이 달라 직접적인 접촉이 없다는 것뿐이었다.

영수는 옥상에서 최후의 저항을 했다. 온몸에 휘발유를 뿌리고 구호를 외쳤다.

"노동자도 인간이다. 인간답게 살아 보자. 경찰은 철수하라. 만일 철수하지 않으면 분신하겠다."

영수는 핸드 마이크로 구호를 외쳤다. 그것은 구호라기보다는 오히려 절규에 가까웠다. 끝내 사복체포조가 옥상에 올라갔다. 사복체포조가 옥상에 도착했을 때는 이미 불을 당긴 뒤였다. 영수는 이틀 후 병원에서 고통스러운 삶의 마지막을 불태우고 갔다.

그 사건으로 규섭은 또 한 번 기나긴 잠행을 해야 했다. 근호는 충격을 받고 휴직했다. 경찰의 삼엄한 경비 속에 이루어진 영수의 장례식에 참석한 친구는 재철이 혼자였다. 재철이가 오랜 세월 동안 분노하는 이유는 장례식 때문이었다.

경찰이 서둘러 영수의 시신을 강탈해다가 화장을 하고 만 것이었다. 설사 그렇다고 치더라도 불알친구들은 왔어야 한다는 게 재철의 논리였다. 체포되더라도 규섭이는 와야 했고, 형사였기에 근호는 불에 탄 영수의 시신을 지켜야 했고, 나머지는 자식을 가슴에 묻어야 하는 부모님을 위로하기 위해서 와야 했는데 아무도 오지 않았다는 거였다.

비록 한줌의 뼛가루를 바람에 날리는 장례였지만 친구들이 오지 않아 영수가 무척 외로웠다며 틈만 나면 재철은 그 말을 꺼냈다.

사람은 모름지기 죽어 흙으로 돌아가야 하는데 어찌 바람 속으로 떠날 수 있느냐고 재철은 울부짖었다.

"재철아 이만 가자."

내일은 일요일이었지만 집에 가 뻐근한 몸을 누이고 싶었다. 펄펄 끓는 구들장에 허리를 지지고 나면 분필가루를 마셔 만성피로를 보이는 몸이 가뿐해질 터였다. 그리고 다음 주일 내내 현장탐방이 있었다. 현직에 있는 교사들도 만나고 아이들도 만나는 현장탐방은 중요한 행사여서 빠질 수도 없었다.

"야, 우리 터키탕 가자."

재철이가 희죽 웃으며 난생 처음 듣는 목욕탕을 가자고 제의했다. 경수는 싫었다. 자정이 넘었는데 목욕이라니. 미친 짓이었다. 하지만 터키탕이 뭔지는 궁금했다. 목욕탕에 가면 핀란드식 한증막이 있는 것처럼 목욕탕 자체를 터키식으로 만든 것인지도 모른다고 생각했다.

"터키탕이 뭔데?"

"경수 너 한 번도 안 가 봤냐?"

재철이가 되물었다. 건우와 세영이와 근호는 알고 있는 듯 빙그레 웃었다. 경수는 몰라도 정말 너무 몰랐다. 저렇게 모르고서도 이 험난한 땅에 살아 있는 게 신기했다.

"그런 목욕탕은 이름도 첨 듣는다."

"끝내주는 곳이야. 씻겨 주고, 주물러 주고, 빨아 주고, 해주고."

경수는 재철이의 아리송한 대답을 듣고 머리 속으로 그림을 그려 보았다. 씻겨 준다면 결국 때밀이가 있다는 말인데…… 그 정도는 아닌 모양이었다.

"뭔데?"

"야, 우리 착한 영어 선생님 타락 한번 시킬까?"

"조오치."

재철이의 타락 운운에 건우가 맞장구를 쳤다. 경수는 규섭이를 흘깃 보았다. 규섭은 허공에 담배연기만을 뿜어대고 있었다.

"경수 너 잘 들어. 터키탕이 뭐냐면? 너 같은 쑥맥을 때빼고 광 내 주는 목욕탕이야. 처음에 딱 들어가면 미스코리아나 모델처럼 쫙쫙 빠진 팔등신 미녀들이 삼각빤쓰 하나만 입고 정중히 맞이하 지. 너는 그냥 서 있기만 하면 돼. 미녀들이 알아서 다 해주니까. 처음엔 옷을 벗겨 옷장에 걸어. 다음엔 욕탕엘 가서 씻겨 주지."

여기까지 말하고 건우는 뜸을 들였다. 건우의 말은 너무 신기했 다. 마치 딴 세상의 이야기를 꾸며서 들려주는 것 같았다.

"여자가 남자를?"

"그럼."

세영이도 거들었다. 경수는 다음이 궁금했다.

"다음엔?"

"그 다음엔 안마를 해주는 거야. 세상에서 제일 황홀한 안마야. 미녀가 삼각 빤쓰도 벗고 온몸으로 맛사지를 해줘. 주무르고 올라 타고."

"그 다음엔?"

"그 다음은 니가 직접 가 봐. 말로는 설명할 수가 없어."

"그거 불륜이지?"

"불륜!"

우하하하. 낄낄낄. 모두들 배꼽을 잡고 웃어 제꼈다. 경수는 친구 들이 왜 웃는지를 몰랐다. 버젓이 아내가 있으면서 다른 여자와 관 계를 갖는다는 건 상식적으로 불륜이었다.

"좋았어. 경수는 오늘 내가 책임지지. 규섭이는 근호 니가 책임 질래?"

재철이가 호기 있게 나왔다. 경수는 뭘 책임진다는 건지 언뜻 이 해가 되질 않았다.

“그래. 터키탕 한 번 가자, 제기랄, 규섭아 넌 내가 책임지께!”

아까만 하더라도 먼저 가겠다던 근호도 신발끈을 고쳐 맸다. 경수는 집엘 가야 할지 친구들을 따라 터키탕을 가야 할지 선뜻 결정을 못 내리고 미적거렸다.

“우리는 누가 책임지냐?”

건우가 섭섭하다는 투로 꺼들었다.

“세영이하고 건우는 니들 꺼 니들이 내. 니들은 임마. 돈 잘 벌잖아. 꼰대가 돈이 있겠냐, 투사가 돈이 있겠냐?”

“이거 따돌림당하는 기분인데. 좋아 카드로 긁지 뭐.”

세영이도 흔쾌히 발을 벗고 나섰다.

“나는 세영이만 믿는다. 요샌 촌지도 안 들어오고 완전히 거지 신세다.”

건우가 세영이한테 은근히 떠넘기며 설레발을 쳤다. 규섭이 하나만을 빼놓고 모두들 즐거운 표정들이다. 술도 마실 만큼 마셨고 취하기도 취했으니 있는 객기 없는 객기를 모두 부려도 나무랄 사람이 없었다.

“니들끼리 가. 나는 그만 갈란다.”

허공을 보며 줄담배를 피우던 규섭이가 나직히 말했다. 순간, 침묵이 흘렀다. 경수는 재철이의 표정을 살폈다. 이젠 희죽거리며 웃지도 않았다. 얼음장처럼 차가운 표정으로 먼 산을 보는 재철의 얼굴을 보니 경수는 불안했다. 짧았지만 길게 느껴지는 침묵 끝에 재철이가 담배를 꼬나 물었다. 한 모금의 연기가 허공 중으로 흩어져 갔다.

“규섭이 가면 나도 갈래.”

경수는 발을 뺐다. 규섭은 경수를 보았다. 자본주의 사회는 인간성을 파괴시키는 무서운 바이러스들이 도처에 잠복하고 있었다. 그런데 경수는 예방체계가 세워져 있지 않은 사람이었다. 눈에 보이지 않는 단 하나의 바이러스에도 치명적인 질병에 걸릴 수도 있었다. 아마 대학엘 다닐 때도 공부를 한답시고 도서관에만 처박혀 있었던 모양이었다. 그 흔한 학과행사에도 몸이 아프다거나 집에 일이 있다면서 뒤로 살살 빠지면서.

"휴우―. 영수가 이렇게 갔지…… 남아 있는 우리들은 이렇게 키득거리며 떼씹이나 하자고 음모를 꾸미고…… 슬프구만…… 하지만 불행 중 다행이다. 규섭이 너는 우리들의 순결이야. 마지막 남은 순결이지. 나는 순결을 지키고 싶어. 하지만 경수 너는 남아라. 아이들을 가르치는 꼰대가 세상을 알아야지. 얼마나 더럽고 썩어 문드러졌는지를. 규섭이는 먼저 가. 잡지 않으마. 근호 너 규섭이 책임진다고 했지?"

"응."

"그 돈 내놔!"

재철이의 목소리는 단호했다. 경수는 재철이의 이런 모습을 처음으로 봤다. 예전에 현배를 찾았을 때도 이러지는 않았다. 근호가 지갑에서 수표를 꺼냈다. 재철은 수표를 받아 들었다.

"규섭이 너 돈 없지? 부담 갖지 말고 받아라. 아무리 투사라고 해도 쫓기는 몸이니 주머니에 비상금은 항시 있어야 되는 법이다. 이건 너의 순결을 지켜보는 우리들의 우정이야. 받아."

"재철아."

"규섭아. 우리가 영수한테 문경이한테 이만큼만 해줬어도 나 이러지 않아. 너마저 빼앗기고 싶지 않단 말이야. 니가 징역을 가면 우리는 그저 쳐다보기만 해. 부디 순결을 지켜다오, 우리들의 시인!"

재철이의 눈에서 먼저 눈물이 떼구르르 굴러 내렸다. 아무도 재철이가 눈물을 흘릴 줄은 몰랐다. 원래 술에 취하면 횡설수설은 했지만 오늘처럼 진지한 적은 없었다. 눈물을 보는 경수의 기분이 묘

했다. 규섭은 이마에 손을 얹고 가만히 앉아 있었다. 재철의 눈물
은 하염없었다.

경수는 문득 터키탕엘 가면 안 된다는 생각에 사로잡혔다. 결국
돈 주고 여자를 산다는 의미 외에는 아무것도 아니잖는가 싶었다.
지아비로서 아니 그보다 먼저 교사로서 분명히 지켜야 할 것들이
있었다. 그것을 포기하면 교단에 서서 아이들의 눈동자를 마주 볼
수가 없는 셈이었다.

"나도 규섭이랑 먼저 가께."

"안 돼!"

주먹으로 눈물을 슥슥 닦으며 재철은 단호하게 잘랐다. 경수는
아득했다. 솔직히 터키탕엘 가고 싶었다. 하지만 규섭을 보며 자질
구레한 유혹과 욕망으로부터 자신을 지키고 싶었다.

> 만약에 내가 고통을 받아야 한다면 진
> 실과 사랑과 자유와 고독과 역사와 마지
> 막으로 사람을 위해 받고 싶다. 여기는
> 머나먼 서울이다. 어디 만큼 왔나? 어,
> 디, 만, 큼. 눈물은 흘러 어디로 가나?

지독한 두통이 몰려왔다.

규섭은 양손의 엄지로 관자놀이를 힘 있게 눌렀다. 몇 번인가 반
복을 했더니 두통이 조금 가라앉았다. 방 안은 어두침침했다. 규섭
은 일어나서 불을 켰다. 쓰다 만 원고가 눈에 들어왔다. 원고를 보
니 문득 으스스 소름이 돋고 두려웠다. 언젠가 삼십팔 년이나 징역
살이를 마치고 나온 장기수 선생님이 말했다.

"가끔 한 선생 글을 읽었다오. 좋은 글이었소. 나는 동지들의 글

을 읽을 때 한 글자 한 글자를 마치 굽이치는 역사의 한 장면으로 읽는다우. 그것이 시든 소설이든 혹은 짧은 선전문이든 과학적인 이론이든. 그러니 항시 문장에 마침표를 찍기 전에 역사를 생각했으면 좋겠다는 게 못난 사람의 당부요. 이론이나 이데올로기가 어떻게 변하든지간에 역사는 결국 사람을 떠나 존재할 수 없소. 헌데 인테리겐차는 종종 사람은 잃어버리고 역사만 껴안고 있지요. 그것도 알맹구는 쏙 빼놓고 껍질만 말이요. 그걸 패배라고 하는 거지요. 얼마나 잘 싸웠느냐가 아니라 얼마나 잘 지키고 견디느냐가 문제로 대두된 것이 징역살이였소. 좋은 글 많이 부탁하오."

"과찬이십니다."

무서운 당부였고 규섭은 부끄러웠고 한편으론 강렬한 충격을 받았다. 그 후론 언제나 경건한 마음으로 원고를 대했다. 하지만 빈 원고는 막막한 바다였다. 너무나 막막해서 때로는 흰 포말의 파도에 몸을 싣고 싶은 충동을 느끼기도 했다. 그때마다 장기수 선생님의 이야기를 되새겼다.

이제 찬물에 한바탕 세수를 하고 들어와 원고를 마무리해야 했다. 미래는 불확실했고 현실은 애매모호했다. 그러나 인간들은 직립보행을 시작한 이래 확실한 미래를 위해서만 역사를 투자하지 않았다. 언제나 현실은 안개처럼 애매모호했고 미래는 산맥 너머의 저쪽처럼 불확실했다. 그것을 뚫고 나가야 했다. 규섭은 기어이 그 돌파구를 찾아내고 싶었다. 그러나 아무리 낑낑거려도 머리가 꽉 막혀 있어 한 문장도 이어가질 못했다.

잠바를 걸치고 작은 방을 빠져 나왔다. 어디 분식집에 가서 칼국수라도 사먹을 요량이었다. 구불구불 골목을 빠져 나오다가 규섭은 그만 걸음을 멈추고 섰다. 서울의 하늘에 두둥실 보름달이 떠 있었다. 규섭은 넋을 놓고 보름달을 쳐다보며 간신히 골목을 빠져 나왔다.

혼자 칼국수를 사 먹는데 자꾸만 목, 에, 걸, 렸, 다. 아내 문희의 얼굴이 떠올랐고 어린 아들 해진이도 보고 싶었다. 규섭은 칼국수 한 그릇을 비우지 못하고 분식집을 나왔다. 외로웠다. 무심히 지나치는 사람들과 자동차를 보며 규섭은 뼛속 깊이 파고드는 외로움에 터덜터덜 걸었다.

걷다가 발걸음을 멈추고 우두커니 서 있기도 했다. 정신을 차려 보면 아가방 같은 유아용품 가게였다. 공중전화 앞에서도 오랜 시간을 서성거렸다. 전화를 걸 수도 집으로 갈 수도 없는 처지가 그토록 지겨울 수가 없었다.

문득 한강이 보고 싶었다. 규섭은 버스를 타고 용산에 내려 한강으로 나갔다. 강변의 밤바람은 거칠게 규섭의 가슴을 파헤쳤다. 규섭은 옷깃을 여미고 강둑에 앉아 반짝이며 흘러가는 강물을 바라보았다. 외로움에 소란스럽던 마음이 진정되는 듯했다.

자동차를 몰고 온 청춘남녀들이 컵라면을 사 먹기도 했고 커피가 든 종이컵을 두 손으로 감싸고 노란 가로등 아래를 거닐었다. 날씨가 추워서인지 산책을 하는 사람들은 별로 없었고 대부분은 자동차 안에서 이야기를 하거나, 포옹을 하고 있었다. 규섭은 거북선 나루터로 내려와 소주를 한 병 샀다.

홀로 쓸쓸히 술을 마셨다. 보름달은 휘엉청 동작대교 위에 떠 있었고 물결 위에도 황포 돛단배처럼 떠 있었다. 규섭은 도저히 참을 수가 없었다.

문희가, 아들 해진이가 간, 절, 히, 그리웠다. 규섭은 소주를 목구멍에 털어놓고 그 길로 택시를 타고 사당동으로 향했다. 문희를 한 번만 만나고 잡힌다면 즐거이 잡혀 주리라. 해진이를 한 번만 으스러져라 껴안기만 한다면 웃으며 끌려가리라.

정말이지 이 지긋지긋한 수배생활에서 빠져 나오고 싶었다. 사람들도 마음 놓고 만나고 싸움도 마음 놓고 해 보고, 두 발 쭉 뻗

고 아내 곁에서 자고 싶었다. 이것을 막는 국가권력이란 얼마나 치
사한가.

규섭은 사당동 뒷골의 연립주택 반지하의 전세방으로 통하는 계
단에 섰다. 잠복하는 형사들이 있나 없나를 살필 겨를도 없이 단숨
에 달려온 거였다. 규섭은 심호흡을 크게 하고 초인종을 눌렀다.
딩동, 딩동, 딩동. 초인종소리는 천둥처럼 울렸다. 다리가 후들거렸
다.

"누구세요?"

그리운 목소리였다.

"나야."

"누구신데요?"

"나라니까?"

"아니!"

문이 활짝 열렸다. 규섭은 문 안으로 뛰어들었다.

"아니 당신! 어쩌려구 왔어요?"

규섭은 활활 타는 불길로 문희를 바라보았다.

"그냥 왔어. 해진이하고 어머니는?"

"부평 형님집에 가셨어요. 세상에! 빨리 나가지 못해요! 당신답
지 않게 이게 뭐예욧! 당장 나가요 빨리!"

"어어? 문희야!"

문희의 얼굴에선 찬바람이 씽씽 불었다. 규섭은 문희가 반가워
할 줄 알았다. 위험을 무릅쓰고 별안간에 찾아올 줄 아는 남편의
열정에 감격하리라고 예상을 했었다.

"나가요, 빨리!"

막무가내로 나무라는 문희한테 떠밀려 규섭은 집에서 쫓겨났다.
어이가 없었다. 문희는 철커덕 보안 열쇠를 잠구고 말았다. 규섭은
다시 초인종을 눌렀다. 문이 빼꼼 열렸다.

“야! 한규섭. 엄살 좀 떨지 마. 한규섭이가 나 임문희 혼자의 사람인 줄 알고 있니? 그러고도 니가 한규섭이니? 좋아, 이혼하려거든 들어와도 좋아.”

철커덕. 보안 열쇠를 풀고 문희는 문을 활짝 열어 제쳤다. 오히려 규섭은 한 발자국도 움직일 수가 없었다. 그래. 이 여자가 없다면 내가 어떻게 견딜 수 있었단 말인가.

“얼굴 봤으니 이제 가께. 몸조심하고 잘 있어.”

규섭은 돌아섰다. 무너지는 자신을 일으켜 세워 준 문희가 정말 고마웠다. 문이 닫혔다. 규섭은 뒤를 돌아보지 않았다. 돌아보면 그대로 뛰어들 것만 같았다.

뒷골엔 커다란 공중변소가 하나 있다. 규섭은 공중변소를 돌아 산길로 접어들었다. 하늘엔 보름달이 떠 있었고 가슴엔 위이이잉 싸늘한 바람이 불었다. 규섭은 산길을 돌아 낙성대역으로 빠질 작정이었다. 보름달이 기나긴 그림자를 만들어 주었다.

“해진 아빠.”

휘파람소리처럼 낮게 규섭의 발길을 낚아채는 목소리가 있었다. 돌아보니 문희가 뛰어오고 있었다.

“추운데 바바리 가져가라고, 흐흡.”

문희가 규섭의 가슴에 뛰어들었다. 작은 새 한 마리가 규섭의 가슴속에서 파다닥 떨고 있었다. 규섭은 문희의 얼굴을 쓰다듬었다. 손가락에 눈물이 만져졌다. 따뜻한 눈물이었다.

규섭은 작은 방으로 돌아왔다. 싸늘한 냉기가 전신을 휘감았다. 옷섶을 파고들던 강바람 때문인지 코가 맹맹했다. 아무래도 반갑지 않은 손님이 찾아온 모양이었다. 홀로 있을 때 앓는 것만큼 고통스러운 일이 또 있을까?

사실 앓는 건 두렵지 않다. 정작 두려운 것은 외로움이었다. 혼자라는 외로움이 아니라 활동을 정지당했다는 그런 미묘한 외로움 때문에 규섭은 자주 지치곤 했다. 힘든 노동일을 하지 않았는데도 정신이 지치면 육체도 따라 지쳤다. 하루종일 잠을 자야 했고 깨어나면 병든 병아리처럼 꾸벅꾸벅 졸았다. 또 먹어도먹어도 허기가 졌다.

외로움으로부터 자신을 지키기 위해 규섭은 책을 집어 들었다. 책에는 걸어가야 할 자신의 앞날이 명확히 제시되어 있는 것은 아니었지만 자칫 감상으로 빠져 들기 쉬운 정신의 황폐화를 경계하기 위해서였다. 그러나 빈 칸으로 남아 있는 원고지가 아른거려 활자가 눈에 들어오지 않았다. 규섭은 책을 덮고 원고지를 끌어당겼다.

새로운 긴장감이 느껴졌다. 정치적 긴장과 실존적 긴장이 한꺼번에 찾아온 것이다. 이 팽팽한 긴장감을 잃지 말아야겠다는 결심이 섰다. 어쩌면 긴장감 속에 내일이 있는지도 몰랐다.

"대중들도 예전과 달라요."

원고를 받으러 온 후배가 스쳐가는 투로 말했다. 하지만 그 말 속에는 후배의 고민이 담겨 있었다. 규섭은 모질어지기로 작정했다.

"왜, 러시아혁명 당시의 대중인 줄 알았어?"

"그건 아니지만요."

"대중은 빠른 속도로 변하고 있는데 우리만 제자리 걸음이야."

"정말 그래요."

"그런 줄 알면 고쳐야지. 언제까지 주저앉아만 있을 거야?"

이 말은 규섭이 자신한테 던진 말이기도 했다. 정말이지 이대로 주저앉을 순 없었다. 솔직히 후배는 열성적으로 뛰고 있었다. 어릴 때 소아마비를 앓아 발이 불편했지만 그런 것은 조금도 개의치 않았다. 문제는 항상 이름만 들어도 아는 명망가들에게 있었다. 현장에서 일하는 숱한 무명의 일꾼들은 한 달 교통비 칠만 원도 제때에 받지 못하면서도 그들의 자리를 지키고 있었다. 규섭은 믿었다. 역사는 분명히 그들과 함께 하리란걸. 규섭은 그만 입을 다물었다. 곧 아이를 낳는 후배에게서 오히려 배워야 했다. 후배의 어머니는 여전히 식당으로 파출부를 나가고 있었다.

원고를 넘겨주고 돌아오는 지하철에서 신문을 샀다. 건우가 재직하고 있는 삼성일보였다. 신문을 뒤적거리다 규섭은 경수의 이름을 발견했다. 신문을 보는 규섭의 손이 떨렸다. 어찌하여 또 한 명의 친구를 세상에 빼앗겨야 하는지 도대체 믿을 수가 없었다.

규섭은 지하철을 바꿔 타고 봉천동으로 갔다. 그 동안에 문경의 하얀 해군 제복이 떠올랐고, 불길 속에서도 마지막 절규를 내뱉는 영수의 모습도 떠올랐다.

상가를 알리는 노란 등이 전봇대에 매달려 있는 골목으로 들어가니 사람들이 제법 많았다. 규섭은 주저 않고 골목으로 들어섰다. 여자의 울음소리가 골목 안쪽에서 낮게 깔리고 있었다.

"섭이냐?"

알아보니 근호였다. 규섭은 근호의 손을 잡았다가 놓았다. 두 사람은 오랫동안 서로 말을 하지 않고 있었다. 어쩌면 그게 편했는지도 몰랐다.

빈소에 들어가 절을 했다. 백면서생, 경수의 얼굴에 검은 줄이 삼각형으로 늘어져 있었다. 경수의 아내는 퉁퉁 부어 있었고, 아들은 그 옆에서 새우잠을 자고 있었다. 그때 바깥에서 짐승의 울음소리가 들렸다. 재철이었다. 세영이가 무어라 중얼거리며 재철이를 말리는 게 보였다. 규섭은 빈소를 나와 담배를 빼물었다. 건우가 따라 나왔다.

"어쩌다 저렇게 된 거야?"

"과로. 말 들어 보니 경수 그 새끼 지독한 놈이었어. 학원 강사를 하고 있다는 죄책감 때문에 전교조 활동을 두 배로 열심히 한 거야. 그날도 전에 있던 학교에 갔다 와서 피곤하다며 일찍 잠자리에 들었대. 근데 아침에 보니 죽어 있더라는 거야. 이럴 수 있는 거니?”

지난달 모임을 끝내고 함께 택시를 탔을 때 알아봤어야 했었다. 식은 땀을 줄줄 흘리는 경수한테 ‘몸이 많이 약해진 거 같다 너?’라며 그저 인사치레로 한마디를 던지고 만 것이 못내 가슴에 걸렸다. 허망하고 멍멍했다. 아무 생각도 나지 않았다.

“거짓말 같애.”

규섭은 간신히 한마디를 했다. 정말이지 경수의 죽음은 거짓말 같았다. 믿어지지도 느껴지지도 않았다.

“손님들 몰려오는데 일이나 해야겠다.”

건우는 집 안으로 들어갔다. 웬일인지 눈물 한 방울 나오지 않았다. 슬프지도 않았다. 다만 이 좁은 두 칸짜리 전세방에서 상(喪)을 치를 일이 걱정이었다. 규섭은 먼저 해야 할 일을 찾았다. 우선 골목에다 손님들을 치를 모닥불을 지피는 게 급했다. 사람들은 상가에 와서도 끝없이 마셨고 먹었다. 고인의 지인(知人)들을 대접하는 건 이 땅의 좋은 풍습이었다. 규섭은 연탄을 엇갈리게 쌓아 불을 붙였다. 밤이 새도록 이 불은 꺼지지 않고 이 어두운 골목을 지킬 터였다. 문상 온 사람들은 연탄불에 손을 내밀고 추위를 녹일 것이다.

재철은 대문에 머리를 박고 대성통곡했다. 상가집에 썩 어울리는 통곡이었다. 규섭은 재철이가 왜 저토록 괴로워하는지 알고 있었다. 하지만 그것은 재철의 탓이 아니었다. 학교 선생님들이 모여 앉아 두런두런 경수에 대한 추억을 이야기하거나 주변에서 일어난 자질구레한 이야기들을 보따리보따리로 풀어놓고 있었다. 추억은 언제나 살아 있는 사람들의 몫이었다. 규섭은 그들에게 술상을 차려 주었다.

　재철은 여전히 짐승처럼 끄이끄이 울고 있었고 하늘엔 달도 보이지 않았다. 눈이 오려는지 먹장구름이 낮게 깔린 하늘을 보며 규섭은 담배를 격렬하게 빨았다. 불빛이 빨갰다. 사람의 시간이 울음 소리에 젖어 축축하게 흘러가고 있었다.

활엽수림에서

1

어둠보다 짙은 막막함이 낡은 유리창을 두들겼다.

영후는 고개를 들어 덜커덩거리는 유리창을 망연히 바라보았다. 몹시도 외로웠다. 손가락을 헝클어진 머리에 쑤셔 박았다. 아무런 이유도 없이 눈물이 떨어지려는 걸 가까스로 참았다.

투둑, 투두둑, 쏴아아. 갑자기 소나기가 쏟아져 내렸다. 영후는 눈을 감고 소나기소리를 들었다. 머리 속에 바람부는 대숲의 풍경이 저절로 그려졌다. 바람이 불면 댓잎들은 일제히 서로 몸을 부벼 하나의 소리를 만들었다. 그 소리와 소나기소리는 너무나 흡사했다. 영후는 눈을 떴다. 대숲은 졸지에 사라졌다. 그리고 다시 찾아드는 이 막막함⋯⋯.

방안에 가득찬 이 막막함은 술기운 때문이 아니었다. 문학박사 학위만 받으면 모든 게 잘 되리라고 믿었건만 벌써 일 년 넘게 세월을 그냥 허비하고 있는 중이었다.

행여나 혹시나 하며 보따리를 싸들고 눈썹을 휘날리며 서울이고 지방이고를 가리지 않고 뛰어다녔다. 물론 먹고 살기 위해서는 아니었다. 먹고 살기 위해서라면 진작에 번듯한 출판사에 주간 자리 하나는 꿰찰 수 있었다.

어린 학생들은 듣기 좋게 교수님이라고 부르지만 사실은 하루살이나 다름없는 시간강사에 불과했다. 하다못해 전문대학의 연구실도 영후에겐 머나먼 꿈이었다. 박사 학위는 서울의 명문대학에서 받았지만 영후의 본디 호적은 지방대학이었다. 학맥과 인맥이 거미줄처럼 엉켜 있는 마당에 지방대학 출신이라는 딱지는 더더욱 영후의 날개를 옭아맸다.

오전에는 천안에서 강의를 했고 오후엔 대전에서 두 시간을 때웠다. 장마전선이 북상중이라는 기상대의 예보에 맞게 창 밖의 풍경은 물기에 젖어 축축했다. 한바탕 소나기가 쓸고 갔는지, 도로 주변의 가로수도 논에서 한창 발돋움을 하고 있는 벼들도 멀리 산기슭을 가득 채운 나무들도 싱그러웠고 푸르렀다.

논에서 먹이를 찾던 해오라기 한 마리가 우아한 날개를 흔들며 하늘로 떠올랐다. 노란 비옷을 걸친 농부가 담배를 입에 물고 천천히 논둑을 걸어갔다. 차창 밖의 풍경이 마치 더러운 유리창을 깨끗하게 닦은 뒤에 바라보는 하오의 운동장처럼 아름다웠다. 그러나 영후의 마음은 음습했고 우울했다.

한밭대학에서 강의를 마치고 나와 시내버스에 오르자마자 가랑비가 뿌리기 시작했다. 서울을 떠날 때는 그런대로 견딜 만했는데 막상 대전에서 통일호 입석표를 사들고 보니 지독한 허탈감에 사로잡히고 말았다.

서울역에서 내려 허겁지겁 4호선 지하철을 잡아타고 사당동까지 갈 생각을 하니 아득했다. 지하철에서 내려 다시 버스를 갈아타야 했고 버스에 내려서도 십여 분은 족히 언덕길을 걸어야 했다. 속이 쓰리고 아팠다. 영후는 역전 주변에 있는 순대국집으로 들어갔다.

소주와 순대로 빈 위장을 채우는데 울컥 분노가 솟구쳤다. 자기 자신에 대한 분노였다. 서른네 살의 나이였고, 시인이었고, 문학평론가라는 이력도 있고, 문학박사였지만 그 모든 것들이 헛껍데기로만 느껴졌다. 세상을 그런대로 견뎌 왔다는 성취감은 사라져 없고 가슴속엔 상처만 가득 남아 괴로웠다.

영후는 무언지 알 수 없는 상처를 짓씹으며 대전에서 사당동 지하 전세방의 서재까지 왔다. 상처는 타인들한테서 받은 거라기보다는 내면세계로부터 왔다. 그래서 치유하기가 힘들었고 오히려 종양처럼 커져만 갔다. 낡은 책과 새로운 책들이 뒤섞여 쌓여 있는 좁고 지저분한 이 방에서 나가면 음담패설을 하며 웃고 떠들고 장난을 치곤 했다. 그렇다고 상처가 지워지지 않는다는 걸 영후는 알고 있었다. 다만 잠시 잊는 것뿐이었다.

탁상시계에 눈길이 갔다. 새벽 세 시가 가까워지고 있었다. 조금만 있으면 내면의 벽에 걸린 낡은 괘종시계가 새벽 세 시를 둔중하게 알릴 터였다.

새벽 세 시가 되면 슬픔이 산사(山寺)의 범종소리처럼 골짜기골짜기를 울리고 몸 속으로 파고들었다. 영후의 이 지독한 슬픔에는 이유가 없었다.

담뱃갑에 저절로 손이 갔다. 담배는 없고 빈 갑만 손아귀에 잡혔다. 빈 담뱃갑을 손아귀에 넣고 힘차게 구겨 휴지통에 버리고는 새 담뱃갑을 뜯었다. 오늘 벌써 세 갑째다.

담배를 피우면서 해야 할 일들을 헤아려 보았다. 일거리는 산더미처럼 쌓여 있는데 좀체로 손이 가지 않았다. 무엇 때문일까? 무엇 때문에 내 머리와 가슴은 미로처럼 엉켜 있을까?

곧 여름방학이 다가올 터였다. 영후와 같은 시간강사들에게 방학이란 곧 실직을 의미했다. 지난 겨울방학때에는 도통 외출도 하지 않았다. 마음 편한 부랄 친구들을 만나는 것도 꺼렸다. 예외가 있다면 비가 내리는 날이었다. 비가 내리면 안절부절, 허둥지둥거리다가 문을 박차고 거리로 나섰다.

그건 순전히 감상(感傷) 때문이었다. 스스로 산전수전 다 겪었다고 생각하는 서른넷의 나이에 유치하게도 감상이라니…… 지하철과 버스를 번갈아 타고 거리로 나와서 고작 하는 일이란 것도 별게 아니었다.

창 밖의 풍경이 환히 보이는 칠층의 까페에 앉아 커피를 앞에 두고 째즈를 들었고 한강에 쏟아져 내리는 비를 무심히 바라보면서 담배를 줄창 피우는 일이었다.

비가 내리면 어김없이 영화를 보았다. 어두컴컴한 극장에 앉아 곧 찾아올 지독한 감기를 예감하곤 했었다. 어쩌면 영후는 삼류극장에서 스스로 숨을 거둔 고독한 시인 기형도가 부러웠는지도 몰랐다. 가끔씩은 여자와 동행하기도 했지만, 여자는 영후에게 고통이었다.

여자…… 이름은 배준희였다. 새벽 세 시에 영후는 준희를 찾아 전화번호를 꾹꾹 찍어 눌렀다.

"여보세요."

단잠의 여운에서 깨어나지 못한 끈적한 준희의 목소리가 가슴을 파고들었다. 영후는 준희의 목소리를 듣자마자 전화를 끊었다. 준희가 살아 있다는 사실에 안심했다. 그랬다. 준희는 영후가 없어도 살아 숨쉬기는 할 터였다.

준희를 잃는 다는 건 모든 것을 잃는 거라고 영후는 믿었다. 영후에게 있어 준희는 정신의 팽팽한 긴장을 유지시켜 주는 존재였었다. 고양이의 눈동자처럼 신경질적으로 자주 변하는 준희의 내면을 감당하기 어려웠지만 또 그만큼 긴장해야만 했었다.

정신의 그 긴장감이야말로 영후를 살아 움직이게 만드는 윤활유였었다. 준희가 스물세 살이었을 때 대전에 있는 한밭대학의 강의실에서 만났다. 준희를 처음 만나던 순간을 영후는 생생하게 기억하고 있다. 어찌 그 순간을 잊을 수가 있을까.

광장에서는 남북학생회담 성사를 위한 학생들의 집회가 있었다. 영후는 그들을 물끄러미 바라보다가 강의실로 들어갔다. 수업을 하고 싶은 마음은 전혀 없었다.

국문학과 삼학년들의 전공선택 과목인 현대시를 가르치고 있었는데 강의가 재미있고 점수가 후하다는 소문 때문에 영후의 강의에는 학생들이 많았다. 영후는 수업을 하겠다고 앉아 있는 학생들을 보니 한심하기 그지없었다.

출석을 거의 부르지 않는 영후였지만 괜히 출석을 불렀다. 수업을 빼먹은 학생들도 꽤 있었다. 영후가 출석부를 덮자 기다렸다는 듯이 최루탄 폭발음이 유리창을 뒤흔들었다.

"최루탄 터지는 소리가 무척 싯적이지 않아?"

아무도 대답하지 않았다. 영후는 황지우의 『새들도 세상을 뜨는구나』를 뒤적였다. 「활엽수림에서」가 나왔다. 화장실 변기 위에 앉아 「활엽수림에서」를 읽다가 볼 일은 뒷전으로 미루고 끄윽끅 울었던 기억이 났다. 최루탄 가루가 스며드는지 코 끝이 찌잉 아파왔다. 후각이 예민한 학생들은 벌써 재채기를 했다. 영후는 「활엽수림에서」를 읽어 줄까 하다가 그만두었다.

"여러분은 지금 왜 이 자리에 앉아 있지? 유리창을 타고 스며드는 이 매운 맛을 충분히 맛보는 게 현대시를 제대로 배우는 게 아닐까? 이 강의실을 나가라고. 나가서 광장을 가든 까페를 가든 술집을 가든 혹은 여유를 즐기든 상관 않겠어. 다만 시든 수필이든 소설이든 일기든 모두들 오늘에 대해 리포터를 내도록. 이번 학기의 시험은 그것으로 대체할 거니까. 자, 강의실에서 모두 나가."

어리벙벙한 눈으로 학생들은 영후를 보았다. 영후는 시집을 들고 창가로 다가가 담배에 불을 붙였다. 삐걱 삐이걱 학생들이 책상을 밀치고 강의실을 빠져 나가는 소리가 들렸다. 담배를 다 피운 영후는 「활엽수림에서」를 찾아 읽었다.

1971년 : 4월 대통령 선거. 5월에 재수하러 상경. 광화문 뒷골목에 진치고 날마다 탁구나 당구 치다.

1972년 : 대학 입학, 청량리 일대에서 하숙. 그해 여름, 어느 날,

혼자, 몰래, 588에서 동정을 털고 약 먹다. 약값을 친구들한데 뜯기도 하고 새 책을 팔기도 하다. 가을, 국회의사당 앞, 탱크가 진주하고 학교 문 닫다. 새 헌법 선포되다. 추운 다다미방에서 겨울 내내 신음하다. 毒이 전신에 퍼지는 꿈에서 화다닥 깨어나기도 하고, 가끔 인천 방면으로 나가 서해 갯벌에서 高銀詩集 읽다.

1973년 : 동숭동 개나리꽃 소주병에 꽂고 우리의 緯度 위로 봄이 후딱 지나간 것을 추도하다. 가정교사 때려치우다. 이집 저집 떠돌아다니다. 여자를 만났다 헤어지고, 그때 홍표, 성복이, 석희, 도연이, 정환이, 철이, 형준이, 성인이와 놀다. 그들과 함께, 스메타나, '몰다우江' 쏟아지는 學林다방, 木계단에 오줌을 갈기거나, 지나가는 버스 세워 놓고 욕지거리, 감자먹이기 등 發狂을 한다. 發精期, 그 긴 여름이 가다. 어디선가 머리카락 타는 냄새가 나고, 어디선가 바람이 다가오는 듯, 예감의 공기를 인 마로니에, 은행나무숲 위로 새들이 먼저 아우성치며 파닥거리다. 그때 生을 어떤 사건, 어떤 우연, 어떤 소음에 떠맡기다. 그 활엽수 아래로 生이, 그 개 같은 生이, 최루탄과 화염병이 강림하던 순간, 그 계절의 城 떠나다. 친구들 '아침 이슬' '애국가' 부르며 차에 올라타다. 황금빛 잎들이 마저 평지에 지다.

1974년 : 홍표, 권행이, 오걸이, 종구, 해찬이, 내가 부르는 이름들 끝에 10년 12년, 세월의 긴 꼬리표 달리다. 논산훈련소 저지대에 엎드려, 황토에 얼굴 묻고 흐느끼다. 땅에 告解聖事하다. 그리고 따블빽 하나와 군번 하나로 미지의 임지를 향해 北上하다. 한탄강, 北緯 38度線, 야산, 트럭 뒤 먼지가 그리는 작전 도로, 공공 사단, 세모 연대, 네모 대대, 가위표 중대, 당구장표 소대, 말단 소총수 되다. 어린 소대장 구두 닦고, 탄약고 제초 작업, 비온 뒤 도로 보수 공사, 낫질 삽질, 임진강서 모래 채취, 담뿌차 타고 씀밧골서 흙파고 중대 뒷산 호박 구덩에 똥 푸고, 쎄멘 공구리 등에 지고 군자산

방카 공사, 식기 닦고 빨래하고…… 살다. 그냥 비인칭 주어로 살다. 이따금 서울서 여자가 면회오고 그녀가 준 돈으로 동두천서 지친 性器와 잠을 자기도 한다. 미군 캠프 부근을 하릴없이 서성이다 흑인병사에게 팔뚝으로 크게 말좆을 그려 보이며 낄낄거리기도 하고, 오후 늦게 귀대하다. 녹색이 서서히 갈색으로 옮겨 가는 군자산, 갈색이 다시 灰색으로 내려오는 山峽, 으로 몰려오는 첫눈, 맞으며 첫 휴가 나오다.(아, 환속하다) "그 세상이, 먼저 건드렸어, 우리를." 우리들 중에 한 사람이 말하다. "아냐, 세상을 저질러 버렸어, 우리가." 우리들 중의 또 한 사람이 말한다. 그날 영화 '빠삐용' 보고 말없이 헤어진다. 生을 탕진한 죄, 아무도 말 못한다.

1975년 : 다시, 도연이 정환이 들어가다. 철이 석희한테 그런 편지 오다. 아직 '아무데도' 못 간 그들에게 면죄부 띄우다. "너희는 살아 남아라. 날마다 새로 태어나라." 8월 부친 사망, 관보받다. 그날 수첩에 '또 한 사람 荷役'이라고 쓰다. 그해 겨울 GOP 철책으로 들어가다. 저쪽의 가장 따뜻한 곳을 맞댄 이쪽의 가장 추운 경계에서 겨울 지내다. 새벽 기슭에 서서 부은 눈으로 눈 덮인 산을 멩하게, 바라보다.

1976년 : 제대. 해군서 제대한 성복이와, 그해 가을, 신림동서 술 마시며 죽치다. 「歸巢의 새」 쓰다.

1977년 : 다섯번째로 만난 여자와 결혼하다. '무작정 살다.' 6개월 후 이 표류에 한 사람 더 동승하다. 딸 낳다. 그때 도연이 출감하다. 정환이 해일이 출감하고 곧 동부전선으로 가다. 『文學과 知性』 겨울호에 성복이 '시인'으로 혼자 떨어져 나가고 석희, 군대에서 음毒 자살 기도하다.

1978년 : "날 먼저 죽이고 나가라, 이놈아." 어머니 울면서 말리다. 親동생 끝내 광화문으로 나가다. 통대 99% 지지, 같은 사람을 9대 대통령으로 추대하다. 홍표 나와서 콤퓨터 회사에 취직하다. 출판사에, 수입 오퍼상에, 섬유 수출업에, 하나씩 둘씩 들어가다. 더러 결혼도 하고 그런 때나 가끔 서로 얼굴 보다. 生, 지리멸렬해지다. 그 生의 먼 데서 여공들 해고되고 한 달에 한 번 대구로, 김해로, 동생 면회가서 옷과 책 넣어 주다.

1979년 : 대통령 죽다. 그리고 어느 날, 문득, 멀리서, 모두, 한꺼번에 돌아오다.

짧지 않은 시를 단숨에 읽어 가는 동안 최루탄이 안개처럼 대학을 첩첩하게 휘감았고 눈물이 주루룩주루룩 흘렀다. 영후는 뒷주머니에서 손수건을 꺼내 눈물을 닦고 다시 담배를 피워 물었다.

창 밖의 풍경은 황폐했다. 군화소리도 요란하게 전경들이 학교를 점령했고 학생들은 바람 앞의 낙엽처럼 흩어졌다. 씁쓰레한 웃음이 영후의 얼굴을 일그러 뜨렸다. 「활엽수림에서」의 마지막 연도가 1979년이라는 사실이 새삼스러웠기 때문이었다. 그로부터 10년의 세월이 흘러 1988년 6월이었다.

영후는 담배꽁초를 발로 비벼 끄고 돌아섰다. 그런데 웬 여학생 하나가 영후를 빤히 쳐다보고 있었다. 무척 당돌한 눈초리였다. 노란 고무줄로 질끈 묶은 긴 머리와 크고 검은 눈동자를 보는 순간, 영후의 가슴이 쿵하고 내려앉았다. 그리고 불길한 예감에 사로 잡혔다.

대전역 앞의 허름한 식당에서 감자국을 먹으면서 영후는 준희를 흘끔흘끔 엿보았다. 차마 정면에서 준희의 눈동자를 마주볼 용기가 나질 않았다. 영후의 마음은 바람에 흔들리는 억새풀이었다. 준희는 무척 조심스러웠지만 그 눈동자는 정서불안에 시달리고 있었다. 마치 불란서 영화 '베티 블루'의 주인공인 베티처럼 흔들리는 눈동자와 용암이 들끓고 있는 분화구를 내면에 간직하고 있는 여자라고 느꼈다.

240

그 느낌이 너무 강렬해서 하마터면 감자국을 먹다말고 사랑을
고백할 뻔했었다. 그러나 그 순간을 무사히 넘겼다고 운명적으로
강제된 사랑을 피해갈 순 없었다. 이미 영후의 내면 속에서 사랑은
싹을 틔우고 있었다. 이루어지든 않든 간에 사랑은 사랑이었다.

그 후로 영후는 준희를 자주 만났다. 우연히 버스 안에서도 만났
고 집회가 있는 서울의 대학에서도 마주쳤다. 그것은 우연이 아니
라 필연이었다. 영후는 자연스레 다시 만날 약속을 했었다.

아내와 결혼하기 전이나 후에도 영후는 준희를 계속해서 만났
다. 단순히 만난 정도가 아니었다. 사람들 몰래 미친 듯이 여행을
다녔고 영화를 보았고 커피를 마셨다.

그러다가 만난 지 사 년 후에, 그러니까 준희가 스물일곱이 된
가을에 드디어 사랑을 고백했고 육체를 원했다. 사실 영후는 무척
이나 지쳐 있었다.

준희 때문이 아니었다. 세상은 빠르게 변화하고 있었지만 영후
는 끝없이 제자리 걸음을 하고 있었다. 물론 준희를 만나는 동안에
영후는 결혼을 했고 아이를 낳았으며 박사 과정을 마쳤다. 그 어렵
다는 학위 논문도 무사히 제출했고 무리없이 통과되었다. 그러나
여전히 보따리를 둘러매고 지식을 파는 장사꾼에 불과했다.

영후가 지쳐 버린 가장 큰 이유는 시를 쓰지 못하는 데 있었다.
단 한 줄도 아니 단어 하나도 선택할 수 없었다. 무의미한 나날들
이 지긋지긋하게 흘러갔다. 그토록 열심히 파고들었던 지식이며
사상이 하루아침에 폐기처분될 수 있다는 사실에 경악했다. 영후
는 독사의 목구멍으로 천천히 빨려 들어가는 개구리의 멍한 눈동
자처럼 그렇게 살았고 조금씩 아주 조금씩 지쳐 갔다.

그리고 지금 영후는 완벽하게 혼자였다. 아내와 자식과 어머니
와 동생이 있는데 무슨 혼자냐고 되물어도 대답은 마찬가지였다.
외면에 드러난, 이를테면 가정과 사회의 측면에서 본다면 혼자가

아닌 게 분명했다. 그러나 부정할 수 없는 느낌이라는 게 존재하는 법이었다. 느낌으로 볼 때 영후는 혼자였고 지독스럽게도 외로웠다.

혼자라는 것과 외로움에는 본질적인 차별성이 존재했다. 혼자라는 것은 외향적이고 외로움은 내면적이었다. 혼자 있을 때 느끼는 외로움은 다른 누군가를 만나면 쉽게 해결될 수 있지만 외로움은 그렇지 않았다. 설사 절절하게 사랑하는 사람이 바로 곁에 있어도 외로움은 함박눈처럼 쌓이기도 했다.

책상 위가 어지러웠다. 정리를 오랫동안 하지 않은 탓이었다. 책상 위를 굴러 다니는 것은 대부분 우편물이거나 시집들이었다. 원고를 청탁하는 편지들이며 여기저기서 보내온 책들이 노란 봉투 속에서 아직도 빠져 나오지 못하고 있었다.

재떨이에는 담배꽁초가 수북하게 쌓이다 못 해 흘러 넘치고 있었다. 지저분한 책상은 양은냄비처럼 들끓고 있는 마음의 풍경과 아주 흡사했다.

이렇게 살아도 되는 걸까?

소리 없이 다가온 시간들을 쓰레기로 만들면서 하루하루를 허덕이며 보내도 되는 걸까?

겨울잠을 자는 곰처럼 좁은 방에 웅크리고 앉아 있으면서도 가정에도 충실치 않았고 사랑에도 성실하지 않았다. 영후는 살아 있는 사람이 아니었다. 그렇다고 죽은 사람이 아닌 것도 분명했다. 육체는 살아 있으되 영혼이 죽어 있다면…… 그것은 과연 무얼까?

옆방에서 아들의 울음소리가 벽을 타고 들려왔다. 녀석은 새벽마다 잠에서 깨어 간드러지게 울어 제끼는 잠버릇을 가지고 있었다. 영후는 아들의 울음소리를 들으며 눈을 감았다.

의자 등받이에 깊숙히 몸을 묻고 잠시 동안 미동도 하지 않았다. 손톱처럼 짧은 시간에 수많은 상념들이 뇌리를 스치고 지나갔다. 문득 어디론가로 떠나고 싶었다.

잠시라도 일상의 지루한 반복에서 떠나 있으면 숨통이 트일 것만 같았다. 그곳이 어딘가는 중요하지 않았다. 중요한 것은 고여서 썩어 가는 정신의 틀에서 벗어나는 거였다. 고향인 옥구도 좋았고 지리산이나 보길도도 괜찮았다. 할 수만 있다면 노스님만 홀로 구도를 하는 낡고 퇴락한 암자에서 사나흘만 묵었으면 더 바랄 것이 없을 터였다.

영후는 곰곰히 떠나야 하는 이유를 만들기 시작했다.

그 이유는 자신을 위한 것이 아니라 아내를 위한 것이었다. 정처없이 무작정 떠나고 싶다고 훌쩍 떠날 순 없었다. 아내가 동의할 만한 합당한 이유가 있어야 불편하지 않게 여행을 떠날 수 있었다.

똑똑똑. 누군가가 서재로 들어오겠다고 손기척을 했다. 영후는 눈을 떴다. 잠옷 차림의 아내가 들어왔다.

"아후, 담배 냄새."

아내는 손사래를 치며 다가와 책상 위에 사과 접시를 놓고 환풍기 대용으로 사용하는 선풍기를 켰다. 영후는 그 사이를 못 참고 또 담배를 입에 물었다. 아내가 재빨리 입에 문 담배를 빼버렸다.

영후는 고개를 들고 아내를 보았다. 아내는 시력이 몹시도 나빠 잠자리에 들지 않으면 안경을 벗는 일이 없었다. 콘택트 렌즈를 사용하라고 했지만 체질상 맞지 않는다며 안경을 고집했다. 안경 속에서도 은근한 눈길로 자신을 바라보는 아내의 눈동자와 마주치자 영후는 뜨끔했다.

"왜?"

"아직도 작업중인가 해서. 과일 좀 먹어."

"됐어."

"제발 좀 먹어. 담배 한 보루 사면 사흘에 다 피우면서 과일은 죽어라고 안 먹어요. 그러다 마흔도 되기 전에 나 과부 만들고 싶어?”

“알았어.”

그때 빨치산 출신인 임 선생님이 생각났다. 함께 예전의 전적지 순례를 가자고 수차에 걸쳐 내게 말했던 기억이 아내의 얼굴을 보자 되살아난 거였다.

“꼭 먹어야 돼!”

“알았다니까. 참 임 선생님 있지?”

“임 선생님은 왜에?”

“같이 취재를 가자는데 어쩔까?”

“어쩌긴 가야지. 당신이 하겠다는 거 내가 막은 적 있어. 갔다와.”

“한 열흘 정도 걸릴 꺼야.”

사나흘이면 충분했지만 나는 거짓말을 했다. 되도록이면 시간을 충분히 벌고 싶었다.

아내의 심정을 충분히 이해하면서도 거짓말을 해야 하는 내 마음도 가볍진 않았다. 나는 아내를 사랑했다. 그러나 그것과는 별개로 준희도 사랑했었다.

결혼 후에도 아내는 직장생활을 계속했다. 생활에는 무능한 박사 학위 소지자를 남편으로 둔 덕택이었다. 직장이 남녀 차별이 심하지 않은 출판사여서 다행이었다. 물론 아내는 출판 편집 분야의 전문 직업인으로서의 자부심도 가지고 있었다. 사실 아내가 직장을 다니지 않았다면 영후는 진작에 교단에 서겠다는 꿈을 포기했어야 옳았다. 지금까지 버틸 수 있었던 것은 순전히 아내의 도움 때문이었다.

사람들이 이 사실을 안다면 분명 손가락질을 할 것이었다. 때문에 나는 준희와의 사랑을 철저히 숨겨 왔다. 유부남과 처녀의 사랑에 있어서 더욱더 불행한 쪽은 처녀였다. 나는 사랑에 실패해도 가정으로 돌아오면 그만이지만 준희는 돌아갈 곳이 없었다.

"가지 말까?"

아내의 표정을 살피면서 은근히 목소리에 힘을 뺐다. 그 짧은 순간에 배우처럼 연기를 하는 스스로가 놀라웠다. 마음에도 없는 대사를 내뱉고 아내의 처분을 기다리는 나의 위선이 가증스러웠다. 내가 미웠고 그래서 담배를 피웠다.

"가야지. 그런데 강의는 어떻게 하고?"

"강의? 다음 주면 대부분 중간고사 기간인데……."

"나가는 학교 모두?"

"정 안 되면 휴강하지 뭐."

"휴강 좋아하는 건 학생들밖에 없을걸."

"글쎄 어떡하지?"

"방학땐 어차피 실업자 신세잖아."

그 말을 남기고 아내는 돌아섰다. 영후는 당장이라도 떠나고 싶었지만 참을 수밖에 없었다. 아내가 나가자마자 영후는 빼앗겼던 담배를 찾아 불을 당겼다.

허공으로 흩어지는 담배연기 속에 준희의 얼굴이 겹쳐졌다. 작년 겨울방학때 헤어지기로 합의한 이후에 가끔 전화를 걸어 일방적으로 생사를 확인했을 뿐 우연히 마주치지도 않았다. 준희를 만나지 못하는 나날들이 속절없이 흘렀고 영후는 고통으로 숨이 막힐 지경이었다. 영후는 준희를 추억했다.

2

사랑을 고백한 그 가을에 영후는 소위 유부남이었고 한 아이의

아버지였다. 적어도 영후는 그러한 조건들이 사랑을 이길 순 없다
고 생각했다. 영후는 아내를 사랑하고 있었다. 어떤 경우에라도 아
내와 헤어질 생각은 추호도 없었다.

이런 생각들은 분명 이중적이고 위선적이었다. 딱 잘라 말하면
영후는 나쁜 놈이었다. 하지만 변명은 있는 법이었다. 아내를 사랑
하는 것과 준희를 사랑하는 것은 전혀 다른 별개의 문제라고 영후
는 생각했다. 아내의 세계와 준희의 세계가 별개인 것처럼 사랑 또
한 각기 다른 생명력과 고유한 세계를 가지고 있는 거라고.

가을이 깊어갈 무렵 낙산의 작은 민박집에서 바다가 울음 우는
소리를 들으며 영후는 준희의 옷을 벗겼다. 준희는 예상대로 반항
을 했고 치마는 끝내 벗기질 못했다.

준희의 젖가슴은 상상한 것보다는 풍만했다. 영후는 준희의 젖
가슴에 얼굴을 묻었고 젖꼭지를 빨았다. 준희는 신음소리도 없이
애무를 받아들였다. 그러다 영후의 손이 치마 속으로 들어갔다.

"안 돼!"

속옷에 손이 닿자 준희가 화들짝 놀라 영후의 손을 잡았다.

"왜?"

영후는 당황했다.

"묻지 말아요."

준희는 서둘러 브래지어며 속옷을 입었다.

"왜 내가 유부남이라서?"

은근히 화가 났다. 이렇게 거절을 할 작정이었으면 애초부터 손
길을 받아들이지 말았어야 했었다.

"그것도 있지만 다른 이유야."

준희는 몸을 돌려 침대에 걸터앉았다.

"그 이유를 듣고 싶군."

"말할 수 없어요. 하지만 내게 있어 형은 남자가 아니라 의지할

수 있는 좋은 사람일 뿐이예요. 나는 남자를 원하는 게 아니라 인간을 원해요.”

“나는 선배와 후배, 인간과 인간이 아니라 남자와 여자로 존재하고 싶어. 그리고 남자는 인간이 아니란 말이야?”

“우리 그냥 자요.”

“그럴 수 없어.”

“하고 싶지 않아요.”

“하고 싶어.”

“왜 그래요, 도대체?”

“성욕 때문이 아니야. 사랑하니까 참을 수 없는 거야.”

“……”

그날 밤 영후는 잠을 이루지 못했다. 물론 준희의 육체를 원하는 대로 가질 수도 없었다.

준희와 영후는 원하는 게 달랐다. 준희는 인간을 원했고 영후는 여자를 원했다. 영후는 끝없이 준희의 몸을 요구했지만 번번히 ‘안 돼’라는 말만 들었다.

그래도 영후는 포기하지 않았다. 그것 때문에 만나면 싸웠다. 준희는 어린아이처럼 자주 울었다. 그러다가 방학이 되어 단 둘이서 서해안으로 여행을 떠났다.

영후와 준희는 채석강에서 울퉁불퉁한 비포장 해안도로를 따라 천천히 걸었다. 중간중간에 손바닥처럼 작은 해수욕장이 나왔지만 바다로 내려가지는 않았다. 두 사람 모두에게 있어 바다는 영혼의 희망이었고 그래서 멀찍이서 바라보는 걸 좋아했다.

구불구불한 해안도로의 중간에 내소사라는 큰 사찰이 있었다. 영후는 사춘기 시절에 내소사를 자주 찾은 적이 있었다. 절로 들어가는 입구에 하늘을 덮은 전나무숲이 있어서 사색하며 걷기에 아주 좋았다.

빽빽히 들어찬 전나무 마다엔 수없이 많은 매미들이 살고 있었다. 매미들은 어두운 지하에서 칠 년이란 기나긴 세월을 굼벵이로 살다가 드디어 날개를 달고 지상으로 나왔다.

신은 매미가 지상에 머무를 수 있는 시간을 오직 일주일만 허락했을 뿐이었다. 칠 년이란 기나긴 기다림에 비해 일주일은 너무 짧았다. 그래서 매미들은 그 일주일 동안 혼신의 힘을 다해 짝을 찾았고 교미했고 종족을 낳았다. 하지만 매미는 그토록 짧은 일주일을 위하여 칠 년을 기다렸다. 캄캄한 어둠 속에서……

어둠 속에서 칠 년 어둠을 견딘 매미는 비로소 날개를 달고 찬란한 빛을 향해 날아올랐다. 수컷은 혼신의 힘을 다해 사랑의 노래를 부르며 암컷을 유혹하고, 암컷은 수컷이 부르는 사랑의 노래에 기꺼이 몸을 열어 준다.

나무에서 나무로 날아다니고, 사랑을 나누고, 교미를 하고, 교미를 끝내자마자 알을 낳고 서서히 죽어 버렸다. 전나무숲에는 매미들의 시체가 즐비했다. 매미에게 허락된 지상에서의 일주일은 짧았지만 매미의 생은 위대했고 순수했다. 매미의 역사에는 위선과 가식이 없었다. 일주일을 위하여 칠 년을 기다리는 굼벵이의 삶이야말로 매미의 삶을 결정하는 생명의 비밀이었다.

저 푸른 창공을 비상할 수 있는 날개를 위해서라면 칠 년이 아니라 칠십 년이라도 캄캄한 어둠 속에서 견딜 수 있어야 했다. 어둠 속에서 오랜 세월을 견디지 못하면 영원히 날개를 얻지 못했다. 빛이 그리워 서둘러 지상으로 올라온 굼벵이는 금방 말라 죽었다. 때문에 굼벵이는 쉽사리 지상으로 나오지 않았다. 일주일의 영원한 약속 때문에 그토록 오랜 세월을 어둠 속에서 꿈틀거리며 버텼다.

"아름답지?"

영후는 불쑥 준희의 손을 잡으며 물었다.

"전나무숲에는 매미만 사는가 봐. 온통 매미 울음소리야. 다음에 다시 오고 싶다. 특히 겨울에. 지금은 사람이 너무 많아."

"모두 관광족들이야. 겉으로 드러난 풍경 앞에 서서 사진찍기를 좋아하는 족속들. 내면에 숨겨진 역사는 아무래도 좋은 사람들이지. 우루루 몰려다니며 사진을 찍고 쓰레기를 만들어 내는 족속들이 나는 싫어."

"나도 싫어."

전나무 숲길을 배경으로 여기저기에서 사진을 찍는 사람들이 많아서 자주 발걸음을 멈춰야 했었다. 영후와 준희는 일주문을 지나 백제탑 앞에 섰다. 대웅전 앞 백제탑 앞에서도 관광족들은 사진을 찍느라 무척 바빴다. 그들은 사진을 찍고 나면 허둥지둥 무리지어 총총히 떠날 터였다.

"'내 마음속 썰렁한 마당에 들어와 있는 내소사 백제탑 일점이 찬물에 깍이어 간다. 발목이 시리고 살이 아프고 귀가 에이고 그러나 세상은 너무 고요하고', 황지우의 시야."

"제목이 뭐더라? 아, 「채석강(採石江)까지 걸어가면서」"

제목을 맞춘 준희가 뭐 대단한 일이라도 해낸 듯 즐거워했다. 영후는 준희의 볼을 가볍게 꼬집어 주었다. 준희는 어린아이처럼 폴짝폴짝 뛰며 대웅전 뒤편으로 달아났다. 영후는 담배를 피우며 천천히 준희를 따라갔다.

"사람들은 아름다운 풍경 뒤에 감춰진 추악한 인간의 역사에 대해선 너무 무관심해. 들리는 말로는 백제를 패망케한 당나라의 소정방이가 이 절을 방문했다고 해서 이름이 내소사(萊蘇寺)라는 거야. 아주 쓸쓸한 이름이지."

"역사란 본래 쓸쓸한 거 아니야."

"어쭈. 쓸만한 문장 하나를 만들어 낼 줄도 알고."

"다 형한테 배웠지."

"하지만 방금 그 문장은 포스트 모던한 문장에 불과해. 리얼리스트들은 그런 문장을 만들지 않아."

영후와 준희는 마주 보고 깔깔깔 웃었다. 두 사람은 내소사 입구에서 먼지를 뒤집어쓴 완행버스를 타고 곰소로 나왔다. 곰소에는 어판장이 있어 비릿한 갯내음이 코를 찔렀고 검은 소금창고가 있는 염전 위로 갈매기가 날았다.

식당에서 매운탕을 먹고 일찌감치 여관으로 들어갔다. 왼종일 걸어다닌 탓에 종아리도 팽팽하게 당겼고 땀으로 범벅이 된 몸은 끕끕하고 찜찜했다.

몸을 씻고 미리 사 온 시원한 맥주로 목을 축이니 날아갈 것만 같았다. 준희와 함께 보낸 다른 밤들과 마찬가지로 또 실랑이가 벌어졌다. 영후는 어거지로 준희의 옷을 벗겼다. 여름이라 벗기기도 쉬웠다.

여자의 옷을 벗겼다고 해서 성관계가 일사천리로 이루어지는 건 절대 아니었다. 여자가 마음의 문을 열지 않으면 아무리 옷을 벗고 있다고 해도 육체의 문은 열리지 않았다. 영후와 준희는 밤이 새도록 그 문제를 가지고 다투었고 끝내는 감정이 격해지고 말았다.

"좀 쉽게 살자, 응?"

벗었던 팬티와 런닝셔츠를 입으며 돌아누운 준희의 등에다 한마디를 뱉았다.

"내가 형과 관계를 갖는 게 쉽게 사는 거야?"

"나도 이젠 지겹다. 지겨워 죽겠다고."

준희가 돌아누워 영후를 노려보았다. 영후는 못 본 체하고 담배에 불을 붙였다.

"나도 지겨워."

"오랜만에 의견이 일치하는군. 차라리 끝내자 끝내."

자신도 모르게 영후는 이별을 이야기했다. 결코 먼저 이별을 입에 올리지 않겠다고 맹세했건만…… 허탈했다. 준희도 담배를 피우기 시작했다.

"그래 끝내."

허공을 향해 연기를 뿜어내며 준희가 짧게 말했다. 여관 창 너머에선 바다가 울고 있었다.

"정말?"

아니길 바라며 영후는 다시 물었다.

"그래."

배신감을 느낄 정도로 준희의 대답은 쉬웠다. 영후는 머리 끝까지 화가 솟구쳤다.

"좋아. 헤어져. 누가 겁낼 줄 알고?"

"알았어. 당장 서울로 올라가자고."

누가 먼저랄 것도 두 사람은 이별을 이야기했고 날이 새자 첫차를 타고 서울로 향했다. 서울에 도착할 때까지 두 사람은 한마디도 주고 받지 않았다. 서울에 도착하자 두 사람은 각기 다른 방향으로 걸어갔다. 지난 여름의 어느 후덥지근한 날에 단행한 이별은 그러나 짧았다. 가을이 오자 누가 먼저랄 것도 없이 자연스레 서로를 찾았다.

3

기말고사가 끝나고 성적처리를 서둘러 마친 뒤, 영후는 아침 일찍 자동차를 몰고 이리(裡里)로 향했다. 자동차를 빌려 달라니까 찜찜한 표정을 거두지 못하고 열쇠를 내주던 매형의 얼굴이 잠시 떠올라 속도를 줄였지만 나도 모르게 속도를 올렸다.

옥구가 고향이고 전주에서 고등학교를 다닌 탓에 전주, 이리, 군산은 생각만 해도 마음이 푸근했다. 오랜만에 칩거하던 방에서 빠져 나와 고속도로를 달리니 숨통이 트이는 것 같았다.

경부고속도로를 타고 달리다가 좁다란 호남고속도로로 접어들자 마음껏 속력을 높일 수 있어 좋았다. 결국 여산을 지나자마자 교통경찰한테 속도 위반으로 걸려 만 원짜리 한 장을 찔러 줘야만 했다. 그래도 기뻤다. 이리에 가면 해고 노동자로서 아직까지도 자기의 자리를 굳게 지키고 있는 윤식이를 만난다는 기대감에 마음이 부풀었다.

이리에 도착하자마자 윤식이를 졸라서 하제(河堤)로 자동차를 몰았다. 군산의 미군 비행장 좌측 끝에 있는 작은 포구, 하제의 풍광이 며칠 전부터 생생하게 머리에 떠올랐기 때문이었다.

하제에서 미성리에 이르는 넓다란 평야지대에 위치한 미군 비행장을 지나면서 80년대를 잠시 생각했다. 특히 군산에서 태어난, 미문화원 점거농성 사건의 주역 배문경의 삶이 던지는 여러 의미에 천착했다.

사회과학적이고 운동적인 천착이라기보다는 문학적인 천착에 가까운 영후의 배문경에 대한 사유는 배문경 개인에 대한 사유라기보다는 80년대를 온몸으로 버팅겨 온 사람들에 대한, 그리고 그들의 90년대에 대한 사유였다. 그 사유에는 연민과 절망이 뒤섞여 있었다.

자동차를 세우고 선착장에 서서 주변을 둘러보았다. 썰물은 작은 포구의 온갖 수치를 드러내며 바다를 멀리 끌고가 버렸다. 군산 인근의 쓰레기 처리장이 들어선 하제의 풍경은 예전의 그것이 아니었다. 악취와 폐선과 흥어기의 황폐함이 버무려진 현실 그 자체였다.

포구 끝에 있는 '번지 없는 주막'이라는 주막으로 들어갔다. 생합과 소라와 키조개를 날것 안주로 삼아 소주를 마셨다.

"한잔 마시자. 설마 대낮에 한적한 촌구석에서 음주단속할 멍청한 경찰은 없을 거야."

"운전은 내가 하께."

윤식이가 운전을 한다고 자청하고 나섰다. 해병대 출신인 윤식이는 예나 지금이나 단단한 근육질의 몸매가 여전히 믿음직스러웠다. 윤식이의 터무니없는 낙관의 원천인 메추리알처럼 동그랗게 생긴 큰 눈을 보자 은근히 술에 취하고 싶었다.

"아까 노동 상담소를 보니까 더 확장했더라?"

"사람들은 나보고 다들 미쳤다고 허지."

"무지 어려울 텐데."

"언제는 안 어려웠간디?"

"하긴 그려."

"팔십년대나 지금이나 달라진 건 아무것도 없어. 김영삼 정부가 들어서도 그건 마찬가지야. 개혁이라는 이름으로 몇 명 구속시켰다고 뭐가 달라졌어? 그놈들은 본디부터 똥덩어리 겉은 놈들이었응게. 오히려 당연허지. 실은 상담소도 많이 변했어. 함께 하던 친구들도 거의 떠났고."

영후는 말문을 닫았다. 한 때는 민중의 독자적 정치권력을 주장하던 사람들이 속속들이 청와대로 입성하는 게 요즈음의 현실이었다. 그들은 노동자 계급의 해방을 드높이 외치며 당을 만들었으나 실패했었다. 이제 민중권력 쟁취를 외치던 그들 중에 몇몇은 화려하게 변신했다.

불과 얼마 전만 하더라도 역사의 전선에서 변절하여 돌아서는 사람들은 고개를 숙여야 했었다. 그러나 지금은 퇴각하는 사람들에겐 갈채가, 버티는 사람에겐 손가락질이 쏟아지는 현실이 되고 말았다. 영후는 84년 유화국면에 곧장 복학을 해서 졸업을 했고 서울의 관악대 대학원에 들어갔다. 그때 받았던 손가락질을 영후는 잊을 수가 없었다. 그래서 더더욱 입술을 악물고 공부를 했었다. 사실 당시에는 손가락질을 받아야 마땅했다.

"상담소는 어떻게 확장했어? 돈도 없을 텐데."

"모두들 불가능할 거라고 생각했어. 일단 예전에 살던 집 전세를 뺐고, 여기저기서 빌렸어."

"살림도 많을 텐데."

"아예 촌구석으로 들어가 버렸어. 차라리 좋아."

"다행이다."

그 말밖에는 할말이 없었다. 소주 한 병을 비우고 곧장 차를 돌려 옥구염전으로 갔다.

옥구염전에는 윤식이와 함께 와서 망둥이 낚시를 했던 곳이었다. 검은 소금창고와 갈대숲과 바람과 저녁노을과 살찐 망둥어와 파도와 갈매기와 쓸쓸함이 어우러진 풍경 때문에 존재가 불안정해지는 시간이면 자주 떠올랐던 곳이었다.

검은 콜타르가 칠해진 판자로 만든 소금창고 옆에 차를 세우고 천천히 걸었다. 바다 저쪽에서 불어온 바람이 끈끈한 소금기를 영후의 몸에 불어넣었다. 영후는 지금 바다에서 불어오는 바람이 영혼의 부패를 방지하는 소금바람이기를 간절히 빌었다.

산책하듯이 천천히 걸어 염전 주변을 맴돌았다. 공군의 미사일 기지가 우뚝 솟은 서편의 산봉우리에 빨간 해가 걸려 있었다. 물총새들이 염전 위에 소금쟁이처럼 파문을 일으키며 기어다녔다. 귀소(歸巢)하기 전에 배를 든든히 채우자는 본능의 몸짓이었다.

"저게 뭔 줄 아냐?"

윤식이가 소금창고 옆에 마치 조개무덤처럼 쌓여 있는 항아리 조각들을 가리켰다.

"항아리나 장독 깨진 조각들이잖아."

"국민학교 다닐 때, 학교에서 장독이나 항아리 깨진 거 있으면 갖고 오라고 혔어. 나야 새 항아리를 박살내서 갖다 주곤 혔지만. 나중에 알고 보니 염전 바닥에 까는 거더라니께.”

영후는 윤식의 말투 속에 짙게 깔린 세월의 무게를 느꼈다. 항아리 조각 하나에도 인간의 삶과 구체적인 역사가 들어 있다는 사실이 내 어깨를 짓눌렀다.

“세월이 흐르니까 뻘에 박았던 조각들을 걷어내고 타이루를 깔더니 요새는 아예 고무판으로 바꿔 버렸어. 물을 퍼올리던 자고도 갱운기 엔진으로 바꿨고. 수많은 사람들이 부대끼며 일을 할 필요가 없어진 거지.”

서편 하늘에서 붉게 타오르던 태양은 빠른 속도로 추락했다. 노을과 땅거미와 하얀 소금끼가 뒤섞인 오솔길을 따라 염전의 인부들이 자전거를 타고 흔들거리며 떠났다.

집으로 돌아가기 전에 이 짧은 여행에서 무언가를 얻어야 한다는 생각을 해보았다. 부질없는 생각이리라. 영후는 알고 있었다. 이번의 짧은 여행은 순전한 이기심에서 시작되었다는걸. 홀로 훌쩍 떠난다는 게 얼마나 힘든지…… 수없이 망설이다가 큰 결단을 내려야 가능한 일이었다.

은회색의 삐비꽃이 염전 주위에 가득했다. 노을과 바람과 은회색의 삐비꽃이 어울려 황홀했지만 영후는 쓸쓸했다. 윤식이와 영후는 더 이상 말을 하지 않았다. 영후는 준희가 몹시도 그리웠다.

다음날 윤식이의 집에서 아침을 먹고 곧장 삼례로 돌아 전주로 향했다. 전주에 가면 뭐하나 하는 반문이 머리 속에서 떠나지 않았고 그것 때문에 괴로웠다. 지수를 비롯해 전주에 살고 있는 친구들한테는 연락을 하지 않은 상태였다. 아마 다시 서울로 올라갈 때까지 영후는 혼자일 터였다.

전주에 도착해 막바로 전북대학교로 가지 않고 연화동 쪽으로 방향을 바꿨다. 연화동을 지나갈 때는 옛날의 추억 때문에 코끝이

찡했다. 문학과 혁명과 사랑을 꿈꾸었던 곳이며 밤이면 잠들어 있던 영후의 감수성을 온통 뒤집어 놓는 대숲의 환장할 바람이 있던 곳이 연화동이다.

연화동을 주마간산(走馬看山)식으로 지나쳐 동물원이 나오기 전에 산길로 방향을 잡았다. 산길로 들어서기 전에 깡통 커피를 하나 샀다. 창문을 모두 열고 담배를 피우며 산길로 들어섰다.

야트막한 고개를 넘어서서 숲 속을 통과하면 복숭아 농장이 나왔고 골짜기를 가득 채운 저수지가 나왔다. 저수지 옆에 차를 세워두고 논두렁을 천천히 걸었다. 올챙이들과 그와 비슷한 크기의 가물치 새끼들이 눈에 띄었고 녹색의 몸통에 세로의 검은 줄무늬가 묘한 느낌을 주는 거머리도 고랑의 얕은 물에서 천천히 움직이고 있었다. 논두렁에 쪼그리고 앉아 거머리를 구경했다.

'거머리의 삶보다 내 삶은 더 위대한가? 거머리의 삶보다 내 삶은 더 깨끗한가? 거머리의 삶보다 내 삶은 더 순수한가?'

스스로에게 던진 질문이었다. 인간으로 태어났다고 해서 한낱 미물에 불과한 거머리보다 나은 삶을 살고 있다고 생각하는 건 옳은가? 거머리도 거짓말을 하는가? 거머리도 자신과 주변의 사람들을 속이는가? 거머리도 폭력을 행사하는가? 거머리는 다른 거머리의 피를 빨거나 죽이는가?

영후는 보다 본질적인 질문을 거머리를 향해 던지고 던졌다. 대답 없는 공허한 메아리만이 내면 속에서 울리는 토요일 오전이었다. 막막했고 갈 곳이 마땅치 않았고 그래서 더욱더 외로웠다.

거머리를 구경하다가 낚시꾼들과 복숭아 밭에서 열심히 일하는 농부들의 바쁜 몸짓이 보이는 저수지에 앉아 깡통 커피를 마셨다.

임 선생님과는 저녁 시간에 만나자는 약속을 했기 때문에 시간이 풍요로웠다. 임 선생님을 생각하자 문득 정읍의 거멍바우(黑岩里)와 새암바다(井海)와 이주암 고라당(골짜기)의 풍경이 못 견디게 그리웠다. 영후는 정읍으로 차를 몰았다.

몇 해 전 정월에 이주암 고라당을 찾은 적이 있었다. 임 선생님과 함께였는데 퇴락한 적갈색의 풍경이 그렇게 쓸쓸할 수가 없었다. 그러나 다시 찾은 이주암 고라당은 울창한 숲과 골짜기를 가득 채운 맑은 물과 개를 잡아 보신을 하는 사람들만 있었다.

흘깃흘깃 수상하다는 눈초리를 보내는 사람들의 시선을 피해 골짜기를 타고 올라 물을 가두어 둔 제방 위에 섰다. 맑디맑은 물 위에 영후의 그림자가 선명했다.

왜 한 군데에 오래 머물지 못하는가? 가슴속에서 용암처럼 들끓는 그 무엇을 주체하지 못하고 이렇듯 소모하고 배설해 버리는 이유는 어디에 있는지…… 그리고 아름다운 풍경의 뒤편에 그려진 역사의 은폐된 화폭은 과연 누구의 것인지…….

전주에 도착하자마자 곧장 남노송동으로 차를 몰았다. 전주고등학교와 안기부를 지날 때에는 가슴 저 밑바닥에서 회한과 감동의 추억들이 뭉클 솟아올랐다. 자동차를 세우고 남노송동으로 걸어갔다.

남노송동의 골목은 미로처럼 엉켜 있었다. 안개가 내리고 날씨가 꿉꿉해지면 재래식 변소에서 풍겨 나오는 인분냄새가 골목 가득 큼큼하게 깔렸다.

이십대의 시절 중에서 가장 행복했던 한 때를 꼽으라면 영후는 주저 않고 남노송동 시절을 꼽았다. 당시에 남노파라고 불리우던 친구들이 있었는데 영후와 동기간인 영신이와 광식이와 수창이와 후배인 지수가 거미줄처럼 엉킨 골목을 사이에 두고 옹기종기 모여 살았다. 구불구불 이어져 간 골목을 돌고 돌아 서로를 불러내거나 방으로 쳐들어가 투쟁의 고단함도 잊고 소주잔을 기울였다.

모두들 남노송동에 살 때 수배를 당했으며 기나긴 잠행을 했고 체포되어 구속되었다. 때문에 영후는 남노송동의 좁다란 골목마다에 아로새겨진 추억을 사랑했다.

만일 인간에게 추억이 없다면…… 미래 또한 없을 것이었다. 자질구레한 추억들이 쌓이고 쌓여 인간의 역사는 만들어진다고 영후는 생각했다. 지금은 골목에 낮게 깔리던 노래마저 삶의 뒤안길에 파묻혔지만 당시엔 노래 가사 한 소절 한 소절이 격렬한 사랑이었고 격렬한 고독이었다.

영후는 남노송동의 골목을 돌아 기린봉 쪽으로 나아갔다. 지친 몸을 이끌고 팔달로에서부터 천천히 걸어와 남노송동의 하늘 아래에 서면 칠흑처럼 맑고 캄캄한 하늘이 거기에 있었다. 손을 뻗으면 잡힐 듯이 가까운 거리에 메밀꽃밭처럼 무성한 별밭이 지친 육체와 영혼을 반겼다. 영후와 지수는 네루다와 로자 룩셈부르크와 김남주와 실패한 첫사랑을, 광식이는 험상궂은 인상에 어울리지 않게 바이올린과 첼로와 피아노의 협주곡을, 영신이는 판화와 유화와 뭉크의 외침을, 수창이는 춤과 풍물과 김민기를 이야기했었다.

그러나 지금 모두들 어디에 있는가?

광식이는 보험 영업사원으로 생계를 꾸려 가고 있으며 수창이는 막노동일을 하며 입에 풀칠을 하고 있었다. 지수는 홀로 오랜 세월 전선을 지키다 최근에 퇴역군인처럼 물러서서 생활의 막막함에 난감해 하고 있는 형편이었다. 모두들 결혼을 했고 방바닥을 기어 다니는 아이들이 하나씩 있었다.

발길을 돌려 기린봉에서 기자촌 쪽으로 나오는데 공중전화 박스가 보였다. 지갑에서 전화카드를 꺼내 들고 서울로 전화를 걸었다. 아내가 아니라 준희의 목소리를 듣고 싶었다.

거리엔 어둠이 조금씩 내리고 있었고 신호음이 지루하게 울렸다. 없구나 하고 수화기를 내려놓을 참에 준희의 목소리가 들렸다.

"여, 보, 세, 요."

느릿한 목소리에는 고단함이 실려 있었다. 살아 있다는 사실을 확인했으니 전화를 끊을까 하다가 수화기를 고쳐 잡았다. 아무래도 목소리가 심상치 않았다.

"나."

"……으응. 형이구나."

"어디 아파?"

"그냥 죽고 싶어. 이대로 죽었으면 좋겠어."

"너 수면제 먹었지?"

자신도 모르게 목소리가 높아졌다.

"아니."

"지금 올라가께."

"어딘데?"

"전주."

"올라올 필요 없어. 나는 그 누구도 원치 않아."

"배준희!"

"끊어."

"준희야."

그러나 전화는 끊어진 뒤였다. 당장 서울로 돌아가고 싶었지만 임 선생님과의 약속 때문에 어쩔 도리가 없었다. 더구나 내일은 임 선생님의 노모인 주루실댁의 여든 살 생신날이었다. 영후는 뒤죽박죽으로 뒤엉켜 착잡하기 그지없는 심정으로 임 선생님을 찾아갔다.

아마 임 선생님도 오늘 도착했을 터였다. 이십 년이 넘는 징역생활을 하고서도 여전히 역사에 대한 믿음을 포기하지 않은 어른이었지만 현실에서의 생활은 마른 낙엽처럼 바스라져 있었다.

임 선생님은 사회안전법으로 다시 구속되기 전에는 결혼을 해서 딸이 하나 있었다. 그 딸이 중학생이 되었을 때 임 선생님은 출소를 했다. 그 동안에 아내는 단 한 번도 면회를 오지 않았다.

출소를 한 임 선생님은 아내를 찾아가 딸의 얼굴을 보자고 했지만 냉정하게 거절당하고 말았다. 대신 모래내시장에 있는 약국 앞에 서 있으면 딸을 데리고 지나갈 테니 그때 보라는 거였다.

임 선생님은 모래내시장의 약국 앞에 서서 딸을 기다렸다. 저녁 찬거리를 사러 나온 아낙네들이 몰려드는 무렵이었다. 드디어 아내가 딸을 데리고 약국 앞을 지나갔다. 임 선생님은 눈을 크게 뜨고 딸의 얼굴을 훔쳐보았다.

중학생인 딸에 비해 자신은 너무나 늙은 아버지였다. 딸은 예뻤다. 쌍커풀도 크게 지고 이목구비도 반듯반듯했다. 딸은 아이스크림을 입에 물고 즐겁게 웃으며 시장 속으로 사라져 갔다.

숱한 고문에도, 사형선고에도, 아버지와 형의 죽음에도 울지 않던 임 선생님은 생전 처음으로 꺼이꺼이 울었다.

몇 개의 골목을 돌아 초록색 대문에 서서 초인종을 눌렀다. 잠시 후 임 선생님과 닮은 후덕한 아주머니가 나왔다. 나는 후한 대접을 받으며 집으로 들어갔다.

"젊은 시인이고 대학 선생이신데 좋은 일을 하고 있구만."

임 선생님은 영후를 이렇게 소개했다. 영후는 정말이지 몸둘 바를 모를 지경이었다. 잠시 후 저녁을 먹는데 진안의 깊은 계곡에서 잡아왔다는 팔둑만한 크기의 메기찜이 뚝배기에 담겨 나왔다. 세상에 태어나 그렇게 크고 맛있는 메기를 먹어본 적이 없었다. 인상에 깊게 남는 음식이었고 솜씨였다.

저녁 식사가 끝날 무렵에 임 선생님의 매제가 술에 얼큰하게 취해 귀가했다. 매제한테 임 선생님이 영후를 소개하자 술을 한잔 더하자며 안방으로 끌고 들어갔다. 술 생각이 별로 없었지만 하는 수 없이 매제와 함께 모과주를 마셨다.

"한 잔 받으시요. 내가 할말은 아니지만 젊은 선생도 이제 그 짓 그만두는 게 좋을 거요. 옳고 그른 것을 판단하지 못하는 세상이 되얏는디 뭣땀시 고생을 혀. 우리 처남 고생 많이 한 줄은 알지만 인자부텀은 고만 따라다니시요. 아, 막말로 김대중이도 은퇴하는 판인디. 끄윽."

매제가 혀 꼬부라진 소리로 말을 해댔다. 영후는 반박도 않고 그저 고개를 끄덕이며 술을 받아 마시기만 했다.

"역사란 말이여, 나도 한 때는 거 머시냐 민중들의 거라고 알고 있었제. 근디 그게 아녀어. 역사란 악질들의 거시랑께, 악질들 꺼. 그치 않다면 워째 민중들은 맥없이 역사한티 배신을 당하는 거여? 역사 고거 믿을 게 못 된당게. 긍께 젊은 선상도 우리 큰 처남 겉은 사람 고만 따라댕기라고."

만일 임 선생님의 여동생이 구해 주지 않았더라면 밤을 세워 넋두리를 들었어야 했다. 임 선생님이 귀띔하기를 처남인 자신 때문에 안기부나 대공과에 끌려가 곤욕도 많이 치렀고 다니는 직장에서 쫓겨나기도 여러 번 했다는 거였다. 거기에 대해서 그 동안 한 번도 불평을 한 적이 없었는데 지난 대통령 선거의 결과를 보고 갑자기 넋두리가 심해졌다는 거였다. 영후는 매제의 절망에 대해 그 깊이를 따져 보았다.

밤이 깊도록 잠이 오지 않았다. 대학엘 다니는 임 선생님 조카딸의 방에서 혼자 뒤척거리다가 시계를 보니 새벽 세 시였다. 어제 전화기를 통해 들었던 준희의 목소리가 자꾸만 영후를 괴롭혔다. 필시 무슨 일이 일어난 게 틀림없었다. 작년 가을에도 그런 일이 있었다.

가을학기가 시작되자 한참 후배인 재덕이가 전임강사로 채용되었다. 다시 한 번 영후는 절망했다. 재덕이가 과내에서 영향력이 제일 큰 이덕영 교수의 후광을 받고 있는 줄은 알았지만 그래도 순서로 보자면 당연히 영후가 전임강사로 채용되어야 옳았다. 그

때문에 대학원이 시끄러웠다. 영후는 지방대학만 전전하며 떠돌아다녔다. 서울이 싫었고 사람이 싫었다. 더군다나 여름방학때 준희와 다투고 헤어진 상처도 아물지 않은 상태였다. 그러던 어느 날 비가 내리는 새벽 세 시에 준희한테 전화를 걸었다.

"나."

"누구?"

"나라니까?"

"으응. 참 오랜만이네? 죽은 줄 알았어. 잘 살았어?"

"그럭저럭."

사실 그때의 영후는 그럭저럭 간신히 목숨을 부지하고 있었다. 형편없는 경제능력은 둘째 치고서라도 살아 있다는 느낌을 가져본 적이 거의 없었다. 준희와 헤어진 뒤로는 도무지 생에의 긴장감이 느껴지지 않았기 때문이었다.

"왜에?"

"그냥."

"그 동안 어디 갔었어?"

준희가 물었다. 목소리가 심드렁한 게 심상치 않았다. 영후는 조금 긴장했다.

"전화했었어?"

"아니…… 기다렸어."

"전화하지 그랬어."

"새벽에, 처녀가 유부남한테? 형은 쉽게 전화하지만 난 그렇지 못해."

"무슨 일 있었어?"

"있었지."

"뭔데?"

"말할 수 없어."

"하기 싫으면 하지 마. 언제 만나까?"

"내가 그토록 찾을 때는 꽁꽁 숨어 있다가 뜬금없이 전화해서 만나자고? 후우…… 좋아. 약속 정해."

"아침에 전화하께."

"끊어."

딸칵, 수화기를 놓는 소리가 들렸다. 정적이 밀물처럼 몰려왔다. 영후도 수화기를 내려놓았다. 팔굽을 책상 위에 세워 손등을 포갠 뒤 그 위에 턱을 얹었다.

다음날, 신촌에 있는 술집 '37도 2부'에서 준희를 만났다. 첫눈에 보아도 준희는 무척 야위었고 초췌해 보였다. 준희한테 큰 일이 생긴 게 분명했다.

"무슨 일 있었지?"

"말하고 싶지 않아. 하지만 형은 상상도 못할 큰 일이었어."

"강간당했니?"

유년기에 성폭행의 추억을 지니고 있는 준희한테 강간 이상의 큰 일은 없을 터였다.

"아니. 그보다 더 큰 일."

순간 머리를 둔탁하게 치고 지나가는 그 무엇이 있었다. 영후는 아니길 간절하게 바라면서 조심스레 물었다.

"혹시 아이라도 지운 거야?"

"……"

준희는 입을 꾹 다물었다. 절망의 순간이었지만 영후의 머리는 빠르게 회전했다. 혼자 방황하고 있는 동안에 아이를 지웠다면 적어도 삼 개월 이전에 다른 남자와 육체관계를 가져야만 했었다. 기간을 따져 보니 헤어질 무렵이었다.

그토록 원할 때, 준희가 다른 남자와 육체관계를 가지고 있었다는 걸 상상하니 분노가 들끓었다.

“상대는 누구야?”

분노를 억지로 눌러 덮고 간신히 입을 열어 물었다. 가슴이 뛰었고 머리에서는 열 때문에 연기가 날 지경이었다. 손도 후들후들 떨렸다.

“형은 모르는 사람이야.”

“누군데?”

“말할 수 없어.”

“좋아. 임신 사실을 그 남자한테 알렸어?”

“형 말대로 끝까지 가 보겠다는 오기가 생겨 잠자리까지 같이 했지만 그걸로 끝이었어. 아주 무의미했어.”

“……”

영후는 할말을 잃었다. 영화 ‘베티 블루’의 주인공 베아트리스 달의 브로마이드 사진을 보며 하염없이 맥주를 마셨다. 베아트리스 달은, 아니 베티는 푸른 색의 우울에 갇혀 저편 세상의 어느 한 곳을 무심히 바라보고 있었다.

베티의 무심한 그 눈빛 속에는 활화산이 숨겨져 있었다. 인간으로서는 도저히 감당하기 어렵고 예측 불가능하고 도발적인 생의 한 순간을 무심한 눈빛 속에 담고 있는 베티를 영후는 사랑했다.

한 때는 베아트리스 달과 한국의 남자 배우를 등장시켜 격렬하고 퇴폐적이고 탐미적이고 몹시도 쓸쓸한 사랑을 영화로 만드는 꿈을 키우기도 했었다. 그러나 그것은 꿈에 불과했다.

“뭐해?”

준희가 옆구리를 찔렀다. 나는 베아트리스 달의 눈동자 속에서 빠져 나왔다.

“베아트리스 달을 보고 있었어. 불란서로 연애편지라도 한 통 보낼까 생각중이었어.”

“속 편하군.”

　담배를 피워 물며 준희가 말을 비꼬았다. 솔직히 그때까지도 영후는 분노를 삭이지 못해 안절부절이었다.

　"그래 무척 편하다."

　나는 또 베아트리스 달한테로 고개를 돌렸다. 머리 속이 텅 비기 시작하더니 이상하게도 부사들이 어지럽게 떠올랐다. 내가 좋아하고 아끼는 품사는 부사였다. 까닭은 정확치 않지만 부사가 단독으로 지닌 의미의 무의미성이 아닌가 싶었다.

　그냥, 몹시도, 가끔씩, 우두커니, 하염없이, 속절없이, 그토록, 무모하게, 오래도록, 막무가내로…… 이렇게 부사로만 이루어진 기나긴 제목의 소설을 창작하면 아주 재미있을 것 같았다.

　"병원에 가서 임신을 확인한 순간, 기분이 이상해지더라고. 담배도 술도 딱 끊었어. 아이를 낳겠다는 생각이 없었는데도 저절로 그래지더라니까. 모성이란? 암튼 그래서 형을 찾았는데 형은 없었어. 내가 간절히 원할 때 항상 형은 내 곁에 없었어."

　"하필이면 그런 때만 나를 찾아, 왜?"

　"그건 나도 모르겠어. 근데 형이라면 어떻게 했겠어?"

　"글쎄."

　"무책임해."

　"내가 왜 책임을 져야 하지?"

　"아주 없다고는 할 수 없어."

　갑자기 준희가 눈물을 펑펑 쏟아 내기 시작했다. 방금 전까지만 해도 담담한 표정으로 앉아 있던 사람이 한번 무너지기 시작하니까 걷잡을 수가 없었다.

　아이를 지우고서도 당당하게 앉아 있는 여자보다는 속절 없이 무너져서 몸부림치는 여자가 훨씬 아름다운 법이었다. 영후는 준희를 살며시 껴안았다. 어느새 분노는 사라져 없고 뜨거운 사랑이 솟구쳐 올랐다.

그 후로 준희는 후유증을 심하게 앓았다. 영후는 준희의 예측 불가능한 정서의 변화에 따르는 신경질과 짜증을 고스란히 받아 들였다. 아마 사랑이 없었더라면 견디기 힘들었을 터였다.

두 사람은 예전처럼 열심히 영화를 보았고 커피를 마셨으며 여기저기를 싸돌아 다녔다. 영후는 준희를 사랑하면 할수록 더욱 간절하게 몸을 원했다.

바람이 몹시도 거칠게 불고 난데없이 천둥 번개가 치더니 거대한 물줄기의 소나기가 쏟아지던 황폐한 가을이었다. 순식간에 플라타너스와 은행나무가 잎새를 떨구었던 앙상해진 오후에 영후는 준희를 만나 영화를 보았고 밤이 오자 술을 몽땅 마셨고 새벽 두시 무렵엔 호텔로 들어갔다.

술기운 때문인지 준희는 옷을 훌훌 벗어 던지고 욕탕으로 갔다. 마침내 준희가 몸을 허락하는 순간이 왔다고 생각했다. 준희는 맨살이 훤히 드러나는 속옷만 걸치고 침대에 누웠다. 영후도 그 곁에 누웠다. 둘 다 몸을 가누기 힘들 정도로 취해 있었다.

"자동응답기에 누군가가 메모를 남겼을 거야. 확인해야지."

영후는 고개를 끄덕여 동의를 하고는 준희의 몸을 어루만졌다. 속옷 속으로 손을 집어 넣어 엉덩이와 불두덩도 만졌다. 준희는 자동응답기에 기록된 내용을 열심히 듣고 있었다.

"형, 나 전화 한 통 해도 돼?"

"누구한테?"

"친구한테."

"해."

준희가 전화를 하든 말든 영후는 열심히 준희의 몸을 탐했다. 그런데 점점 말소리가 이상해지기 시작했다.

"나 지금 갈 수 없어. 형이 와…… 어디냐구? 호텔이야. 남자랑 같이 있어. 괜찮아…… 나는. 지금 형을 간절히 원해…… 형이 와.

갈 수 없다니까."

준희는 다른 남자를 간절히 원하고 있었다. 하늘이 무너져 내리는 고통이 영후를 엄습했다. 영후는 준희의 몸에서 손을 떼고 조용히 호텔을 나왔다. 그 새벽의 황량함과 영후의 고독에 대해서는 더이상 말을 할 수가 없다. 그 새벽의 순간순간들과 거리를 상상하는 것만으로도 영후는 충분히 고통스럽다.

영후는 편의점에서 소주를 사 마시다가 공중전화 박스에서 잠들었다. 이별은 그렇게 찾아왔다. 그러나 오래지 않아 다시 만났다. 사랑의 고통보다 이별의 고통이 훨씬 더 버거롭고 무거웠지만 그 모든 것들이 그리움을 이기지 못한 탓이었다. 그런 의미에서 준희 역시 영후와 비슷했다. 두 사람은 다시 만나 킬킬거렸고 영화를 보았고 커피를 마셨다. 영후는 느꼈다. 준희와의 사랑에 있어서 이별도 결국에는 사랑의 한 과정에 불과하다는 것을. 운명이라는 단어 이외로는 달리 설명할 말이 없는 사랑이었다. 그 사랑은 두 사람 모두에게 비극적이었다.

겨울이 왔다. 영후는 방학을 맞아 실업자 신세로 전락했고 덕택에 시간은 풍요로웠다. 영후는 아주 열심히 준희를 사랑했다. 그 외에는 달리 방법이 없었다. 물론 영원히 헤어지겠다는 독한 마음을 먹기도 했었다. 그것은 일종의 예행연습인지도 몰랐다.

겨울이 속절없이 깊어 간다고 느끼는 순간 봄이 왔고 영후는 새로운 사실을 깨달았다. 준희는 영후한테 비극을 즐기는 사람이라고 말했지만 영후는 진정코 비극이 싫었다. 비극을 싫어하는 마음의 한구석에서 무의미의 싹들이 자라나고 있는 것을 영후는 눈치챘다. 사랑이 무의미해진다면…… 영후의 영혼은 흉어기의 어촌처럼 썰렁해질 것이었다.

봄이 속절없이 깊었고 혼자 있는 날들이 많아졌다. 전화도 하지 않았고, 편지도 쓰지 않았고, 읽지도 않았고, 생각하기도 싫었고,

어릴 적부터 친했던 동무들을 비롯해 사람들도 만나지 않았고, 심지어 뉴스도 보지 않는 나날들이 흘러갔다. 삶과 사물과 세계와 역사의 무의미성들이 먼지처럼 영후의 사유와 내면의 갈피에 차곡차곡 쌓였다.

그러던 어느 날, 새벽 세 시에 준희한테 전화를 걸었다. 아무런 설명도 없이 사랑마저도 무의미해졌노라고 통고했다. 결국 영후는 순간순간마다 예감하던 이별을 결행했다. 새로운 사람을 만나는 일에는 엄청난 결단과 용기가 필요했었다. 하지만 헤어지는 일에는 그 이상의 결단과 용기가 필요했다. 거기에다가 고통까지 자기 몫의 인생으로 뒤를 따랐다.

영후에게 있어 사랑은 비극적이었다. 비극의 정점에 도달해 준희와 아내한테 그리고 자신한테까지 파탄을 일으키지도 못하고 중간쯤이나 막바지쯤에서 정지한다는 의미에서 더욱 비극적이었다.

다음날 아침은 주루실댁의 여든 살 생신이었다. 조촐한 생일상을 앞에 두고 주루실댁과 임 선생님과 여동생과 즐거이 마주 앉았다. 주루실댁의 표정은 맑고 밝았다. 도무지 여든의 나이로 느껴지지 않았다.

"엄니는 시방 돌아가셔도 여한이 없겠어요. 사형선고 받았던 아들이 이렇게 살아서 돌아왔고, 젊은이들이 뒤를 따르니."

여동생이 반찬을 골라 노모의 수저 위에 올려 놓으며 농담을 했다. 주루실댁은 지난밤에 영후의 손을 꼭 잡고 놓아줄 줄을 몰랐다. 그 말의 의미를 영후는 그제서야 알 것만 같았다.

"그려 나는 시방 죽어도 여한이 없어야."

주루실댁이 빙그레 웃으며 말했다. 마른 나무가지처럼 빼빼 마른 몸매와 자잘한 주름살에서 한(恨)의 깊은 고랑을 느낄 수 있었다.

"엄니도 차암. 박 동무 어머님은 아흔인데도 정정하시잖아요. 아직도 이십 년은 충분히 더 살 수 있어요. 그리고 내가 빨리 돈을 벌어 편안히 모신 뒤에나 눈을 감아도 감아야 헙니다."

"아문 그래야제."

각시탈처럼 환하게 웃으며 주루실댁이 그윽한 눈으로 임 선생님을 바라보았다. 상을 물리자 임 선생님은 생일이니 금산사로 나들이를 가자고 했다. 그러나 주루실댁은 그냥 집에 있고 싶다며 완곡히 거절했다.

"젊은 선상은 지대로 씻지도 못혔을 판인디 목간이나 다녀오소."

주루실댁이 영후 걱정을 했다.

"괜찮습니다."

"그려. 자네 싸게 목욕이나 갔다 오소. 그 동안에 나는 준비를 하고 있을 테니까."

사실 영후는 양치질도 못한 터여서 기분이 영 개운치 않은 상태였다.

영후는 가까운 목욕탕에서 서둘러 물칠만 하고 돌아와 초인종을 눌렀다. 이제 곧 자동차를 몰고 임실, 오수, 순창, 쌍치, 정읍을 돌며 옛 전적지를 돌아볼 예정이었다. 영후는 임 선생님의 회고록 집필에 도움을 주기로 한 약속 이전에 쓰다만 서사시를 기필코 완성하고 싶은 욕심이 있었다.

"누구세요?"

이상했다. 목소리가 축축했다.

"접니다."

순간 대문이 열렸다.

"엄니가, 엄니가 그만 돌아가셨어요."

쉰 줄에 들어선 임 선생님의 여동생이 눈물을 펑펑 쏟으며 손을 잡아 끌었다.

"예?"

영후는 서둘러 방으로 들어갔다. 임 선생님이 닭똥 같은 눈물을 뚝뚝 떨구며 노모의 전신을 주무르고 있었다.

"선생님."

"방금 운명하셨네."

방금 전까지도 정정하시던 분이 갑자기 돌아가시다니…… 믿기지 않았다. 주루실댁은 태어난 날 아침에 조용히 세상을 떠난 거였다. 사형선고를 받았던 아들은 다시 돌아오긴 했지만 남편과 큰아들이 그토록 열망하며 목숨을 바쳤던 조국의 평화스러운 미래는 끝내 보지 못하고 눈을 감았다.

"만져 보게."

"예."

영후는 주루실댁의 머리부터 발끝까지 만져 보았다. 한 시간 전만 하더라도 따뜻한 말과 눈길을 건네던 사람이었다. 그런데 지금은 이마에서부터 조금씩 아주 조금씩 식어 가고 있는 중이었다.

"아부지도 형도 죽고 나마저 열아홉의 나이로 입산을 했을 때 혼자 막내를 낳으셨지. 북풍한설이 휘몰아치는 초가집의 냉골방에서 문고리를 붙잡고 생사를 넘나드는 출산의 고통을 끝내 이겼어. 탯줄도 입으로 끊었고. 미역국은커녕 따뜻한 물 한 그릇 먹지 못했던 어른이셨어. 나중엔 그 핏덩이를 업고 정읍에서 광주까지 걸어다니며 옥바라지를 하셨고."

그랬다. 주루실댁은 평생토록 역사를 살았고 스스로 역사가 되었다. 영후는 방을 나와 좁다란 마당가를 서성이며 담배를 피웠다. 담배연기 속에서 준희의 얼굴이 떠올랐다.

준희는 흔들리는 선반 위에 올려진 유리그릇 같은 여자였다. 주루실댁이 역사의 상처를 온몸으로 견뎌 왔듯이 준희도 삶의 상처를 견뎌 내는 인간이기를 간절히 기원했다. 아울러 영후 자신도.

　장례식을 치르고 임 선생님을 비롯해 늙으신 장기수 선생님들과 술을 마셨다. 영후는 그들이 나누는 이야기에 귀를 기울였다. 그들의 투쟁, 그들의 역사가 지금에 와서 무슨 소용이 있단 말인가? 물론 큰 흔적을 남긴 것만은 사실이었다.

　영후는 어느 정도 술이 깨자 도로변에 세워 둔 자동차로 갔다. 마땅히 몸을 누일 자리도 없었지만 혼자 있고 싶어서였다. 운전석에 앉아 밤하늘을 바라보았다. 별이 보였다. 그러다 영후는 자동차를 몰고 고속도로로 들어섰다. 새벽 한 시였다.

　무서운 속도로 고속도로를 달리는데 황지우의 싯귀절 하나가 천둥 번개처럼 영후의 가슴을 치고 지나갔다. '生을 탕진한 죄, 아무도 말 못한다. 生, 지리멸렬해지다.'의 귀절이 가로수처럼 끝없이 펼쳐져 있었고 비로소 시를 쓸 수 있을 것 같았다.

　서울에 도착하니 새벽 세 시였다. 영후는 곧장 서재로 들어가 원고지를 펼쳤다. 「활엽수림에서 2」라고 제목을 적고 미친 듯이 시를 쓰기 시작했다.

　1979년 : 대학 입학. 날이면 날마다 중국집 뒷방에 처박혀 짜장 찌꺼기로 소주 마시다. 10월 대통령 죽다. 교문 앞에 서 있는 탱크, 처음 보다. 대통령 죽은 기념으로 영화 〈아침에 퇴근하는 여자〉를 감상하다. 신화처럼 존재하던 선배들 돌아오다.

　1980년 : 학생회관에서 농대생 계엄군의 총검에 난도질 당해 시체로 버려지다. 다시 탱크가 몰려오고 학교 문 닫다. 돌아왔던 선배들 모조리 어디론가로 끌려가다. 광주에 대한 흉흉한 소문 떠돌다. 手淫하듯이 몰래몰래 유인물을 찍어 돌리다. 제적되다. 검거되어 징역을 살고 나오자마자 군대로 끌려가다. 논산훈련소 연병장 주변의 키 큰 미루나무와 그 속에 숨겨진 까치집을 보고 날마다 위안받다. 자대배치 받은 첫날 대학생이었다는 이유만으로 발로 채이고 철모로 두들겨 맞다. 머리를 스무 바늘이나 꿰메다.

1981년 : 군대, 정신상태의 구석기 시대에서 그저 썩지 않으려고 몸부림치다. 제초작업 하다가 독사의 허리를 자르다, 꿈틀거리는 독사의 두 동강난 몸뚱아리가 가슴에 사무치다. 독사를 구워 소주를 마시다. 가끔 부대 담당 보안대 중사한테 끌려가 정신교육을 받다. 영혼은 죽고 육체로만 살다.

1982년 : 부산 미문화원 방화 소식을 보안대 지하실에서 듣다. 황무지에서 보낸 사십 일, 물고문, 전기고문, 구타, 잠 안 재우기, 스물셋 보잘 것 없는 내 生에 대한 회고록을 세 번이나 집필하다. 첫사랑의 여자 결혼, 그날 순결을 창녀한테 바치다. 창녀를 지독히도 사랑하다. 임질 걸리고 페니실린으로 치료하다. 서서히 망가지다. 군종사병한테까지 따돌림을 당하다. 개 같은, 개 같은 내 人生.

1983년 : 봄눈 맞으며 제대하다. 노가다하며 근근히 살아가다. 전기공사, 철탑공사, 외장 목수, 타이루를 붙이며 지루한 生 이어가다. 봉제공장에 들어가 단추 달다. 야근할 때 늘 짬뽕을 먹다. 눈이 예쁜 여공들 보고 들어와 미친 듯이 手淫하다.

1984년 : 복학하다. 학교에 사복형사들 눈을 빛내고 있었지만 동기생이었던 동민이 학생회관에서 밧줄 타며 시위하다가 떨어져 죽다. 지수, 덕재, 민철, 윤희, 은희, 광호와 함께 문학 동아리 말뚝이를 만들다. 담당형사 아침마다 집 앞 골목에서 만나다. 나날이 시위 많아지고 전경들 자주 학교를 점령하다. 민철과 윤희 구속되어 학교를 떠나다. 입학 동기생들 중에 끈질기게 살아남은 영후와 창규 대학원에 진학하다. 함께 했던 사람 중에 그 두 사람만 제적과 구속을 면하다.

1985년 : 지수 기나긴 잠행 끝에 체포되다. 승철, 문규, 해인, 현애 등등의 신입생들 말뚝이에 들어오다. 5·3인천항쟁으로 잠행을 하다가 체포되어 구속되다. 대공분실에서 한 달 동안 고문당하다. 판사한테 신발을 벗어 던지고 검사한테 마이크를 던진 죄로 징역 3년 선고 받고 전주교도소로 떠나다. 윤희와 광호도 구속되다. 독방에 갇혀 열심히 공부하다. 일어, 영어, 독어, 불어를 독학했고 원어로 시나 소설을 읽다. 교도관을 구타한 죄로 징역 1년 추가되다. 요구르트로 막걸리를 만들어 먹었고 가끔 조직깡패들한테 담배 얻어 피우다. 발목에 철사줄이 감기고 가죽 수정을 뒤로 찬 채로 먹방에 갇혀 개밥을 먹다. 덕재 민주헌법을 요구하며 분신자살하다. 그 소식 듣고 사흘 낮밤을 이불 쓰고 통곡하다.

1986년 : 은희 구속되었다가 집행유예로 먼저 나간 뒤, 공장에 들어가다.

그리하여 말뚝이의 창립회원들 모조리 구속되다. 문규와 다른 동아리의 재석이, 짝을 지어 분신하다. 아아, 제발 죽지 말고 살아서 싸우자. 은희 성고문당했다는 소문이 떠돌다. 전주교도소에서 악명 높다는 대구교도소로 이감가다. 이감가는 호송버스에서 바라본 조국의 산하가 너무 아름다워 눈물을 쏟다.

1987년 : 승철 책상을 탁 치니 억 하고 죽다. 승철이의 고문 살인에 대한 항의로 보름 동안 단식하다. 교도관들 기계를 가지고 와 흰 죽을 강제로 위장에 붓다. 6월항쟁 덕택에 출감하다. 이한열이 죽다. 부평의 공단에 위장취업하다. 대통령 선거가 끝나자 복학을 하라는 요구가 있어 공장을 그만두다.

1988년 : 복학하다. 해인이, 현애, 나중에 말뚝이에 들어왔던 종호, 운경이, 통일운동 때문에 줄지어 구속되다. 성만이 명동성당에서 미국반대와 조국통일을 주장하며 투신, 할복, 자살하다. 그 외에도 많은 학생들과 노동자들 몸에 석유를 붓고 성냥을 긋다. 지수와 덕재 복학을 포기하고 사회운동단체에서 한 달에 5만 원의 월급을 받으며 살다.

　1989년 : 반제국주의동맹이라는 조작된 조직사건으로 수배받다. 학교에서 숙식을 해결하며 버티다. 전대협 대표 임수경 평양에 도착하다. 그 소식을 듣고 하염없이 울다. 검거되어 제적당하다. 안동 교도소로 이감가다. 청춘의 이십대가 속절없이 저물다.

　1990년 : 출감하다. 세상이 빠르게 변화하다. 병든 소련, 페레스트로이카로 수술하다. 수술엔 성공했으나 환자는 서서히 죽어가다. 청년회 활동을 시작하다. 함께 했던 많은 사람들 더러는 대학원으로 진학하고 친지의 도움을 받아 사업을 시작하다. 또 몇몇은 보험회사나 증권회사 혹은 언론계로 진출하다. 生, 상처투성이로 신음하다. 늙은 과부인 어머니한테 눈총을 많이 받다.

　1991년 : 강경대 학생 전경한테 맞아 죽다. 그 후로 줄지어 분신하다. 죽음과 죽음의 행렬 길게 이어졌지만 배신자들에게 갈채가 쏟아졌다. 김지하, 위대한 생명의 시인으로 탄생하다. 지조를 지키는 사람들에겐 손가락질이 변절자에겐 환호의 박수가 계속되는 이상한 일들이 계속 생겨나다. 소련이라는 나라 지구상에서 사라지다. 멍하니 앉아 상처를 바라보다.

　1992년 : 동지들 점점 대열에서 이탈하다. 난파선의 부서진 파편에 올라탄 기분이 들다. 난파선, 그러나, 후회도, 포기도, 않는다. 서울역에서 평양행 기차표를 사는 꿈을 자주 꾸다. 사실은 그렇지 않다. 고문을 당하거나 감옥에 있거나 낭떠러지에서 떨어지는 흉몽에 시달리다. 대통령 선거에서 패배하다.

　12월에는 살아 있다는 느낌이 들지 않다.

　1993년 : 그리고, 여전히, 그 자리에……

　며칠 후 영후는 인사동에서 준희를 만났다. 준희는 여전히 정서 불안에 시달리고 있었고 몸은 많이 축이 나 있었다. 우리는 낙원상가 건너편에 있는 허름한 식당에서 감자국을 사먹고 '歸巢하는 새'

에서 작설차를 마셨다.

지리산에서 가져왔다는 작설차는 향기가 혀 끝에 오래도록 남아 있어 좋았다. 준희는 영후를 똑바로 쳐다보지 않았다. 그저 무심한 눈길로 창 밖으로 보고 있을 뿐이었다. 빨간 색의 양초가 탁자 한 가운데에서 저 홀로 타오르고 있었다.

"나 며칠 전에 시 한 편 건졌다."

"잘했어."

준희가 시큰둥하게 반응했다.

"읽어 볼래?"

"줘 봐."

준희는 담배를 입에 물고 손바닥을 벌렸다. 영후가 가방에서 노트를 꺼내는 동안 준희는 담배에 불을 붙였다.

"여기."

영후는 노트를 펼쳐 준희한테 내밀었다. 준희는 말없이 노트를 받아 읽기 시작했다. 준희가 시를 읽는 동안 영후도 담배를 피웠다. 준희는 아주 천천히 시를 읽었다.

"어때?"

"유치한 아류야."

그러더니 준희는 노트를 찢어 냈다. 영후는 깜짝 놀랐다. 준희는 주저 하지 않고 촛불에 시를 태웠다.

"준희야."

"이건 이렇게 하는 게 옳아. 그리고 이젠 정말로 아무도 필요하지 않 아. 혼자 견디겠어. 사랑? 지루할 뿐이야."

이 말을 남기고 준희는 일어섰다. 재떨이에서는 여전히 시가 연기를 내며 타오르고 있었다. 영후는 빠른 속도로 재로 변하는 시를 바라보았 다.

준희는 뚜벅뚜벅 걸어 나갔다. 영후는 눈을 질끈 감았다. 다시는 새벽 세 시에 전화를 하지 않으리라 맹세하면서 준희가 보이지 않는 찻집에 오래도록 앉아 있었다. '歸巢하는 새'에서 영후는 준희가 돌아오기를 기다렸다.

그러나 준희는 지나간 세월처럼 돌아오지 않았다. 영후는 찻집을 나와 종로를 향해 걸었다. 종로에는 수많은 사람들이 몰려오고 몰려가고 있었다. 수많은 사람들이.

■ 해설

법과 현실의 거리, 그 뒤집기

박 학 천(문학평론가)

우리는 시선의 시대에 살고 있다.

직접 만지고 몸을 부딪치고 촉각의 시대가 지나고, 바라봄으로써 그것을 소유하고 만족하는 시선의 시대에 살고 있다. 백화점에서 아이쇼핑을 하고, 거리와 술집에서 온갖 현란한 쇼를 감상하고, TV에 나를 몰입시키고 그 세계를 나와 동일시한다.

그 시선은 그러나 진실을 비켜난 것이다.

"너, 야구 좋아 하니?" 묻는 것은 "야구를 하는 것을 좋아 하니?"가 아닌 "야구를 보는 것을 좋아 하니?"의 뜻으로 굳어졌다. 거리의 미끈한 각선미의 아가씨를 흘끔거리는 것은 어디 사는 누군지 나와 무슨 관계가 있을지와는 전혀 무관하다. 아무리 바빠도 자동차끼리 맞받은 현장에서는 반드시 한번 섰다 가고, 불자동차가 달려가는 방향을 눈에 불을 켜고 쫓지만, 그 마음은 사고와 불의 피해를 걱정하는 것과는 거리가 멀다.

보는 것은 직접 부딪치는 것보다 실감이 없고, 우리의 메마른 시선은 감동으로 이어질 줄 모른다. 이 시대의 시선 문화는 소외의 근원이 된다.

그러나 어떤 불리한 경우 우리는 아예 시선을 거둠으로써 단절의 성을 쌓기도 한다. 나의 이익에 기여하지 못할 때는 때로 조는 척 시선을 거두기도 한다.

정도상의 소설은 감금의 공간이 소설 전개의 핵심이 된다.

시선에 의하여 단절과 소외가 일반화된 시대에 그 시선으로부터도 철저하게 차단된 극한 공간 — 교도소에 작가의 시선이 고정되는 것은 그가 2차례에 걸쳐 거기에 감금되었기 때문만은 아니리라. 그것은 아마 시대의 가짜 시선으로부터 차단된 공간이 역설적인 진실의 공간일 수 있기 때문일 것이다.

『時間의 傷處』는 철거민들이 모여 사는 사당동의 뒷골이라는 공간과 남식이라는 서술자적 인물을 근간으로 쓰여진 독립된 단편의 모음이다. 그러나 이 작품집은 주제의 통일성과 사건의 유기적 연관성으로 인하여 옴니버스식 구성의 장편으로 보아도 무방하다. 우리 사회를 이끌고 나가는 양심적 지식인과 건강한 생명력의 민중이 만나 이루어 내는 이 옴니버스식 장편은 시대의 모순을 총체적으로 드러내는 집단형 주인공의 이야기이다.

이 집단성이란 이 시대 모순의 구체적 형상이면서 다원적 진실을 드러내는 유효한 통로가 된다. 특히 작가는 갈등을 빚고 있는 등장인물을 번갈아 작중 화자로 내세워 자신의 이야기를 할 기회를 마련한다. 이는 일방적 진실의 위험성을 간파한 작가의 포스트모던한 감각이라 할 수 있으며, 번쩍이는 구호보다 차분한 자기 점검을 통하여 실체적 진실을 확보하여야 한다는 시대인식에서 비롯된 것으로 보인다.

예를 들면 시대의 아픔을 짐지고 투쟁하다 쫓기는 수배자와 그들을 잡는 기관원의 위치에 있는 고등학교 동창이 등장하는 「時間

의 傷處」에서 그들은 각자 자신의 입장을 이야기할 기회가 주어지
며 작가의 의도에 의하여 왜곡되거나 재단되지 않으며 그들이 같
은 학교 출신으로 나름대로의 진실과 이유를 가지고 살아가는 모
습임을 여실히 보여 준다. 이는 기관원 친구를 두고 실제 그런 체
험을 가진 작가의 자전적 요소도 있겠지만 「붉은 방」을 비롯한 수
형 소설에서 보여지는 권력의 하수인에 대한 선입관이 배제된 점
에서 리얼리즘의 한 진경이라 할 수 있을 것이다.

그러나 이런 소설적 장치에 대한 지루한 문학 강의는 도상이의
소설을 이해하는 데 부분적인 의미밖에 가지지 못할지도 모른다.
구금되고 파멸하는 범법자를 통하여 이 세상과 사회에 의문 부호
를 던지는 것이 도상이의 의도라면 『時間의 傷處』는 교도소의 의미
와 갇힌 자와 가둔 자의 '뒤집기'를 이해하는 것이 급선무인 것이
다.

갇힌 자는 용서받지 못할 죄인이고 가둔 자는 법리적, 도덕적으
로 완벽한가? 80년대 이후 경직된 정치 현실이 양산한 양심수의
존재는 이 물음에 하나의 답을 마련하고 있다. 그러나 일반 수인에
대한 우리의 인식은 아직도 확고하다.

그럼에도 불구하고 도상이가 '내쫓기고 구금되는 자들'의 '뒷골
공동체'를 주장하고 있다면 그 의미는 무엇일까? 도상이가 지리산
으로 잠적하면서 남기고 간 원고 뭉치를 들추기 전에 나는 왠지
모를 예감을 가졌던 것 같다. 이 소설이 그의 변모와 더불어 그런
일반의 인식을 뒤집어 보일 것이라는…… 그 예감은 도상이와 내
가 전주시 평화동에 있는 <1사> 동창생이었기 때문이다.

불의의 사고로 그곳에 발을 들였을 때, 나는 거의 절망적인 기분
이었고, 대학의 교수로서 젊고 예쁜 아내와 31평 아파트를 가지고
남부럽지 않은 일상을 보내고 있던 나에게 때에 찌든 모포를 감고

잠든 범죄자의 모습은 공포 그 자체였다.

그러나 한 달이 채 못 되는 기간 동안 그들은 나에게 진실로 다가왔고 내가 믿고 의지했던 세상의 진리는 물음표를 달게 되었다. 그 이역지대 속에도 사람이 있고 사연이 있고, 그들만이 가지는 정연한 논리가 있었다. 그들은 그들을 가둔 세상에 문제가 있으며, 세상 밖에 갇힌 그들이야말로 진짜 죄인이라고 믿어 의심치 않았다. 나는 곧 그런 그들이 좋아졌고, 적어도 그 속에 있는 동안은 그 논리에 익숙했으며, 마광수를 연상케 하는 박광수 교수라는 조직 깡패의 애칭에 흔쾌해 했으며, 그들이 나의 '우리'였으며, 그 공감대 위에서 시간을 죽였다.

그런 동조감 때문인지, 거기서 나왔을 때 나는 집과 아내를 잃었고, 내 일생의 꿈이었던 교수직에서 쫓겨났다. 민주화 교수 탄압이라고 사인이와 봉옥이가 민작의 이기형, 최형 선생님과 많은 문우들을 모시고 내려왔고, 윤정모 선배님도 단독 출정을 오셨다. 그 투쟁중에 글을 쓴다는 죄로 쓴 맛을 본 지인들은 당연한 듯이 나를 찾아 주었다.

그 무렵의 어느 하루 용택이, 진경이 형과 병천이, 도현이와 함께 도상이와 결판진 술자리를 가졌던 것으로 기억된다. 그날 나는 평화동 1사에서 도상이의 장편『그대여 다시 만날 때까지』를 읽었고, 그것도 온종일 줄줄 울면서 그 시간들을 공감했었고, 거기서 감옥 공동체라는 특이한 체험을 했다는 이야기를 길게 늘어 놓았고, 그것이 이 해설을 쓰게 된 이유일 거라는 나름대로의 확신이셨던 것이다.

정도상의 소설에는 법과의 관계로 보아 네 가지 부류의 인간이 나온다.

첫째는 법을 만들고 또한 그것을 이용하는 권력자, 둘째는 자신의 목적과 신념에 따라 법망에 걸려 법의 제재를 받게 된 사람, 셋째는 법이 없어도 살 수 있는 선량한 사람, 넷째는 법의 보호를 받지 않으면 그나마 제몫마저 챙기지 못할 위인 등이다.

넷째부터 살펴보면, 그들은 악인은 아니지만 결코 긍정적인 표를 던지기 어려운 시대를 거슬러 사는 자들이다. 아내를 젊은 사내에게 빼앗겨 오지랖을 진 쌍둥이 아버지, 터키탕이 씻어 주고 빨아주고 온갖 서비스를 다 해주는 곳이라는 것도 모르고 친구의 놀림감이 되는 학교 선생님 영수가 그런 부류이다. 그 인물들은 당연히 가장 인간적이다. 쌍둥이 아버지는 눈 내리는 가로등 아래 그 아내를 받아들이며, 영수는 "그래도 동창들은 나에게 쇠고랑은 채우지 않는다."는 이유로 동창들만 골라 사기를 치는 친구를 너그럽게 용서한다. 그들은 법이 보호하지 않으면 곧 이리의 밥이 되고 만다.

남들이 법 없이도 살 사람이라고 칭찬을 하면 그게 한편으론 욕인지도 모르고 그저 헤벌쭉 웃는 푼수였다. 그러나 옥자가 생각하기엔 남편은 법 없이는 절대로 못 살 그런 위인이었다.(「서울에 눈 내리네」, p. 26)

가장 흥미있는 것은 둘째의 경우다.

법망의 제재를 받고 있는 인물은 크게 둘로 나눌 수 있는바, 하나는 자신의 욕구와 이익을 위하여 남에게 피해를 주는 범법 행위자들이고, 다른 하나는 사회의 민주와 자유를 위하여 자신의 소신에 따라 활동하다 구속 또는 수배중인 확신범들이다. 그러나 그들에 있어서 공통점은 자신의 행위에 대하여 죄의식을 느끼거나 위축되는 법이 없다. 그들의 입장과 행위는 달라도 그런 행동을 하지 않을 수 없는 사회적 여건상 그들의 범법은 필연이며, 그들의 심리는 확신에 차 있다. 충섭과 노식은 담담히 그렇게 살 것이고, 현식과 창호, 남식과 규섭, 영호와 영수는 다시 그런 경우에 있으면 구속과 수배 혹은 분신을 택할 수밖에 없을 것이다.

이런 두 부류를 가슴으로 껴안고 뒷골 공동체를 지키는 것은 법 없이도 살 수 있는, 아니 법 없으면 더 잘 사는 셋째 부류의 여성들이다. 「서울에 눈 내리네」에서 남원댁은 남편을 버리고 5년 연하의 남자와 불륜을 범한 쌍둥이 어머니와 그의 못난 남편을 따뜻한 배려로 화합시킨다.

『時間의 傷處』의 주인공은 어쩌면 남원댁이다. 지리산이 고향인 도상이의 실제 어머니를 연상시키는 '남원댁'은 소매치기 노식이와 전직 다방 레지인 연자의 뒤늦은 결혼식에 버스 안내양을 하다 다리가 잘린 딸이 입었던 웨딩 드레스를 넌즈시 건넨다.(「어느 쓸쓸한 이야기」) 단지 하나의 미담이 아린 감동으로 전해지는 것은 작가가 그들의 체험을 공유하고 그의 소설이 요란한 치장이 아닌 삶의 진실한 밑그림이기 때문이리라.

부끄러운 간통도 손가락질 없는 경멸의 대상이 되는 그 남편도 그러나 남원댁의 넉넉한 가슴은 이들 모두를 껴안아 '우리'로 만든다. 미역국 냄비를 들고 다니며 그 쓸쓸한 가슴들을 다독거린다. 눈 내리는 가로등 밑에 쌍둥이 엄마와 아버지가 만나는 모습들은 영화보다 더 저린 감동으로 다가온다.

남원댁을 필두로 한 뒷골의 주민은 사건과 범죄를 넘어서서 '우리'라는 의식을 통하여 공동체를 이루고 있다. 도박과 소매치기로 교도소를 넘나드는 노식, 유부녀와 간통을 하고 다시 그를 배신하는 충섭이도 결국은 감싸 안아야 할 '우리'이다. 둘째 현식이는 "여기는 솔직히 사람 살 곳이 못 돼요. 쌍둥이 아버지한테 일단은 합의를 하라고 하세요"(p. 40)라고 남원댁을 설득하여 '우리'의 세계에 용서하지 못할 일이 없음을 암시하면서, 동시에 용서하지 못할 것은 바로 이 세상이며 그들을 가두는 자임을 강조하려 한다.

‘우리들’의 논리가 감옥이 아닌 이 현실 사회에서 버젓이 분명한 어조로 주장되고 있다는 것은 그 만큼 현실 사회가 썩어 있음을 암시하고 있다. 법 없어도 살 사람들, 법 없으면 살 수 없는 사람들을 핍박하는 현실, 그 죄악의 책임은 바로 이 시대 기득권자가 져야 하고 다시 그것은 물을 흐리는, 또는 물을 흐린 채로 그냥 두는 이 사회 현실인 것이다. 그들은 손에 물 한 방울 묻히지 않고 룸살롱에서 중학교 2학년 어린 영계를 희롱하고 오피스텔을 얻어 그 성을 구매한다.

“살고 싶어요 엄마”를 외치며 죽어가는 영미는 뒷골에서의 삶을 살고 싶지는 않다. 이제 중 2에 불과한 가겟집 딸 영미는 한애리라는 가명으로 논현동의 ‘목마’ 룸살롱에 나간다. 따불을 뛰고 김 사장의 돈으로 오피스텔을 얻어 기다리는 여자가 되고 다시 ‘이화’ 룸살롱에 나가 2중으로 외박을 나가는 영미는 결국 소파수술을 하고 물에 빠져 죽는다. 그는 왠지도 모르고 세상의 돈과 사치와 허영에 부나비처럼 몸을 던져 스스로를 파멸시킨다. 그녀를 죽이는 건…… 세상이다.

나는 삶보다는 허무를 먼저 배웠지만 본래 허무주의자는 아니었다. 내게 허무를 가르친 것은…… 세상이었다.(p. 11)

땅 투기로 돈을 번 미연이 외할머니는 “요즘 세상에 성실 찾다가는 병신이 육갑하고 지랄한다고 손가락질 받아 이년아.”(p. 140) 하고 딸에게 노동운동하는 남편 창호와 이혼할 것을 요구한다. 작가의 현실감으로는 성실과 진실이 발 붙일 수 있는 세상은 아직 멀었다. 작가는 그에게 허무를 가르치고 현실악의 근원을 형성하는 것은 비도덕적인 방법으로 정권을 잡고 구악의 근원을 일소하는 개혁에 소극적인 지도층의 문제로 직결시킨다.

영삼인지 꽁삼인지 하는 그 기생 오래비 같은 놈이 국민들을 배반하고 민자당을 만든 뒤로는 가막소는 오히려 차고 넘친다.(p. 15)

그중에 절대 '우리'가 될 수 없는 자들은 일견 죄수와 가장 거리가 멀어 보이는 — 감옥을 만들고 법을 집행하는 자들이다. 그들의 죄는 너무 깊어 절도 간통 도박 소매치기 등 법을 어긴 모든 이들을 하나의 이웃으로 만드는 것이다. 범법자는 나의 공동체에 들어 있는 '우리'이고 법을 집행하는 자는 용서받지 못할 '그들'이다. 이는 바로 감옥 공동체로부터 자연스럽게 도출된 '우리들'의 논리이다.

진보를 반대했던 보수주의자들이 진보주의자가 되었고 진보주의자들은 보수주의자가 되어 천덕꾸러기 취급을 받고 있다.(p. 111)

개혁을 부르짖는 자들 중에 과연 진정한 개혁과 진보의 자격이 있는 자가 몇몇일까? 그리고 그들 보수주의자의 후광을 업고 정권을 잡은 자들의 논리는 또한 어떠한가? 그들의 보수대연합이 구국의 결단이자 사세부득이한 차선책이라고 하더라도 그들은 역사 앞에 겸허하지 않다. 자신의 감정에 의해 정적을 무찌르고 어제의 동지들을 차디찬 감방과 거리에 내팽겨쳐 두고 선별된 보수주의자들을 옹호하고 있다. 이제 그들은 그들의 비정함과 스스로의 모순으로 묘혈을 파고 있다. 그들의 비인간적인 논리는 언젠가는 그들 스스로를 역사의 감옥에다 묶임을 작가는 강하게 암시하고 있다.

누가 이 따위의 벽을 만들어 사람을 가둘 생각을 했을까? 그도 이 벽에 갇혀 보았을까? 단두대를 만든 길로틴은 자신이 만든 단

두대에서 목이 잘렸다고 하던데……(p. 131)

자신들이 몸소 직장에서 축출되고 차디찬 벽 속에 갇혀 보았으면서 같은 길을 걷던 양심수와 수많은 해고 노동자, 그리고 아직도 제 자리에 돌아갈 길이 요원한 전교조 선생님들, 그리고…… 짤렸으면서도 함께 모여 대책을 논의하지도 못하고 동정의 여론에서조차 소외된 나와 같은 정말 불쌍한 해직교수들에 대한 관심은 애시당초 걷어부치고 있다. 칼을 쓰는 자는 칼로 망하고 단두대를 만든 사람이 단두대의 희생자가 된다.

「時間의 傷處」는 수배자의 아린 삶이 뾰족한 실감으로 묘사되고 있다. 그 감옥은 어디에고 존재하고 있으며, 감옥 밖에 있는 사람들도 결국 하나의 감옥을 가지게 된다. 전도된 현실에서 감옥 공동체의 문제는 이제 세상 사람 자신의 문제가 되는 것이다.

마음 놓고 사람을 만날 수 없다면 세상 어디에나 감옥은 존재하는 법이다. 어쩌자고 인간은 인간을 가두는 감옥을 생각하고 만들었는지…… 그리하여 인간은 마음 한구석에도 감옥을 만들어 놓고 스스로 갇히기도 한다.(p. 192)

노동 운동가인 최창호와 지식인 운동가인 김남식은 구치소 철문을 통과하면서, 독거방에 앉아 세월을 야금야금 까먹어야 한다는 두려움보다 비로소 역사로 가는 길목을 통과했다는 감동에 남모르게 몸을 떨면서 웃었던(p. 14) 타고난 운동꾼이다. 그러나 그들의 내면은 섬세하고 여리다.

그 가열찬 운동의 이면에는 뜻밖에도 작가의 외로움과 만나게 된다. 까닭 모를 외로움과 쓸쓸함에 후두둑후두둑 진저리를 치고(p. 110), 감옥에 갇힌 후배를 찾아가면서도 피어 있는 들꽃에 감동을 받기도 하는(p. 114) 속으로만 젖어드는 고질병 같은 외로움을 그는 속으로 삭이며 운동권으로서는 독특한 외로움의 미학을 펼치고 있다.

혼자라는 것과 외로움에는 본질적인 차별성이 존재한다. 혼자라는 것은 외향적이고 외로움은 내면적이다. 혼자 있을 때 느끼는 감정은 다른 누군가를 만나면 쉽게 해결될 수 있지만 외로움은 그렇지 않다. 설사 절절하게 사랑하는 사람이 바로 곁에 있어도 외로움은 함박눈처럼 쌓이기도 한다.

그러나 이 외로움의 미학은 결코 사춘기 소녀의 감상이나 서툰 철학 강의의 고독론과는 내포하는 바 의미가 다르다. 이 외로움의 미학은 그의 운동의 뿌리이자 존재의 근원이다. 그가 영웅심이나 정세 판단에서 출발한 운동꾼이 아니라 외로움을 발원지로 시작한 운동가이기 때문에 우리의 믿음은 더욱 굳다. 외로움이 남아 있는 채로 그는 결코 운동을 그만두지 않을 것이며, 글쓰기를 멈추지도 않을 것이다. 여린 것이 능히 강한 것을 제압하고 역사의 중심으로 나설 것이라는 넉넉한 암시를 받게 되는 대목이다. 이 땅의 외로움들이 서로 어우러져 따뜻한 가슴으로 다시 만날 때까지 그는 쓰고 또 싸울 것이다.

그리고 이 시대의 어둠은 우리의 건강한 어머니와 아내들이 있기에 그리 염려스럽지 않다. 아들이 서대문 구치소 — 절망의 시대에서 희망의 시대로 들어가는 문 — 를 들어가면서 반대로 희망이 절망으로 바뀌었지만 형사의 멱살을 잡아 흔들고 어려운 이웃들을 따뜻히 보살피는 억척스런 남원댁, 운동 동아리 후배로 중학교에서 국어를 가르치는, '나' 때문에 전교조에도 가입하지 않은 '나'의 아내 민해. 엄마의 반대를 무릅쓰고 남편의 옥바라지를 견디며 떡

볶이 집을 열고 생활전선으로 나서는 미연이 엄마. 수배자 생활에
서 오는 그리움을 도저히 견디지 못하고 불쑥 찾아온 남편을 매정
하게 돌려 세우며 문을 거는 아내의 강한 인내 — 그리곤 추위 걱
정에 뒤미쳐 따라 나서 코트를 건네주는 가슴 아픈 사랑…….
「時間의 傷處」에서 수배를 받아 도피중이면서 글을 쓰는 한규섭
은 한 장기수로부터 역사의 목소리로 당부를 받는다. 이것은 이
시대 글쓰기의 사명이자 작가 도상이의 글쓰기의 바탕, 즉 세계관
이다.

항시 문장에 마침표를 찍기 전에 역사를 생각했으면 좋겠다는
게 못난 사람의 당부요. 이론이나 이데올로기가 어떻게 변하든지
간에 역사는 결국 사람을 떠나 존재할 수 없소. 헌데 인테리겐차는
종종 사람을 잃어버리고 역사만 껴안고 있지요. 그것도 알맹이는
쏙 빼놓고 껍질만 말이요. 그걸 패배라고 하는 거지요.

그러나 느파심에서 도상이에게도 충고 한마디를 빼놓을 수 없겠
다. 기왕에 현실을 살고 있는 민중의 모습에서 역사의 진정성을 찾
고자 한다면 메마른 이념의 흔적은 아예 지워 버리라고.
책의 서두에서 다소 뜬금없이 "요즘처럼 통일과 해방이 간절한
적이 없다.(p. 14)"고 선언한 것과 책의 말미께에서 위와 같이 작가
의 세계관을 피력하는 목소리를 꼭히 장기수의 목소리를 빌린 것
은 자신이 지지하던 NL의 주장을 은연중에 드러낸 것에 분명하
다. 그것도 작품의 주제와 긴밀한 상관성을 떠난 채로. 북한의 동
포와 남한의 노동자들이 우리에게 소중한 것은 그들이 인간이기
때문이지 이념의 대상이기 때문은 아니지 않겠는가.

時間의 傷處

처음 찍은날 • 1993년 11월 15일
처음 펴낸날 • 1993년 11월 20일
지은이 • 정도상 / 펴낸이 • 송영현 / 펴낸곳 • 살림터
주소 • ㉿ 121-110 서울시 마포구 신수동 36-3
전화 • 716-6834~5 / 팩스 • 718-6979
등록번호 • 제2-1008호(1990년 5월 15일)
값 5,000 원

ⓒ 정도상, 1993
＊잘못된 책은 바꾸어 드립니다.
＊인지는 지은이와 협약에 따라 붙이지 않습니다.
ISBN 89-85321-09-9 03810